[美] 理查德·A.纳克 著　李镭 译

龙界传说 1

屠龙大师

山东画报出版社

济南

图书在版编目（CIP）数据

龙界传说.1,屠龙大师/(美)理查德·A.纳克著；
李镭译. — 济南：山东画报出版社,2023.8
ISBN 978-7-5474-4251-7

Ⅰ.①龙… Ⅱ.①理… ②李… Ⅲ.①长篇小说－美
国－现代 Ⅳ.①I712.45

中国国家版本馆CIP数据核字(2023)第151637号
著作权合同登记号：图字 15-2023-158

LONGJIE CHUANSHUO 1 TULONG DASHI

龙界传说 1 屠龙大师

[美] 理查德·A.纳克 著　李镭 译

责任编辑	许　诺	
装帧设计	WONDERLAND Book de 仙境 QQ:344581934	周艳芳

主管单位　山东出版传媒股份有限公司
出版发行　山东画报出版社
　　社　　址　济南市市中区舜耕路517号 邮编 250003
　　电　　话　总编室（0531）82098472
　　　　　　　市场部（0531）82098479
　　网　　址　http://www.hbcbs.com.cn
　　电子信箱　hbcb@sdpress.com.cn
印　　刷　北京盛通印刷股份有限公司　　电话：(010)52249888
规　　格　169毫米×233毫米 16开
　　　　　　　22印张 293千字
版　　次　2023年8月第1版
印　　次　2023年8月第1次印刷
书　　号　ISBN 978-7-5474-4251-7
定　　价　48.00元

译者的话

每一位奇幻作家都有一个自己用一生去写的故事，对理查德·A.纳克来说，《龙界传说》就是这样一个故事。

从二战后开始，科技的进步让小说作家能够从更宏观的角度来审视我们的世界和历史，于是，以《魔戒》为开山之作的新古典主义奇幻史诗得以诞生。《龙界传说》也是这样的一部奇幻史诗。它的基础是一个独立而完整的魔法世界，拥有完备的世界观、历史脉络和内在逻辑。因为这个世界足够宏大，历史线足够漫长而复杂，各种波谲云诡或可歌可泣的故事便从时间洪涛与世界堤岸的撞击中诞生出来。

而一位作家往往会用自己一生的写作热情和阅历积累来构建这样一个世界，书写这样一部奇幻史诗。对理查德·A.纳克来说也是如此。《龙界传说》中，巨龙建立了统治整片大陆的帝国，海外还有神秘的狼人与兽化人帝国，所以它自然是一个高魔世界。要构建一个真实可信的高魔世界是一项很有挑战性的任务，我们日常习惯的空间和物理法则在这样的世界里往往是不适用的。作者必须有很严谨的逻辑思维能力，才能让我们相信这个世界的物理逻辑，沉浸于其中，经历一次与现实生活完全不同的、波澜壮阔的奇幻冒险。我在翻译这个系列的时候，习惯性地以挑剔的眼光审视它的世界设定和情节线索，发现一些最开始看似有问题的地方（比如龙族平时为什么更喜欢变化成人形，导致许多龙族在与人类的战争中没有变成巨龙就被轻易杀死），却是出乎意料的情节暗线，深深嵌合在龙界古老的历史和未来的可能中。这是《龙界传说》让我感到很惊喜的一个地方。

《龙界传说》成书于二十一世纪初，距离新古典主义奇幻史诗的初创时代有半个世纪之久。作者理查德·A.纳克继承了上一辈奇幻作家们对幻想世界的探索和经验积累，以及二十世纪美国文学充满蓬勃力量的健康风气。随着西方社会与人文环境的变迁，以及日更网文的兴起，这种以经典方式撰写的经典风格奇幻史诗可能会越来越少见。想到此，就难免觉得惋惜，也更感到《龙界传说》这样的作品价值所在。

目 录
CONTENTS

一封信

凯博·拜德兰：

在我看来，这个世界上很少有人能够比你更值得信任，我希望你也能依然这样看我。

作为彭纳瑟斯的领导者，我一直在努力维护自己的名誉，希望所有人都相信我是一个能够诚实对待朋友和盟军，愿意为他们奉献的人。

但因为你，我的努力遭遇了悲惨的失败。

我必须遗憾地承认你是对的，我一直以来对你隐瞒了几个秘密，只不过并不像你以为的那样多。

对于你的血缘亲人，很大一部分我同样毫不知情。我几乎只是与你的祖父南森打过交道，我和你的父亲亚泽兰几乎没有什么关系，这真可以算是一桩幸事。对于你的母亲，我一无所知。

而对于你祖父早期的决定，就连你的妻子葛温也不知道。

对于那场冲突，我只能含混地将它称为一场传统意义上的战争，而且我不太愿意再去回忆它。

尽管我们能够宣称取得了一些胜利，但你很清楚它最终的结局到底是什么样子。

说实话，通向毁灭时刻的道路非常复杂，本来不止一次我们有可能让希望成真，但这样的好事终究还是没有发生。

不管怎样，我已经将我记得的一切都写了下来，你可以将这些和小葛温所知道的进行比对。

如果你和达格拉森林的主人绿龙君王又和好了，也许他能为你提供一点信息。但知道很多信息的那些人早已去世，变革战争中的许多秘密也随他们一起消失了……

此致

格里芬

第 1 章
巨龙之路

　　这支车队足有二十多辆大车，而且受到了严密的保护。在一个充满魔法力量的世界里，保护车队的方式有很多种，首先是四名身穿鳞甲的骑士的重点保护。他们的坐骑是一种被称为地龙的爬行兽，足有普通马匹的两倍大。这些猛兽一边向前迈动沉重的步伐，一边发出警惕的"咝咝"声。它们虽然看上去凶猛狂野，但是显然受过严格的训练，会服从主人发出的每一个有声或无声的命令。

　　拉车的也是地龙，它们比那些骑士胯下的同类要矮小一些，被称为矮地龙，但它们的凶猛程度完全不亚于战斗地龙。

　　人类车夫不停地甩鞭抽打它们，让它们专心前进，而不是扭过头去嗅走在队伍旁边的卫兵。

　　一些王国会用马或牛来拉车，但这个地方的君主更喜欢用这些强悍的猛兽。

　　四名骑士完全没有在意那些用尽力气对付矮地龙的车夫，而是将注意力全都投向车队周围和前方的旷野。他们的头盔顶部装饰着栩栩如生的龙头，龙头上的双眼瞪视着前方，看上去就像活的一样。头盔里面还有另外一双凶光四射的眼睛，眼睛下方是一张没有嘴唇的嘴，不时张开一下，露出只属于掠食性猛兽的锋利牙齿。

夕阳的余晖在鳞甲上反射出了青铜色的光芒。如果某个愚蠢的路人太过于靠近那些骑士，就会注意到他们脸上露出的一点皮肤无论是颜色还是质地，都和他们身上的鳞甲非常像。

他们是龙人，是为这片土地的君主们效力的仆从。实际上，他们和他们骑乘的这些猛兽有着非常近的血缘关系。

随车队一同行进的，还有一队人类士兵。他们的胸甲也是青铜色的，正中刻着巨龙的图案。很明显，龙人骑士不仅是他们的指挥官，还是他们恐惧的对象。每一次龙人骑士从他们身边经过时，他们都会拼命迈开早已疲惫不堪的双腿，努力加快行进速度。那些战斗地龙因为饥饿而显得更加凶悍的目光也在催赶着他们，如果不是受到龙人骑士的控制，它们会迫不及待尝一尝人类鲜肉的味道。

这支车队的目的地是温斯利斯。

一辆辆被包裹得严严实实的大车沿着蜿蜒曲折的道路前进，两旁是树木稀疏的树林和山丘。车夫们和车队中的马匹一样忧心忡忡，但他们担心的并不只是那些龙人。这本来应该只是一次平常的运送任务，可是现在就连他们都察觉到了一些非同寻常的迹象。

领头的龙人骑士向一名同伴挥手示意，要他到前面来。

两名龙人骑士仔细地观察着前方的道路。

"看那边，咝咝，一看就是会出事的地方……"领头的龙人骑士说，"树林变密了，咝咝，让他们有地方躲藏。他们会躲在树冠里，咝咝，还有那些大树的后面。"

另一名龙人骑士咧嘴一笑，露出了尖牙："那我们就可以好好打一场猎了，咝咝，不过，有可能会损失几个人类士兵。"

"人类要多少就有多少，咝咝，就像老鼠……"

突然，距离他们最近的山丘仿佛炸裂开来一般，一群身穿皮甲的人从覆盖有草木的坑洞中跳出来，向车队发起了攻击。车队中的人类士兵立刻摆开战斗队形，龙人骑士们则咆哮着发出了命令。

"害虫！"那名刚刚来到队首的龙人骑士说道，"我们要……"

一支箭正中他的喉咙，他只来得及发出一声惨叫，就从那狂躁的坐骑的背上跌落下去了。

领头的龙人骑士恼怒地嘶吼着，立刻跳下了坐骑——如果不这样做，他会被另一支同样精准的箭射中要害。

这时，车队中的弓箭手们开始还击。

突然有一样东西飞了过来，在它击中地面之前，所有人纷纷闪开了。

一阵爆炸之后，浓重的黄色烟雾腾起，散发出一股可怕的恶臭。卫兵阵列从中间开始崩溃，所有人都在拼命地寻找可以呼吸的空气。

龙人指挥官看向前方的密林，低声骂了一句。这个计划是他们的领主制订的，得到了龙皇的许可。他们本以为敌人会在隐蔽条件最好的地段发动攻击，因为在这些山丘上挖掘可以藏身的坑洞并做好伪装是需要许多时间的。这伙敌人的神秘首领似乎非常善于进行这种战前准备。

又一阵箭雨向车队洒落过来，箭头上都带着火光——这已经明确地显示了敌人的目的。

龙人指挥官冷笑一声，挥了一下手，他召唤出的强风将半空的箭全部吹离了战场。这种软弱无力的箭雨攻击只能引来龙人的嘲笑，这一次，那个高傲的反抗军首领可算是失手了。

又有一队敌人从藏身的坑洞中冲了出来，他们的目标不是马车，而是那些拉车的地龙。钢头利箭刺穿了那些地龙的厚皮，还没等防御者明白发生了什么，就已经有七头地龙被射死了。

龙人指挥官失去了耐心，他知道其他人很快就会意识到反抗军并没有在他们预想的地方设下埋伏，然后迅速过来支援。但是，到那时，车队遭受的损失至少会是现在的两倍，而一切罪责都要由他来承担。

这太愚蠢了！他在心中想，这本来是一件很简单的事！碾碎这帮家伙，就像碾碎害虫一样！

龙人指挥官不顾自己接受的命令，丢下佩剑，开始变形。他的身躯急速膨胀，手臂和双腿向前弯曲。他头盔顶上那个精致复杂的头冠滑落下来，变成了他真正的面孔。

龙人骑士不仅仅是在崇拜和模仿龙，他们本身就是龙。

龙人指挥官的身体变成了原先的三倍大，现在看上去只有小部分还像人类。两只布满网状脉络的小翅膀从其脊背上冒出来，一条长尾巴拖在身后，还在不断地生长。粗大的兽类上下颌同时向前伸展，它们张开的时候，露出了比那些地龙更加锋利和致命的长牙。但是，在急速变形的时候，有什么东西缠住了他那不断变粗的脖子。

龙人指挥官瞥了一眼，只见一根粗大的皮带缠住了他的脖子，皮带上还有一个圆形的银色扣环。

龙人指挥官哼了一声，继续变形。皮带越勒越紧，渐渐让其感到窒息。但是眼看就要完成变形了，他不想在这个时候停下来，于是加快了变形的速度。

龙人指挥官感觉喉咙处传来一阵剧烈的刺痛……

那夹杂着喘息声的咆哮声很快就中断了。如此巨大的吼声，吸引了攻守双方的注意，进攻一方知道己方占优势，防守一方的士气则更为低迷。但眼前的情景让双方的战士都一阵胆寒。

龙人指挥官几乎完全变成了一头青铜色的巨龙，现在却步履蹒跚、摇摇欲坠。它的头，或者说是头部连同大部分脖颈，都被拧转了过来。

鲜血浸透了它那被皮带勒住的脖颈部分，那根皮带深深地嵌入粗大的龙颈，显得异常牢固。

青铜色巨龙的失误就在于没能察觉到灌注在这根皮带中的微妙魔法。

终于，它的脖子彻底断了，它的头向车队砸落下来。卫兵们四散奔逃，两辆大车被压垮在它的头下。青铜色巨龙站立了片刻，然后，它的身躯如同一座山峰般崩倒，又压垮了两辆大车，还压住了一头动作迟缓的矮地龙。

不等青铜色巨龙的残躯栽倒，反抗军就恢复了攻势。

为了躲避冷箭，剩下的两名龙人骑士都下了坐骑，正在嘶吼着发出各种互相矛盾的命令，同时还都用一只手捂住了脖子。他们显然是害怕自己遭受同样的魔法攻击。

他们害怕了，不敢变身成巨龙，这正是反抗军首领所期待的。

反抗军首领全身包裹在一件宽大的兜帽斗篷中，身体看上去有些笨重，却迈着令人惊讶的轻盈步伐，指挥部下不断进攻，同时他冲向一名龙人骑士。

两个人开始一对一的拼杀，他们的手中都挥舞着绝大多数人类不可能举起的超长重剑。龙人骑士更加高大，反抗军首领则明显在敏捷度上更胜一筹，所以，尽管身披鳞甲的龙人骑士有着超凡的力量，却还是被逼得向一辆大车退去。

另一名龙人骑士打倒一个反抗者后，转身来援助他的同伴。但没等他赶到同伴身边，一名身材消瘦，有着火红色头发，面容俊俏的年轻人就挡在了他的面前。

尽管这个年轻人的剑要比龙人骑士的短小很多，但是他以飞快的速度突破了龙人骑士的防御，在龙人骑士的右臂上留下了一道伤口。

和反抗军首领作战的龙人骑士背靠在大车上，嘶吼着举起了左手，但没有人知道他要干什么。

身披斗篷的反抗军首领一个转身，干净利落地砍向龙人骑士的左手，随后及时转回剑刃，挡住了龙人骑士长剑凶猛的劈砍。

当惊骇的龙人骑士因为失去了左手而退缩的时候，反抗军首领再次发动猛攻，剑在眨眼间就刺向龙人骑士的喉咙。

龙人骑士向前栽倒，在垂死挣扎中，扯住了反抗军首领的兜帽。最终，龙人骑士凭借自己极大的体重扯落了反抗军首领的兜帽，让反抗军首领的相貌得以暴露——那足以让绝大多数人大吃一惊。

反抗军首领不是人类，有一颗猛禽头，嘴是锋利的鹰喙，褐色和白色相间的羽毛覆盖了大部分头颈。

当他低头去看倒下的敌人时，那动作完全像是一只鸟。只有一双眼睛不像禽类，而是更像人，显示出极高的智慧，将周围的一切尽收眼底。因此，他自然注意到了正向自己靠近的红发反抗者面对的情况，这个同伴显然需要援助。

"图斯，让开！"反抗军首领喊道，声音粗犷而深沉。

随着动作，反抗军首领头上的羽毛在不知不觉间变成了如狮子毛一般的短鬃。

图斯顺从地向后退去，反抗军首领迅速取代了他的位置，没有给龙人骑士半点喘息的机会。

但在龙人骑士头盔的阴影中，那没有嘴唇的嘴轻轻扬了起来："咝咝，原来如此！传闻是真的！反抗军的首领是一个异种。咝咝，一头两条腿的野兽，一只食腐鸟！哈！你就是那个强大的格里芬？如果摘下了你的头，主人一定会重重地奖赏我，虽然你根本就一钱不值！"

"你的主人会因为你的失败而惩戒你。"格里芬丝毫没有放慢攻击的速度，"前提是奇迹发生，你能活着回去。"

龙人骑士嘶吼一声，更加凶狠地劈出一剑，逼得格里芬单膝跪下后，露出了阴森的笑容。

处于下方的格里芬让自己的剑穿过了龙人骑士的防御，长剑以令人难以置信的力量插进厚重的铠甲，穿透龙人骑士的胸膛。

当格里芬抽出长剑的时候，图斯来到了他身边："格里芬，有七辆大车彻底被毁了，我是不是应该……"

格里芬凝视着右侧上方空旷的天空，摆手示意图斯安静，道："吹撤退号，然后继续我们的计划。"

"但我们……"图斯适时闭嘴，转身去执行命令了。

格里芬的目光没有丝毫动摇，他将染血的长剑插回剑鞘，低声说道："让我们看看这能不能成功。"

一阵狂风吹起，马车碎片四散纷飞。

反抗军的战士们努力地站稳身体，相信胜利近在眼前。

但是，一股如同龙卷风一般强大的气流出现了，笼罩了整个战场，仿佛有着某种明确的目的。

"一定是他。"格里芬笃定地道，"能搅起这个的，一定是他！"

三道短促的号角声响起，反抗军撤退了，车队的卫兵们并没有追击。实际上，卫兵们仿佛在等待什么事情发生。

又有号角声响起，是一长一短两声号音。

格里芬警觉地向号音传来的方向望去，不出所料，一幅奇异的景象出现了——野草如同波浪般起伏不定，同时还在迅速生长。

这不对！格里芬暗自说道。

不是这个！

粗长的草叶缠住了反抗军战士们的双腿，他们想要逃跑，却纷纷栽倒在地。草叶更紧地缠住他们的四肢，将他们束缚在地上。

还能够站立的战士挥起武器切割草叶，却发现草叶比他们的武器更强韧。很快，他们的武器都被草叶卷走了，他们开始为了能够迈动脚步而拼命作战。

格里芬心有不甘，向车队最前方冲去，心里暗想：一定要成功！我还以为我对他的了解够多了。他们一定是派他来了！

狂风变得更加强劲，又吹翻了几名反抗军战士，逼迫他们为了自由而苦苦挣扎。

格里芬环顾四周，却只看见一败涂地的场景。

如果格里芬想要在这个危急时刻侥幸反败为胜，就必须祈祷正向反抗军发动攻击的人出现在他面前。

就在这时，一个头戴兜帽，身披森绿色长袍的人出现在格里芬的右侧。格里芬立刻将敏锐的目光投向这名法师，他注意到了其褐色的头发，特别是额头左侧那代表法师身份的一缕银发，注意到了那淡褐色的眼睛，还有极具军人风范的身姿。

亚当·加德维德！

格里芬认出了他，心中不由得生出了些许怒意。

其实，格里芬早就想到是这名法师来了，因为让繁茂的植物发起致命攻击，正是此法师最喜欢施行的法术。

所有法师都能够控制自然，但要如此彻底地改造植物，让它们变成致命的武器，需要对魔法进行长期研习，并且拥有非凡的专注力。

又有一道身穿长袍的身影出现在了亚当的对面。这个人身材高大，超大号的头上满是灰发和银发，臂弯里抱着一件玻璃器具，形状如同龙蛋。亚当的脸上满是严肃的神情，这人却一副颇为愉快的样子，仿佛正在欣赏眼前的景色。

雅拉克！

雅拉克的出现让格里芬心里有了一丝希望，因为雅拉克的身后总是跟随着……

一股金色的能量将格里芬的双臂束缚在其身侧，尽管直觉催促格里芬立即行动，格里芬却平静了下来。

"我们可以迅速了结这一切。"一个自信的声音在格里芬的身后响起，"这样可以救很多人的命，包括你的部下的命。"

"可是，我的部下会被龙皇处死，或者处置他们的将是那个真正掌握权力的人——紫龙君王。"

一颗颗细小的尘埃浮现在格里芬面前，紧接着，尘埃逐渐凝聚，变成了一个身体强健的黑发男人。他的面孔不像传说中的英雄那样英俊，却有着一种与生俱来的神采，让人们会自然而然地相信他，聚集在他的周围。

南森·拜德兰，彭纳瑟斯的主人选择的人类代言人。

这的确是一个非常明智的选择。

"我可以向你保证，他们将得到人道的待遇，他们明白自己的错误之后，就能回到他们的家人身边。"

格里芬发出一声嘲讽的尖啸："紫龙君王用了多长时间才教会你说这种甜言蜜语？"

格里芬想激怒这位贤者，却并没有在这位贤者的脸上发现任何可以表明自己成功的迹象。

南森只是略显哀伤地说："这种对抗巨龙君王的愚蠢叛乱已经让太多人失去了生命，我甚至没办法称它为叛乱。实际上，它更像是一场毫无意义的暴动。"

"你打算说服我投降吗？"

"不，我只是希望你能够明白这个道理，而不是渴望更多无意义的流血牺牲。"南森向格里芬身后望去，"而且，看样子，亚当、雅拉克和米凯亚已经掌控了局面，也许不会再有人死在这里了。"

包括南森在内，一共来了四名法师。格里芬暗想。

可能附近还有其他施法者，但现在只有这四名法师在场，这对格里芬是有利的。这意味着格里芬将要牺牲一件一直隐藏到今天的武器，但格里芬更不愿意让自己的部下做出不必要的牺牲。

格里芬和南森的距离很近，如果图斯能够完成任务……

一件小东西盘旋而起，准确无误地袭向南森。

格里芬期望它能缠住南森的脖颈，就像之前那根皮带缠住巨龙的脖颈一样。

但不知何时，南森已经抬起了手，可能是雅拉克预见了这次袭击，提前警示了南森，或者是南森在图斯掷出那件魔法武器前就有所察觉。

一片翡翠色的光芒包裹住南森的手，反抗军的武器变成了碎片。有几块碎片绕过南森的护盾，击中了他的头部和胸部。

就像格里芬预料的那样，南森的护身法术挡住了那些碎片残存的魔法力量，但南森还是大吃一惊。

格里芬集中精神，束缚他的金色能量消散了。

一枚硬币大小的圆片从格里芬的袖管中滑出来，落在其利爪一样的手上。格里芬用尽全力向前冲去，将圆片按在尚未回过神来的南森身上。

圆片碰到了南森的胸口，眨眼之间，就被南森的又一重护身法术给熔化了。

格里芬在自己的手指被烫伤之前把它扔到了地上。

南森惊呼一声，一时无法做出任何反应。

格里芬利用自己期待的这一瞬间施展最后的法术，发出了一声凄厉的长啸，啸声被法术进一步放大，变得震耳欲聋。

亚当和米凯亚不由得捂住耳朵。

雅拉克为了抵挡这令人无比痛苦的声音，差一点使得怀里的器具掉在地上。

缠住反抗者们的野草纷纷松脱，仿佛枯死了一般落在地上，与此同时，一片灰雾覆盖了所有反抗者。

格里芬保住了自己的剑。

这是格里芬的计划中最无法确定的一部分，格里芬只能信任自己那难以预料的盟友，还好，其信任得到了回报。

反抗者们全部消失了。

在离开战场之前，格里芬最后看了一眼南森，想要抓住南森，将其带走，但是格里芬和盟友讨论过这件事，并且很快就否定了这个愚蠢的想法。反抗军的全部希望在于紫龙君王的人类代言人南森是完全自由的。

格里芬冷静下来后，想明白了，如果那样做，很可能会导致自己和盟友被毁灭。

尽管在格里芬发动攻击之后，雅拉克几乎立刻就出现在南森的身边了，但他还是没来得及抓住格里芬。

这时，南森已经恢复过来，但强烈的耻辱感不是那么容易摆脱的。

"格里芬进行每一步时都比我考虑得更周全。雅拉克，他好像比我更了解我自己。"

雅拉克脸上的笑容消失了："你不能因此而责备自己，南森，我们都知道格里芬这个怪物以诡计多端著称。在红龙君王和蓝龙君王发生纷争的时候，格里芬在东部王国当雇佣兵，那时就连龙皇也无法阻止他们之间的战争。"

"是的，但现在格里芬只忠于自己。当我们终于能够享受和平的时候，格里芬却让更多的人流血牺牲。"南森看向被摧毁的车队，"死了这么多人，还有四名英勇的龙人骑士遭到了杀害。"

"双方都死了不少人。"雅拉克也说道。

"出现这样的结果，青铜龙君王知道后会不高兴的。"

"记住，这正是他坚持要做的，是他反对采纳你的建议。毕竟他是巨龙君王，而我们只不过是人类。"

这样的安慰无法让南森心平气和："我必须将这里发生的一切报告给紫龙君王。你们能照顾好幸存者吗？"

雅拉克拍了拍南森的肩膀，道："不用担心，也不要太苛责自己。"

"现在要担心的不是我。一开始这只是一件小事，但是人们的不满变得越来越强烈，我不知道是为什么。"南森闭上眼睛，努力让自己平静下来，"我必须走了。一切小心，那个怪物也许还有什么诡计。"

"我们会小心的，南森，去吧。"

南森集中精神，一个模糊的影子出现在他的眼前，而后渐渐变得清晰。那是他的目的地——彭纳瑟斯，知识之城，紫龙君王的王国。

一想到那个令人敬畏的地方，南森就感到欣慰，因为紫龙君王一定有办法将这次失败演变为最终击溃反抗军的起点。

"无论如何，龙界一定要得到保全，雅拉克。"南森在施展远行法术的同时高声说道。

随着车队消失，彭纳瑟斯高耸的城墙越发清晰，他又低声对自己说："巨龙君王们的统治必须维持下去……"

第 2 章
紫色巨龙王国

这片土地上的诸多王国中，彭纳瑟斯是最繁荣昌盛的。它的声望不断吸引着各处的人来访，因此它受到了严密的保护。

城头和每一道城门前都站满了身穿深紫色铠甲的卫兵，而且最精妙的防御法术完全笼罩了这个地方。

卫兵和魔法都挡不住南森，当他出现在外城墙上时，执勤的卫兵们被吓了一跳，但认出南森之后，他们立刻恢复了镇定。

"请原谅，"南森诚挚地说，"我应该像往常一样，先通报一下。"

一名卫兵这时才点了一下头。

之前卫兵们神色张皇，这让南森感到气恼。他不是彭纳瑟斯的君主，卫兵们不必害怕他。

他们为什么怕我？南森一边想着，一边思考自己该说些什么。

他们没有理由害怕我，我只是他们君主的忠实仆人。就算是彭纳瑟斯那位仁慈的君主，也不应该让他们感到害怕。

是那些反抗军！他们一定以为反抗军攻破了我们的外层防御，所以感到畏惧，一定是这样。

但南森很清楚这是不可能的事。

的确，格里芬能够使用某些魔法的这个情报，甚至会让紫龙君王感到惊讶，但南森觉得，格里芬还没有能力穿过这座城市众多结构复杂的防御法术。

只有受到紫龙君王信任的法师才有可能安全地穿过这些防御法术，而这样的法师都忠心耿耿地侍奉紫龙君王，并通过紫龙君王而侍奉龙皇。另外，这座城市还有许多世俗化的防御力量，比如站在南森面前的这些勇武卫兵，他们可要比追随格里芬的那些可怜的乌合之众强多了。

只是，格里芬刚刚以智谋战胜了巨龙君王们的计划和紫龙君王最宠信的法师，南森的失败是毋庸置疑的。

不能再耽搁了。南森暗想。

他向卫兵们点点头，最后看了一眼彭纳瑟斯那些高耸的尖塔，然后就消失了。片刻之后，他出现在彭纳瑟斯王宫中心处一座恢宏壮丽的大理石厅堂中。

他低垂下头，跪倒在纯用象牙雕砌而成的王座前面。这个气势磅礴的王座甚至足以配得上龙皇本尊。

此刻，紫龙君王端坐在上面，隐约能看到其背后数尊雕刻工艺精湛的飞龙雕像，它们是彭纳瑟斯诸代君王最强大的样子。

王座上方，无数水晶石发出的光芒照亮了大厅，那些光线仿佛正配合着南森的心跳而不断闪烁，在大厅里制造出了变幻莫测的光影。

一些水晶石内部仿佛蕴含着生命，让它们不断变化。

每一名侍奉巨龙君王的法师都被要求定期来到彭纳瑟斯之王的面前，但是当他们和南森谈起这里的景象时，就连其中最资深的法师也总会因为变化无穷的水晶石光彩而惊叹，怀有敬畏之心，就像对知识之城的这位主人一样。

"你来见我的时机非常有趣，南森。"一个带着轻微嗞嗞声的深沉的声音传入南森的耳中，却显得格外洪亮，"我刚刚派特拉加罗去完成我们上次说定的任务。至于你，我估计你很快就会回来，但没有想到会这么快。你这么快回来，应该是表明我们赢得了一场彻底的胜利，或者是另外某种情况。"

王座上的紫龙君王俯瞰着南森，那庄严华美的头盔上是一颗威严煊赫的龙头。

和紫龙君王相比，守卫车队的那些龙人骑士全都黯然失色。

紫龙君王比那些龙人骑士高一些，肩膀也宽阔得多，看上去完全是一个引人注目的巨人。他身上的鳞甲和那些人类卫兵的盔甲一样，是深紫色的，但色调更浓郁，更鲜艳夺目。

南森总觉得简单的紫色不足以彰显紫龙君王真正的光彩。

对于这位巨龙君王而言，这个说法只能是一种简称，绝对算不上正确的描述。

巨龙君王们会选择不同的颜色或元素来表明他们的魔法力量的基础，仅此而已。

"情况出乎预料。"南森抬起头，向紫龙君王承认，"反抗军首领格里芬发动攻击的时机比我们预估的更早，我们及时调整了计划，但格里芬又使用了魔法。"

紫龙君王站起身。

南森紧张地咽了咽口水，他突然意识到紫龙君王不仅能使用无比强大的魔法，更拥有惊人的臂力，只要伸伸手就可以将他撕成碎片。

紫龙君王绝对不会这样做，他是仁慈的化身！南森坚定地告诉自己。

只是，眼看着紫龙君王向自己靠近，南森没办法让自己相信这种说法了。对紫龙君王，他一直有着绝对的忠诚，此刻他却感觉到了不安。

"格里芬使用了魔法？我早就应该意识到这一点，这解释了很多事情。"紫龙君王站在南森的身前，只要挥拳一击，就能击碎南森的头颅，"站起来，我优秀的仆人，我找不到你此次行动的错处。"

南森长出一口气，道："感激不尽，陛下。"

那头盔中的眼睛直视着南森的双眼。和许多龙人红光四射的眼睛不同，紫龙君王的眼珠仿佛是两颗完美无瑕的珍珠。它们呈现出这种样子，是因为魔法的作用，但这是紫龙君王独守的秘密，所有人类都只知道他的部族中的其他龙人都没有这样的眼睛。

"应该表达感谢的是我。南森，得到你的情报后，我可以调整策略，让那些悖逆之人很快受到正义的审判。"

"我祈祷这一天早些到来。"

紫龙君王摆摆手，示意他不必担心："这一天会来的。你留下了其他人善后？"

"是的，他们全都很好地完成了自己的任务。"

"我相信你，就像以往一样。"紫龙君王转过身，"我们以后再讨论这件事情的各种细节。那个格里芬显示出了强大的能力，我们必须去一趟图书馆。"

想到紫龙君王这句话的含义，南森的心跳再次加速。

"图书馆？"他冒失地问道。

"嗯！格里芬能够使用魔法，那我们必须去图书馆寻找一下线索。"

在成为皇家法师的这些年中，南森去过彭纳瑟斯的图书馆六七次，每一次他都为紫龙君王所拥有的知识宝藏深感震撼。对龙皇的命令，他自然是无条件服从的，但他对这位紫龙君王更是有着非同一般的敬仰。

尽管身材异常高大，但是紫龙君王举手投足之间给人一种非凡的流畅与和谐之感，完全可以和水生的蓝龙君王相媲美。

南森不禁想起了青铜龙君王。那位粗莽的战斗龙王可以说和紫龙君王完全相反，大多数巨龙君王也都比不上紫龙君王。私下里，南森一直认为紫龙君王是诸位巨龙君王中最优雅威严的，甚至连龙皇也要略逊一筹。

他们走出大理石厅堂，卫兵们立刻立正，站直了身体。龙人的数量远不如人类，不过南森知道，一个龙人抵得上一千个凡人，而巨龙君王抵得上上万个凡人。

他们走在长长的大理石走廊中，紫龙君王一直保持着沉默。

南森知道紫龙君王是在考虑如何从图书馆中获得他们所需的情报。想要获取那里的神秘知识并不容易，不过紫龙君王很熟悉那座品性独特的魔法建筑，在对图书馆的使用上，他比彭纳瑟斯的历代君主更成功。

金龙帝皇是整个龙界的统治者，但是紫龙君王对金龙帝皇的忠诚具有无可估量的价值，可以直接决定金龙帝皇的统治是否稳固。

走廊的尽头。

他们站在两扇铁门前，铁门上镶嵌着两个蓝色的金属雕像，很像是蝙蝠，但身躯几乎和人类一样。

南森不知道这两个雕像代表的是怎样一种生物，尽管它们只是没有生命的雕像，但是给他留下了深刻的印象。

紫龙君王轻轻一挥手，铁门霍然打开了，他和南森走了进去。

和铁门上的雕像相比，厅堂内部的装饰就显得有些平凡了。这里靠墙摆放着做工精美的木制桌椅，墙上插着没有点燃的火炬，除此之外，看不出什么值得注意的地方，厅堂深处完全被黑暗笼罩了。

尽管紫龙君王没有任何动作，但是南森能感觉到他稍稍运用了魔法力量。墙上的火炬随即明亮起来，真正让南森感兴趣的不是突然亮起来的火炬，而是火炬所照亮的东西。

那是一幅织锦壁挂毯。

其他巨龙君王的密室中也有壁挂毯，但这一幅绝对没有那么简单，它几乎覆盖了整面墙壁。不过，真正引人注目的并不是它的大小，而是它的制作工艺。它的每一处细节看上去都仿佛是真实的，呈现的画面更是极为复杂，就算是技艺最为精湛的工匠看到它也一定会目瞪口呆。

壁挂毯上呈现的是一座城市，其中任何一间小屋、任何一条溪流都得到了精细的描绘，上面甚至还有两幢尚未完工的建筑。不了解它的人一定会觉得奇怪，为什么当初制作它的工匠会有这种安排？

南森知道其中令人惊叹的真实原因——这壁挂毯上呈现的内容会随着彭纳瑟斯本身的改变而改变。总有一天，那两幢建筑会以完整的形态出现在它上面。

无论这是一种多么神奇的魔法，但它依旧只是这幅壁挂毯功用中微不足道的一部分。

南森看到，紫龙君王正审视壁挂毯，寻找其中的一点。南森先看到了那一点，但他选择保持沉默，因为紫龙君王不需要指点。

紫龙君王发出轻微的嘶声，一只被鳞甲覆盖的手伸向右上方，那里有一个小符号，像是一本打开的书。

"几乎和之前的位置相反。"紫龙君王喃喃自语，用手指轻抚那个小符号。

紫龙君王的话音刚落，周围的景象忽然动了起来。

南森想起了自己第一次体验这幅壁挂毯的魔法时的情景，它的魔法很是精微，他甚至没有感觉到自己被传送到了另一个地方。

壁挂毯和厅室都消失了，取而代之的是一排排长长的走廊。走廊两侧都立满了书架，每一个书架上都摆放着厚重的典籍和卷宗，最靠近他们的书是灰色的。

"我正等着呢。"紫龙君王对着空旷的大厅说道。

"致以我最诚挚的歉意，"紫龙君王的右侧传来一个声音，"我最诚挚的歉意……"

紫龙君王召唤出了一个图书管理员。

图书管理员身穿长袍，秃顶，还没有南森的肩膀高，清瘦的脸上有着一种令人不安的神采，让人完全看不出他有多大年纪。

南森知道，这座图书馆非常古老，甚至在这座城市出现以前就存在于此。他有时会怀疑这座图书馆的管理员也一样古老。

其实，他不能确定这里到底有多少图书管理员，听紫龙君王的口气，应该不止一个，如果是这样，他们拜访图书馆时看到的人都是这个长相，或许迎接他们的图书管理员长相完全一样。

但是，也许这座图书馆里就只有这一个管理员。

"你知道我想要什么。"

"图书馆知道。"图书管理员纠正了紫龙君王的话，"我只是找出它认为能够提供给您的最佳答案。请随我来。"

南森扬了扬眉毛。

以前每次来到这里，他和紫龙君王只需等待片刻，图书管理员就会从附近的书架上捧来一本书，紫龙君王寻求的答案会映入眼帘。

南森朝与天花板等高的书架瞥了一眼，此刻他只想拿下书架上的一本书，仔细阅读其中的内容。当他第一次来到这里的时候，紫龙君王就让他明白了这样做是多么愚蠢，但这种欲望一直萦绕在他的心头，挥之不去。

不管怎样，这座图书馆绝对不会轻易透露它的秘密。

让南森感到讶异的是，图书管理员带领他们离开了第一条走廊，来到另外一条走廊中。这里和之前的走廊唯一的不同之处在于刚才南森看到的书都是灰色的，这里的书则是深绿色的。

看紫龙君王的表情，丝毫不为此感到惊讶。

当三个人转过一个拐角的时候，南森回头看了一眼，他们身后只有更多的走廊和走廊两侧从地面一直堆积到天花板的书。他看不到任何出入口，甚至看不到这些走廊的尽头。

他不由得开始想象自己永远在这座图书馆中游荡，想要找到出去的路的场景。不知道是不是真的有人就这样死在这里……这个想法让他打了个寒战，他不由得加快脚步，跟紧紫龙君王和图书管理员。

图书管理员虽然步幅很小，两条腿却迈得飞快。突然，他毫无征兆地刹住步子，随意地向一个书架伸出了手。

一本厚重的卷宗掉落下来，他不躲不闪，轻巧地接住了。

南森这时瞥到了那本书的封面，上面是抽象化的巨龙浮雕。

"你们要找的。"图书管理员将书递给紫龙君王。

紫龙君王翻了翻书页。

南森看不到书中有什么内容，但从紫龙君王突然变得阴沉的神色判断，那些内容明显让紫龙君王感到不高兴了。

"这是什么？"紫龙君王怒喝，甚至露出了尖牙和略有分岔的舌头，"这……咝咝……是什么？"

这种"咝咝"声让南森感到紧张。一直以来，紫龙君王在他的面前都是那样温文尔雅，彬彬有礼。

更可怕的是，此刻他瞪着南森，仿佛要让南森为这本书所揭示的灾难负责。

"图书馆会根据您的问题给出它认为最好的答案。"图书管理员插话，"您应该很清楚这一点，彭纳瑟斯现在的主人。"

他的话终于让南森松了一口气。

"这……咝咝……不是法术！"紫龙君王停顿一下，又说道，"这不是法术，你知道我想要什么。"

"图书馆已经有了答案。"图书管理员低下头，"我能给您的，只有这个。"

紫龙君王用力地合上书，将书朝一个书架扔过去。

自始至终，他都没有让南森看到其中的内容。

但那本书并没有撞上其他书，而是停在了半空，仿佛犹豫了一下，然后才准确无误地飞回它原本所在的位置。

"您想要改变一下思考方式，再试一次吗？"图书管理员不动声色地问道。

紫龙君王转身便朝来时的方向走去，南森急忙跟在他的身后。

还没等南森迈出两步，他和紫龙君王已经站到了王宫的厅室中，那幅壁挂毯再一次出现在他们的身后。

紫龙君王领着南森走出厅室，一路上什么都没有说。

南森以为他们要去楼下的房间，那里是紫龙君王施行魔法的地方，但紫龙君王带着他回到了王座所在的大厅。

他们一进入王座所在的大厅，天花板上的水晶石就立刻发出了更强烈的光芒。

南森第一次发现那些水晶石竟如此明亮。就在他观察水晶石的时候，紫龙君王回到了王座上，他立刻在紫龙君王的面前单膝跪倒。

寂静笼罩了整座大厅。

片刻之后，紫龙君王朗声说道："南森，你是龙皇最忠实的仆人，也是我最忠实的仆人，五十多年来，一直如此。"

这是一句高度赞扬的话，南森却觉得这句话有些奇怪，仿佛紫龙君王是在说服自己要相信他。

"谢谢您，陛下。"南森回应道。

"这次前往图书馆，我更加确认了这一点，你才是结束这场暴乱的关键。"紫龙君王道。

南森不由得抬起头，看向紫龙君王不曾眨动一下的眼睛，疑惑地说道：“我？”

紫龙君王靠回到王座中，审视着南森：“你知道那本书向我披露了什么吗？”

看到南森摇了摇头，紫龙君王又说道：“那是一幅图画，仿佛是精灵画家的素描，一切细节都极尽完美。”

南森还是不明白，他迟疑一下，又摇摇头，希望紫龙君王能够向他做出解释。

紫龙君王咧嘴一笑，再次露出了锋利的牙齿。只是这一次，他的笑容中没有半点愉悦。

“那是你的画像，我的忠仆。”

南森差一点跳起来，因为这实在太让他感到惊讶了：“陛下，我完全不知道……”

“镇定！我现在完全清楚了。图书馆告诉我，你正是我需要的魔法武器，我应该更好地将你运用在我们的策略中。到现在为止，你一直在听从别人的命令，对局势的了解非常有限。”紫龙君王没有提及青铜龙君王的名字，他所说的“别人”，明显就是那位以勇武著称的青铜龙君王，“从现在开始，你将成为镇压这场暴乱的指挥官，直接听命于龙皇和我，其他人的命令与你无关。”

南森只能竭力压抑自己惊愕的情绪。紫龙君王实际上是在暗示他拒绝其他巨龙君王的命令。

“陛下，这太非同寻常了！他们绝对不会……”

“他们会照我说的去做！哗哗！”

紫龙君王再一次表现得很是激动，南森当即闭上了嘴。

紫龙君王对龙皇的影响力是有目共睹的，但是给予一名人类法师如此程度的权威，的确是闻所未闻。紫龙君王显然认定龙皇会接受他的提议，而南森只是想了一下这件事就有些站不稳了。

紫龙君王控制住自己的情绪，注视着南森。

被他犀利的目光注视着，南森只想逃离这座殿堂。

"你是我最忠实、最信任的仆人。"紫龙君王重复道，"你不会让我失望吧？"

"不会的，陛下。"

"你可以返回居所了。至于我们的下一次行动，等待我的命令吧。"

"是，陛下。"南森全身一松，站起身来。

他不单没有因为行动失败而遭受惩罚，还得到恩准，可以回居所休养。在这几个星期里，与反抗军首领斗智斗勇，他实在是太疲惫了。最重要的是，他很高兴自己即将能看到儿子们。

南森的长子戴恩一直在西北为达格拉森林的主人工作，不过戴恩在不久前的一封来信中说打算回彭纳瑟斯，还会在家里住一段时间。南森已经有几个月没见过戴恩了。戴恩还告诉南森自己得到了弟弟亚泽兰的消息。

南森一直非常担心亚泽兰，因为紫龙君王曾经不止一次因为亚泽兰对他缺乏尊敬而表达过不满。在很长一段时间里，亚泽兰没有按照要求出现在紫龙君王的面前。

只是因为南森，紫龙君王才能够容忍亚泽兰的无礼直到现在，但这种忍耐力快要被耗尽了。

南森向紫龙君王一鞠躬，随后施展了法术。

当大厅逐渐隐退的时候，南森思绪纷乱，既忧虑幼子，又为自己刚刚被赋予显赫权威一事而感到不安。他祈祷自己可以变得足够强大，能够应对这两件事。

紫龙君王继续审视着南森刚刚站立的地方，像是在等待南森突然回来一般。

　　终于，他朝上移动目光，望向正在闪烁光芒的水晶石。

　　一阵低沉的"咝咝"声从紫龙君王的口中传出……

第 3 章
与恶魔结盟

莱加半岛北部丘陵，闷热的空气和刺眼的阳光让格里芬不太愿意选择这里作为会面地点，但是他找不到其他地方可以让自己从容地面对那两个家伙。

如果不是想要将那两个家伙招募到反抗军中，格里芬根本不想和那两个家伙打交道，只是因为他的盟友提出了这样的建议，他才对那两个危险的家伙感兴趣。

但是，如果要和恶魔订立契约……

一次意外，格里芬来到了这片大陆，见识了不少恐怖的力量。而和那些恐怖的力量相比，他在等待的那两个家伙很可能是最难以预料的。

格里芬也能够使用一些魔法，但是这无法给他带来丝毫安慰，因为关于那两个家伙的传说足以让他心神不宁。

格里芬背靠一片高地，站在阴影中。即使这样，还是很难摆脱炎热的困扰。透过像猫眼一样缩成狭缝的眼眸，他审视着周围的一切。

这片被水晶覆盖的土地完全不适合普通生物生存，也许只有穴居的甲壳类生物奎尔会喜欢住在这里，而格里芬迫不及待地想要回到气候更好的地方去。

他突然注意到自己的影子被拉长了，于是抬头瞥了一眼，却没发现太阳有加速移动的迹象。不过，他丝毫没有感到惊讶，因为就在他的面前，阴影凝聚成了他一眼就能认出来的东西——一匹巨大的乌木色公马。

随着乌木色公马凝聚成形，两只没有瞳仁的冰蓝色眼睛睁开了。

"受你所邀，我们来到了此地。"乌木色公马发出了吼声。

格里芬早就知道这个家伙能说话，但这种洪亮的声音还是让他感到震撼，就像他自己每一次说话也会让普通人吃惊一样。

"我们？"格里芬很是不解，向周围看了一眼。

"是的。"一个低沉的声音从格里芬的另外一侧传了过来，"我们都来了。"

格里芬愣了一下。

他的身边出现了一个披着黑色长斗篷的宛若人类的家伙，宽大的兜帽遮住了那个家伙的大部分面孔。

格里芬不禁眯起眼睛，想要把那个家伙看清楚一些，但无论他如何努力，那家伙的面孔总是一片模糊。

那个传闻是真的，恶魔没有真正的面孔！

乌木色公马大笑着道："哈哈，你吓到他了，我的朋友。我告诉过你，他没有那么大的胆子，你却说未必。现在你看到了吧，我是对的，而你错了。"

高大的乌木色公马说起话来像是一个逞强好胜的孩子。

"是的，影驹，你是对的，我错了。"戴兜帽的家伙怜爱地说道，随后恢复了平淡的语调，转头对格里芬说，"你竟然要寻求我们的帮助，看样子，你是被逼得走投无路了。也许你是从大海对面过来的，但你在这里生活了这么久，一定听说过……"

"我在这里的确住了很久，两方面都很清楚，无论是好的一面，还是坏的一面。”

“无论是好的一面，还是坏的一面？”戴兜帽的家伙发出哀伤的轻笑声，“而你来到这里，是希望此刻的主宰是好的……”

如果不是听说过许多关于这个恶魔的传闻，格里芬肯定不明白这恶魔的话是什么意思。实际上，格里芬知道这个恶魔的黑暗历史。这恶魔造成的灾难远非普通的恶魔所能及，但将其称为“恶魔”也许并不恰当，因为这家伙做过非常多的好事，就像传闻中的那样。

“你没有杀我。”格里芬又道，“我认为这一点表明我赌对了。”

“事情没有那么简单。如果你真的了解我，你就会知道，我的心思一直在变。”

格里芬没有时间这样聊下去，他需要确认对方能否和自己订立契约：“我想要知道的是，你们是否打算推翻巨龙诸王的暴政。你们和他们之间没有半点感情可言，许多事情都表明了这一点。暗影……”

戴兜帽的家伙突然扬起一只戴着手套的手：“请叫我瓦季姆。”

警告的语气让格里芬立刻服从了其要求。

“瓦季姆，现在一些正被付诸实践的计划有可能会给力量的平衡带来改变。就在此时，巨龙君王们和他们的军队，尤其是他们的法师，很可能会彻底摧毁这次起义……”

“很可能？不，不是很可能，而是必然。”瓦季姆道。

格里芬瞪了瓦季姆一眼，继续说道：“但是，如果情况按照我希望的发展下去，那么巨龙君王们有可能发现他们的利爪反而落在了自己身上，这片土地将得到解放。”

格里芬的目光从瓦季姆看向影驹，让他感到惊讶的是，他看见影驹在认真地思考他说的话。

“这会是一件好事。”影驹对瓦季姆说道。

瓦季姆没有立马回应，那不断变化的面容表明其也在思考格里芬的话："为什么你想要这样？是什么在驱使你？你在大海对面又有过怎样的经历？格里芬，我知道你的传闻，对那边的事情的确有一点了解。"

"那么，关于这件事，你知道的一定比我更多。"格里芬激动得颈毛都倒竖起来了，"我们不要兜圈子了，我来这里就是为了和你们结盟。你们出现在了我的面前，那么到底要不要和我讨论这件事？"

瓦季姆"咯咯"地笑了起来。

"我曾经认识一个像你这样的人，真希望我还能记起他的名字。"瓦季姆耸了耸肩，"我希望自己能够回忆起来的事情可真多啊！看样子，我们在这方面很像，格里芬。"

影驹突然回头瞥了一眼，头完全向着背后。如果影驹真的是一匹马，那么这个迅猛的动作足以折断其脖子。

实际上，格里芬完全不知道影驹的真身是什么。

这时，影驹说道："我们受到了监视。"

瓦季姆抬起头，即使明亮的阳光照在其脸上，其五官依旧模糊不清。

格里芬觉得自己能分辨出瓦季姆的眼睛和嘴，不过，这可能只是他的幻觉。

"奎尔？"瓦季姆道。

格里芬顺着瓦季姆的目光看去，却什么都没有看见。如果那种掘地兽真的就在附近，此时他应该把手放在剑柄上。

"不，不是有形的，我们周围的水晶结构发生了变化。"影驹道。

听到这句话，瓦季姆往阴影中稍稍退了一点，道："莱加半岛的主人水晶龙君王注意到了我们。"

格里芬因为瓦季姆的话而大吃一惊，水晶龙君王竟然知道他们入侵了他的领域。格里芬一直在努力隐蔽自己，但也许他们三个聚在一处还是太过惹眼，难免会让对魔法极其敏感的水晶龙君王有所察觉。

"他会发动攻击吗？"格里芬问道。

"不会。"瓦季姆回道，"他不会攻击，只会监视，仅此而已。"

"他会警告其他巨龙君王……"格里芬继续道。

"他也不会那样做，他有自己的势力，并不听命于龙皇，只是在关键时刻才会与龙皇有短暂的合作。他不会传递消息，不会发出警告。"瓦季姆抢先说道。

"你对他这么了解？"格里芬感到疑惑。

水晶龙君王是所有巨龙君王中最神秘的，而瓦季姆对水晶龙君王竟然如此了解，这让格里芬感到惊讶。

他暗想：瓦季姆还知道巨龙君王们的什么情报呢？这些情报能不能为我们所用？

"我有充足的时间研究所有巨龙君王，还有他们的后继者。"瓦季姆答道。

这句话提醒了格里芬，他面前的瓦季姆已经存在了很长时间。的确，瓦季姆应该被称为"存在"，而不是"生命"。根据格里芬的大量研究，瓦季姆从来不曾希望自己被叫作"瓦季姆"，这个世界上的生物曾经只知道瓦季姆的名字是"暗影"，是一个不能被称为生命的存在。

这是诅咒的一部分。据说那张没有具体形态的面孔只是这名巫师所承受的磨难的冰山一角。

"我觉得你这次可能错了！"影驹的声音陡然变大，"好好看看，这片土地正紧紧地盯着我们。"

影驹并没有夸张，格里芬看到这片水晶覆盖的土地真的将一只眼睛看向他们。而每一颗闪耀的水晶上面都出现了一只细长的爬虫类眼睛，朝他们看过来，那巨大眼球光芒闪烁的样子尤其让格里芬感到不舒服。

瓦季姆来到格里芬身前，道："影驹，带我们的新盟友离开这里。"

格里芬非常敏捷，但还是没办法和影驹相比。

影驹的肩头突然伸出两条粗大的手臂，手臂末端各有一只带三根指头的手，它们抓住格里芬的肩膀，如同提起婴儿一般把格里芬提了起来，又以令人惊叹的轻柔动作将格里芬放到了影驹的背上。

"坐稳！"影驹咆哮道，却没有给格里芬调整姿势的机会，因为完全没有必要。

就在影驹开始奔驰的时候，格里芬感觉自己的双腿陷进了影驹肋侧的黑暗中。片刻后，就连英勇的格里芬也感到一阵胆寒，他担心自己会被这恶魔吞没。

不过，他的双腿被黑暗包裹住后，影驹的身躯再次化为实体，就算他想要跳下马背也不可能了。

一阵雷鸣般的声音响起，大地开始震颤。

尽管刚才瓦季姆言之凿凿，但格里芬还是认为瓦季姆错了，水晶龙君王是打算攻击他们的。格里芬不由得忧心忡忡地回头看了一眼。

他看见瓦季姆高举戴着手套的双手，庞大而纯粹的能量不断地从那双手中涌出，然后汇聚成一股翡翠色的龙卷风，挡在那无数只充满恶意的眼睛前面。

就在影驹以无法想象的速度将格里芬带离这个奇异的战场时，格里芬看到龙卷风将星星点点的水晶从坚硬的地面上撕裂下来，水晶碎片被龙卷风裹挟着陡然升高，又被抛到与格里芬离开时完全相反的方向。

瓦季姆此举是在干扰水晶龙君王，让水晶龙君王什么都看不见。

格里芬终于明白了瓦季姆此举的意图，也明白了瓦季姆是多么强大。

眨眼之间，瓦季姆就能够施展出如此高强的法术，格里芬绝不相信其甘愿被称作"瓦季姆"。

莱加半岛消失在他们背后。

格里芬转头向前，肥沃葱郁的阿达疆原野出现在眼前。

这里是褐龙君王的领地，千年以来，褐龙君王统治的王国以盛产谷物著称。丰足的谷物养育了大群牲畜，而这些牲畜为一支可能是最强大的巨龙军团提供了源源不绝的口粮。

如果说紫龙君王是巨龙君王中的战略家，那么褐龙君王就是巨龙君王们的统帅。就算是野心勃勃的铁龙君王和青铜龙君王，也没有褐龙君王如此庞大的军力。实际上，想要穿越阿达疆原野是很难的，几乎像进入莱加半岛一样危险。

"现在我骑在一个恶魔的背上。"格里芬紧紧地咬住尖喙，考虑着眼前的局面，"褐龙君王肯定会注意到我。"

就算是巨龙君王们，对恶魔也有所忌惮，褐龙君王有可能会选择无视影驹，但他肯定不会放过影驹背上的反抗军首领格里芬。

影驹的肋侧毫无预警地再次变软了。

格里芬闷哼一声，往下陷，他徒劳地挣扎着。

影驹的另一个名字是"永恒"，而陷入永恒的人会有怎样的下场呢？那是格里芬听过的最恐怖的故事之一。

就在影驹即将完全包裹住格里芬的时候，一个外壳突然出现在格里芬周围。格里芬飘浮在这个透明的外壳里，沉入了影驹的躯体里，和外界完全隔绝了。

这让格里芬感到惊慌，不知道是他的身体大幅度缩小了，还是某种魔法让影驹变得更加庞大了。

也许是幸运，也许是不幸。

忽然，格里芬的注意力被一阵充满挑战意味的咆哮声吸引了。

发出这种声音的，可能是一头非常愤怒的巨龙。

影驹的躯体这时变成了半透明的，格里芬隐约看到一头褐色巨龙从茂密的草丛中隆起。

这头褐色巨龙刚才一定是以人类形态隐藏在这些高大茂盛的草丛中，当变身成龙的时候，无论多么高的草丛，都不可能再遮挡住它。

褐色巨龙展开双翼。

此时影驹还在迅速向它靠近，它再一次发出吼声。

格里芬意识到这是一种警告。

"停下！"褐色巨龙用雷鸣般的声音说道，"停下，否则的话，你必死无疑！"

影驹只是笑了笑，前进的速度丝毫没有减慢。

即使知道影驹力量强大，格里芬依旧不敢轻视眼前的褐色巨龙。

褐色巨龙突然张开羽翼，大地随之颤抖了一下。

影驹周围的地面陡然拔起，变成了一座由岩石和泥土组成的监牢，青草缠绕住影驹的四肢，阻碍了其前进的脚步。

"愚蠢的龙！"影驹怒吼道，"我是影驹！妨碍我对你没有好处！"

褐色巨龙没有退却的打算，再次发出怒吼。

那监牢开始向内收缩，所有缺口都被封闭了。

格里芬猜想：大概是影驹刚才的警告激怒了褐色巨龙，褐色巨龙下定决心要将入侵者彻底毁灭。

让格里芬惊讶的是，他面前的半透明外壳壁上突然出现了一张嘴，随后，那张嘴的上面出现了两只冰蓝色的球形眼眸。

"你准备好了吗？我必须把你扔到安全的……"

不等影驹把话说完，所有光线都消失了，保护格里芬的半透明外壳向内崩碎了。

格里芬用双手按住身侧的护壁，希望自己能够多活几秒钟。

刺眼的光线笼罩住格里芬，清新的空气充满了他的肺。

格里芬有翅膀，至少有那么一小截，但他总是将这对毫无用处的翅膀连同其他许多特征一起隐藏起来，以免被他的追随者们知道他根本就不是人类。现在，他一边咒骂自己这对无用的翅膀，一边等待自己的身体撞击地面时不可避免发生的筋骨损伤。

但是，离地面只有数尺高的时候，他忽然停住了，然后脚轻轻地落在地上。直到这时，他才感觉到有什么东西黏附在自己的背上。

他双脚一落地，背上的东西就离开了。

他回头瞥了一眼，看见一道黑影仿佛拍打着翅膀一般飞走了。

那是影驹身体的一部分……

紧接着，更壮观、更惊人的场面吸引了格里芬的注意——远处，褐色巨龙扑向身体变得稀薄了很多的影驹。刚才那个"魔法牢狱"现在只剩下几块残片，大部分岩石和泥土都飞散到了很远的地方。看来，影驹刚刚施展出了自己极大部分力量。即使是这样，格里芬还是觉得影驹很难有取胜的希望。

想到这里，格里芬向战场飞奔而去。影驹是想要把他送到安全的地方，但他不能就这样逃走，影驹认可了和他的盟友关系，他至少可以帮助影驹吸引褐色巨龙的注意。

但刚刚迈出几步，格里芬就知道来不及了。

褐色巨龙已经飞临影驹的头顶，而影驹仿佛因为恐惧而全身僵硬。

褐色巨龙张开大嘴，喷出一股烈焰，彻底吞没了影驹。影驹在爆燃的烈火中放声大笑。

褐色巨龙停止喷吐火焰，影驹竟然完好无损地重新出现在了格里芬的眼前。

褐色巨龙怒吼一声，再次扑向影驹。

格里芬眼见传说变成了现实。

褐色巨龙落在影驹的身上，浑身燃烧着强大的魔法能量，利爪伸出，看上去，轻易就能撕碎影驹纤小的躯体。

但是，格里芬惊愕地看到，褐色巨龙一触及影驹就迅速缩小了。

只是一次呼吸之间，原本如同山岳一般的褐色巨龙变得和格里芬差不多大小，很快，变得甚至比格里芬还要小。

褐色巨龙很清楚自己的身上发生了什么，急忙张开双翼，想要飞走，但无论它的龙翼扇动得多么用力，它还是不断地向下坠，最终进入了影驹的身体。

的确应该是这样。

格里芬的秘密盟友曾经看到过两名龙骑士攻击影驹，并将当时发生的一切告诉了格里芬，所以格里芬知道这场战斗会有怎样的结果。

当褐色巨龙碰到影驹的时候，就变成了影驹那超自然身躯的一部分。褐色巨龙的身体缩小了，但并不是真正缩小。

影驹根本不会服从物质世界的自然法则，其来自某个远远超越现实世界的地方。格里芬根本不知道那是哪里，影驹身上的物理规则和魔法规则是他从未见过的。

这正是无数人对影驹感到恐惧的原因。

"我亲眼看到他们落进了影驹的身体里，格里芬……"格里芬的盟友曾经以惊奇和畏惧的语气对他说，"他们的身体迅速变小，但这和他们最终的结局相比根本不值一提。我当时离得很近，不过影驹并没有注意到我，对于这一点，我一直非常庆幸，否则影驹可能会把我当作敌人，在我来不及说明情况的时候，就把我……"

现在，那褐色巨龙变得只有小孩那么大，而且差不多被影驹的身体吞噬了。

结合盟友说过的话，格里芬可以想象出碰到影驹的褐色巨龙会有怎样的下场。

影驹就像是一个活的黑洞，正将褐色巨龙拽向自己体内深处，这种情形和刚才影驹对格里芬所做的事情完全不同。

这不幸的褐色巨龙会一直跌落。而在凡人的眼中，它会不断地缩小，直到无影无踪。

不过，依照格里芬的那位盟友的解释，这褐色巨龙自己的感觉只是不停地跌落，永无尽头。

现在，格里芬的视线中只剩下影驹了。

影驹也看见了格里芬，打了个响鼻，向格里芬跑过来。

"你应该尽量跑远一点，这里很可能还有其他褐色巨龙。"

"我……想要帮忙。"格里芬觉得自己的解释很愚蠢，影驹显然不需要他的帮助。

影驹冰蓝色的眼睛眨了眨，道："谢谢。"

格里芬能感受到影驹是在真心向他道谢，但还没有等他明白为什么影驹会对他的愚蠢行为表达谢意时，影驹肩头的两条手臂又出现了。

"阿达疆原野的君主已经察觉到了我们，我们还是先逃走为妙。"影驹再次将格里芬放到自己的背上，"一头褐色巨龙而已，不足为虑，但是褐龙君王就是另一回事了。"

影驹继续在大地上奔驰。

格里芬在迅速向后退的草原上寻找危险的迹象，不过，他没有任何发现。现在他们好像安全了，而他似乎得到了两件非常强大的"武器"，足以让他那支力量单薄的反抗军发生质的变化。

他心中暗想：如此惊人的力量，还有魔法……

这时，阿达疆原野已经被他们远远地甩在了身后。

对瓦季姆，格里芬丝毫不担心。影驹和瓦季姆这两个恶魔与巨龙君王们所掌握的任何力量相比，完全不落下风。

　　不过，就算这两个盟友的力量能与巨龙君王们匹敌，但巨龙君王们还有彭纳瑟斯，还有南森。

　　除非格里芬的计划成功，否则就算是有影驹和瓦季姆加盟，反抗军也不足以和龙族对抗。

　　如果格里芬知道紫龙君王正在对南森施展的计划，那么他会明白前景堪忧。

第 4 章
家族聚首

作为紫龙君王最信任的法师，南森的宅邸的规模仅次于王宫中的建筑。实际上，就算是在王宫里，大概也只有紫龙君王和他的继承人乌恩公爵的居所的规模能够超过南森的宅邸。

这座宅邸是一座高塔，站在高塔上足以俯瞰彭纳瑟斯绝大多数的房屋。最低的一层没有门窗，只有顶部的两层有窗户，利用魔法是进入这里的唯一方式。即使这里是知识之城彭纳瑟斯，采取一定的防御手段也是有必要的。

知识之城是对彭纳瑟斯的一种特定的描述，除了彭纳瑟斯以外，这个世界上没有其他城市能拥有这个名字。一个又一个世纪里，无数游客从其他国度来到这里，领略紫龙君王所拥有的学识宝藏。

南森从家中向彭纳瑟斯西区眺望，能看到公会库房，那里还被称为"第二图书馆"。那个地方虽然几乎没有什么关于魔法学识的收藏，却封印着公会的许多秘密。公会的成员遍布十三个巨龙君王国度。

南森神情凝重。

公会的那些大师都很嫉妒南森，如果他们手下的间谍探知到南森失败的消息，他们肯定会迫不及待地将这个消息广为传播。虽然这不太可能改变南森在法师阶层中的影响力，但只要能削弱南森所属的拜德兰家族在公众心目中的威信，他们就会感到心满意足。

拜德兰家族已经侍奉紫龙君王数个世纪之久，家族的年鉴中详细地记录了这个家族为紫龙君王奔走效劳的点点滴滴，但最初是什么时候获得了这一殊荣，这一点已经淹没在时间的长河里了。

这可不是一个良好的记录。南森闷闷不乐地想着。

不过，他会忠实地履行自己的职责，记录下自己的所作所为，以供后人借鉴。当他还是一名学徒的时候，他的父亲就告诉他，即使失败了，也需要认真学习失败的经验，而且，从失败中学到的东西往往比从胜利中学到的更多。

到现在为止，南森的小儿子都没能明白这一点。

南森转过身，他所在的地方并非吟游诗人的故事里常常描述的那样黑暗、阴森、密不透风，实际上，这里极为华丽，就算是紫龙君王来居住，也没有任何不妥。

南森一直很庆幸自己侍奉的是睿智有礼的彭纳瑟斯之主，而不是残暴的地狱平原统治者。不过，在阿丝丽雅二十多年前离开他以后，他一直为自己住着如此奢华的宅邸而感到愧疚。过了这么长时间，他依然清晰地记得阿丝丽雅精致的五官和象牙白的皮肤，还有那双如同夏日晴空一般充满活力的眼睛。

阿丝丽雅和南森的婚姻最初只是政治联盟的产物，后来他们相爱了。她过早地离世之后，南森的生活并非没有其他女人闯入，但与他们的爱情相比，南森后来的感情生活是苍白的。

"父亲。"

听到呼唤声，南森这才意识到自己茫然地盯着前方好一会儿了。

他以宽慰和愉悦的心情看向自己的长子："戴恩。"

一看到戴恩，南森就会想起阿丝丽雅。戴恩拥有和他的母亲阿丝丽雅一样浓密光亮的黑发，只不过戴恩的头发才垂到肩头，更加精致的五官清楚地表明他的身上流着密托·派卡王室的血，而且他的眼睛比他母亲的更加细长。

如果说戴恩从南森的身上继承了什么，那就是拜德兰家族矮壮的身材——人们常常说这是"农夫身材"。

"南森·拜德兰，你的名字和样子真不一样，听起来，你应该一出生就是法师。"

南森摇摇头，将他与阿丝丽雅第一次见面时，她对他的逗趣评价收回记忆深处，同时伸出手臂迎接戴恩，两个人拥抱在一起。

随后，南森后退一步，看着戴恩，道："你又长高了。"

"父亲，您每次都这样说，其实，我已经几年没长个了。"戴恩笑着说道。

戴恩穿着一件几乎和南森完全一样的长袍，只不过胸口的位置有一个小小的紫色书本标志，这意味着他在自己的组织中处于第二等级。

他必须忠诚地侍奉紫龙君王二十年，才会被认为与他的父亲和雅拉克这样的高级法师有着同等地位。

"对法师而言，身高和岁月没有关系。"

"您知道，我像您一样，不喜欢把魔法用在这种事上。我知道有些人喜欢美化他们的外表，但我对自己的身高很满意。"

南森轻笑了一声："你天生的样子就很好。上次你在这里的时候，我看到嘉琳达一直在端详你。"

一抹红晕在戴恩的脸上扩散开来："我十四岁的时候，还故意叫过她'阿姨'。"

"你以前总是偷看她，就像上次你来的时候她偷偷打量你一样。十岁的差距，对有着三百年寿命的我们来说不算什么。她是一名优秀的法师，也是一名美丽的女子。你不应该总是一个人，你应该成家了。"

"这么对我说的您自己还形单影只呢。"戴恩突然严肃起来，"母亲一定想让您再找一个人，而不是这么随意地对待感情，然后又后悔。"

南森压抑住反驳的冲动，他知道戴恩是对的。阿丝丽雅在第二次怀孕的时候发现身体出了问题，就对他这样说过。

南森一直怀疑那时她就知道自己会挺不过那一关。

人们并非一定要有雅拉克的能力才可以预见未来，尤其是当未来可能会不复存在的时候。

"你刚回到彭纳瑟斯？"南森不想让自己沉浸在失去阿丝丽雅的悲伤中，"我知道你会回来，但没想到会这么快。"

发现父亲转移了话题，戴恩明显松了一口气，道："是的，我还要去觐见紫龙君王，不过我觉得他不会介意我先回来看您的，我们已经分开太久了。"

"知道你这么想念我，就像我想念你一样，我很高兴。但是，儿子，你明知道自己的责任有多重，而你离开的时间太长了。"南森的语气中充满忧虑。

他的小儿子亚泽兰失去了紫龙君王的宠信，这就已经够糟糕的了。

戴恩应该明白这其中的道理。

"也许您是对的，我还要向紫龙君王报告他和绿龙君王讨论的事。"一提到绿龙君王，一丝狡黠的笑容出现在戴恩英俊的面孔上，"哦，我在那里遇到了一个你认识的人，一个受到绿龙君王保护的人……"

南森不知道戴恩说的是谁，他已经六年多不曾去觐见绿龙君王了。

绿龙君王的确对几个人类法师照顾有加，就像把他们当成自己的孩子，但南森对他们都没什么印象。

"你可以等一下再和我仔细说说此事。"

"你好，南森·拜德兰大师，好久不见。"

这时，从戴恩的身后跳出来一个美人。

这是一个留着火红色长发，双眼如同翡翠般明亮的女子。她身上的长袍和眼睛的颜色完全一样，而且很好地衬托出了她窈窕的身材。她大概是在过来这里之前精心挑选了这身衣服。

南森虽然认出了这个女子，但还是有些不确定这是不是他记忆中那个有些呆的小姑娘。

"葛温多琳·麦克安，是你？"

葛温多琳看到南森认出了自己，脸上的笑容变得更加灿烂了，整个人显得更美了。

这让南森感到惊讶，他没想到她笑起来竟然更美了。一想到这里，他就立刻又觉得自己对不起阿丝丽雅，虽然他知道阿丝丽雅不会为此而责怪他，但是他觉得自己不应该去欣赏其他女子的美貌。

"是的。"葛温多琳笑着回道，"不过，现在我只是葛温多琳。我完成学徒训练以后就离开了我的氏族，现在我在侍奉绿龙君王。"

她说话的时候，身体周围的能量在波动，可她并没有意识到自己对自然界的能量造成了影响。

南森认识许多施法者，不过极少有人有着这样的潜质。

他向葛温多琳身后的戴恩瞥了一眼，只见戴恩微微一笑，并没有说话。在他看来，戴恩应该是听从他的建议找到了喜欢的人，只不过戴恩喜欢的和他建议的不是同一个。

而戴恩还没有正式介绍葛温多琳，表明他们的关系，拜德兰家族的长辈们也没有对此说任何话，南森觉得他们可能认为戴恩和葛温多琳现在确定关系言之过早。

"天哪，这可真是意外之喜。你觐见紫龙君王了吗？"

葛温多琳摇摇头："不，我还要再侍奉绿龙君王一年。"

听葛温多琳的语气，她好像早就知道自己还不能去觐见紫龙君王。

南森却完全不知道这个规矩，不过，巨龙君王们常常会按照自己的意思安排一切。如果这个新规矩和南森有关，紫龙君王毫无疑问会通知他。

戴恩突然后退一步，道："父亲，您之前说的是对的，我最好现在就去觐见紫龙君王。"

说完，他就消失了。

南森愣住了。他以为戴恩好歹会先和他说说自己和葛温多琳的关系到底进展到哪一步了，而不是就这样留她独自面对自己的老父亲。

南森当然不会给他们造成任何不必要的麻烦，所以，他没有去问葛温多琳。

而现在，葛温多琳看着南森，仿佛正在等他说话。

南森一时想不到有什么可说的，便指了指被他当作餐桌的那张象牙矮桌子，道："请坐！"

他引领葛温多琳坐到了矮桌子旁边一把有着柔软坐垫的椅子上。尽管身穿法师长袍，但葛温多琳的动作很是灵活。

南森也坐了下来，然后他伸手一招，一只黄金酒瓶向他们飘过来，跟在黄金酒瓶后面的还有两只相同款式的高脚杯。

南森本来可以让酒瓶自己倒酒，但他觉得这样做会让自己看上去太过沉溺于魔法力量。很多施法者让魔法为他们完成每一件事，直到他们连一点微小的身体动作都做不出来。南森不会挑选这样的法师与反抗者作战，但是紫龙君王的其他仆人的确存在这种问题，这是所有法师都需要重视的问题。

"这是歌达格埃的葡萄酒。"他将一满杯酒递给葛温多琳，"希望你会喜欢。"

葛温多琳抿了一口："真是好酒。"

南森也喝了一小口，然后大着胆子问："你认识戴恩多久了？"

"他来到达格拉森林的第一天，我们就认识了。"葛温多琳向前探过身子，脸上又露出了笑容，"我还记得你们第一次来达格拉森林的时候，我就听过你的所有故事，却从没有想到你会来这么偏僻的地方。"

"达格拉森林可不是什么偏僻的地方。"

"我是在达格拉森林西北部边缘的一个村子里长大的，那里靠近精灵领地。"她对南森说道。

据南森所知，她的红发正是那个地区的人类的标志性特征。

葛温多琳向窗外指了指，又道："而这里是彭纳瑟斯，那种小地方怎么能和这里比？"

"你之前从没有来过这里吗？"南森知道她没有见过紫龙君王，但绿龙君王应该送她来彭纳瑟斯接受过训练。

她翘起的嘴角垂了下去，道："我最后的训练是在绿龙君王信任的一位法师那里完成的，所以在戴恩去到达格拉森林之前，我在绿龙君王的圣所附近度过了很长时间。在那以前，我在圣所里接受过多年的训练。你应该知道那里是什么样子。"

南森的确知道。

尽管那里有着繁茂的草木花卉，绿龙君王的魔法将植物生命塑造成了无数华丽的艺术杰作，让圣所成为一个极尽美丽的地方，但是，它位于地下世界。

达格拉森林的主人之所以选择葛温多琳，肯定是因为她非凡的魔法潜质，但她因此几乎一直都生活在那个地下世界里。

"我为你感到难过。"南森最终还是说出了自己真实的想法。

葛温多琳眼睛一亮，道："谢谢。"

"但是，至少在你遇到戴恩以后，我相信情况一定有令你感到高兴的改变。"

"他谈起你的时候一直都是那么高兴！"葛温多琳高声说道，"他从来不介意我提出各种问题，还愿意给我讲你的各种冒险故事。你真的两次面对过暗影，还打败了他吗？"

"我们战斗过，结果我赢了。"

实际情况要远远复杂得多，其中一些细节，就连紫龙君王也不能完全理解。

南森眉头一皱，因为他和葛温多琳的对话正朝没有意义的方向发展，他认为葛温多琳想要和他谈论的应该是戴恩。

"现在你和那些反抗者作战，据说他们的首领是个怪物。"

"实际上，我不能这样谈论这件事。"

"哦，别这样，父亲，您就算夸一夸自己也是应该的。"

这不是戴恩的声音。

说实话，片刻之间，南森根本无法确定这声音到底是谁发出来的。只是，当他站起来的时候，才意识到刚刚说话的人是如何称呼他的。

"亚泽兰！"

葛温多琳身后的空气凝聚成了一个身材纤瘦的灰袍人，个子和南森差不多，五官比戴恩更像南森，一头黑色短发下面是一双黑色的眼眸。

那双黑眼睛立刻吸引了南森和葛温多琳这一长一少两位法师的注意，同时南森还注意到亚泽兰蓄了短须。

那双黑眼睛从南森看向葛温多琳，道："请原谅。父亲，我不是故意要打扰你们的私人……"

葛温多琳脸一红。

南森也感觉面颊有些发热，摇摇头，急忙说道："不，不是的，葛温多琳是和戴恩一起回来的。"

"啊？"亚泽兰向周围看了一眼，他以为他的兄长会像他这样凭空冒出来。

没有发现任何异常之后，他的目光回到了葛温多琳的身上。

"我兄长的品位提升了。"他以夸张的动作鞠了一躬，"请接受我的问候。"

南森察觉到亚泽兰的礼节让葛温多琳有一点紧张。实际上，葛温多琳不仅站起了身，还向后退了一步。

"请原谅。"她对南森说，"我来这里还有任务要完成，我觉得有些事还是应该尽早做好。"

她又同时向南森和亚泽兰说道："如果没有别的事情……"

南森和亚泽兰同时点点头。

葛温多琳最后向南森笑了一下，就消失不见了。

亚泽兰继续盯着葛温多琳刚刚站立的地方，南森不得不咳嗽了一声。

亚泽兰当即看向南森，并且伸出了一只手，道："父亲，我真的很想念您。"

"不会比我对你的想念更厉害。亚泽兰，我不止一次尝试联系你。你知道，紫龙君王对你不太满意，你一直都没有及时回来觐见他，而他只不过是希望我们服从几条规矩，除此以外也就没什么要求了。"

"他对您的要求可不算少。"亚泽兰一边和南森握手，一边反驳，"我听说，您带人去镇压那场所谓的叛乱了。父亲，告诉我，反抗军首领真的是某种前所未见的怪物吗？"

"反抗军首领很独特，等一下我们可以仔细地谈谈这件事。你应该马上去觐见紫龙君王，如果他听说你回到了彭纳瑟斯却还是不遵从他的法令去觐见他，那对你将非常不利。"

亚泽兰那双黑眼睛继续注视着南森："甚至会将我处死吗？"

南森大吃一惊，不由得松开了亚泽兰的手："紫龙君王是诸位巨龙君王中最公正仁慈的，这一点你很清楚。如果换作铁龙君王或者黑龙君王，你将很有可能被处死。亚泽兰，紫龙君王不会这样对你，但是，他的仁善、耐心也会有耗尽的时候。"

亚泽兰的脸上露出笑容："父亲，您放心，我会找时间去觐见紫龙君王，我也不想因为轻视他的权威而惹您生气……"

南森恼怒地呼出一口气，道："亚泽兰，我只是担心你。"

亚泽兰招来另一只高脚杯。

和南森不同，亚泽兰让酒瓶自己给他倒了酒。他啜了一口葡萄酒，赞许地点点头，才开口："父亲，您一直都在为我担心，这个我知道。"

"答应我，你很快就会去觐见紫龙君王。"

"我会去见他的。"亚泽兰又啜了一口葡萄酒，"那个怪物是强大的施法者吗？"

南森努力压抑心中的怒气，回道："那怪物很狡猾，但是猖狂不了太久，我们很快就能找到那怪物。"

"真想看看那怪物到底是什么样子，有什么能耐。"亚泽兰耸耸肩，放下高脚杯。

这时，他那几乎没有血色的脸变得更加煞白了，身体踉跄一下，靠在桌子上。

"亚泽兰！"南森上前抓住亚泽兰的手臂，才没有让他倒下，"你生病了吗？"

亚泽兰用了一点时间才喘过气来，道："我……我没事，父亲，我只是睡得不太好。"

"这不是睡眠质量的问题，你会出现这种情况，是因为在施法的时候消耗太大了吧！我早就警告过你，一定要小心。"

"是的，您总是在警告我！"亚泽兰吼了一声，马上又露出抱歉的神情，"也许……也许，您是对的。作为伟大的南森·拜德兰的儿子，我其实过得很艰难。父亲，戴恩也许对自己的人生很满意，但我不想只是成为您的影子。"

"亚泽兰……"

亚泽兰的话狠狠地击中了南森的心。

亚泽兰再次拿起高脚杯，一口喝光了杯中的酒，道："请原谅我。我想要做出成就，让您为我感到骄傲。我一直在进行试验，也许做得有些过分了，但我相信，等这一切都结束的时候，您一定会因为我的成就而感到高兴。"

"你在说什么？"

"等这件事结束的时候再说吧，现在还不是说这个的时候。"看到南森担忧的眼神，亚泽兰又道，"父亲，我会更加小心的，我猜我只是过于着急了。"

南森很想知道自己的小儿子在做什么，但他也明白不能再逼问下去了，亚泽兰还是孩子的时候就比戴恩想得多。

南森相信，这是因为亚泽兰无法忘记自己的母亲是为了把他带到这个世界才死去的，就算是魔法也无法拯救她的生命。

亚泽兰在自己短暂的人生中曾经不止一次因为鲁莽而引发事故，甚至受伤。看样子，他还在走自己的老路。

南森决定对亚泽兰更留意一些，但他也很清楚，追捕格里芬的行动会再一次迫使他离开自己的两个儿子。

"我会更小心的。"亚泽兰重复道。

他这时才终于站稳身子，目光忽然变得冷厉，道："您也许能帮我一个忙，这才是我需要的。"

"如果这能让你免于将自己摧毁，我很乐意帮忙。请告诉我，你要我做什么？"南森道。

"我希望您能够让我进入图书馆。"

南森刚才还在担忧亚泽兰的身体，现在，他则害怕亚泽兰的精神会有问题。

"你知道，只有紫龙君王才能够使用图书馆，就算是我，也不能单独进去。"

"但是，您知道该如何进入图书馆，您一定也想过单独进去……"

"够了！"南森几乎无法相信自己的耳朵，他认为亚泽兰说出这种话根本就是背叛，"如果你珍惜自己的生命，最好现在就像你的兄长那样去觐见紫龙君王，更新向他效忠的誓言！"

"'如果你珍惜自己的生命'？"亚泽兰与南森对峙，目光却没有任何波动，最终还是南森移开了自己的视线。

但是，亚泽兰丝毫没有罢休的意思，又重复道："'如果你珍惜自己的生命'？"

"亚泽兰……"

亚泽兰后退一步，脸上露出了苦涩的笑容："是的，这让我明白了许多事。"

亚泽兰消失了。

南森开始搜寻亚泽兰的魔法痕迹，但亚泽兰在离开时妥善地将自己的魔法痕迹隐藏了起来。

很少有施法者能够在南森面前隐藏自己的魔法痕迹，今天南森却是第二次发现自己在探察别人的魔法痕迹时一无所获。

无论亚泽兰心里怎样想，他还是传承了父亲南森的魔法技艺。

相比亚泽兰的突然离去，更让南森感到困扰的是，亚泽兰离去前不断重复的那句话——如果你珍惜自己的生命。

南森一直都在提醒他的儿子们和其他法师，紫龙君王是那么仁慈博爱，现在他却警告亚泽兰，紫龙君王有可能会因为亚泽兰的不恭而杀了亚泽兰。当然，他认为紫龙君王绝对不会这样做。

可是，紫龙君王真的不会那样做吗？

对紫龙君王的怀疑突然充斥在南森的脑海中，一些没能服从紫龙君王命令的人的下场搅乱了南森的思绪。

他想起了一个人——博利万。

博利万是雅拉克的亲戚，一个既有野心又有天赋的幻术师。

"博利万……"南森喃喃自语，"博利万……"

雅拉克的这个亲戚没有得到紫龙君王的允许就闯入了图书馆。自然，此等悖逆行为很快就被紫龙君王察觉了。

想到这里，南森打了个寒战。

他仿佛又看到了跪倒在地的博利万，还有站在博利万两旁的龙人卫兵，以及怒不可遏的紫龙君王。

从那以后，博利万就再也没有出现过。

他到底怎么样了？为什么我想不起来了？

南森拿起高脚杯，喝了一大口酒。更多关于博利万的模糊影像在他的脑海中盘旋——是不是还有其他人？

他重新倒满酒，但就算喝了再多的酒，他也没办法彻底赶走脑海中的那些影像。

为什么我想不起博利万后来怎么样了？南森问自己。

当他放下酒杯的时候，他的手在不断地颤抖。

为什么?

到底是为什么?

南森焦虑地问自己。

他担心的难道只是亚泽兰会丧命?还是,他在为包括自己在内的所有人类法师担忧?

第 5 章
使者

戴恩在紫龙君王面前站起身，他再次立下了自己的效忠誓言，就像不久之前他的父亲所做的那样。这让他心中产生了一种奇妙的感觉。每一次跪倒在紫龙君王面前，他都会体验到人生目标被重新确立的感觉，疲惫和疑虑会一扫而光。

他刚刚站起来，葛温多琳就出现在他的身体左侧，和他不过一两尺的距离。

葛温多琳立刻向紫龙君王低垂下头，等待紫龙君王结束与戴恩谈论的事务。

这名巨龙君王并不习惯坐在王位上等待施法者们不时冒出来向他宣誓效忠。大多数法师来到彭纳瑟斯前，都会先向紫龙君王的管家杰克里斯·特林通报，再由杰克里斯·特林来确定该在什么时候觐见紫龙君王。拜德兰一家则一直都是例外。

想到杰克里斯·特林，就算没有真正见到这个人，戴恩还是下意识地打了个寒战。

杰克里斯·特林侍奉紫龙君王甚至比戴恩更加忠诚，他总是戴着兜帽，身材干瘦，这总会让戴恩联想到巫师暗影，或者是一具缠着裹尸布，从坟墓中升起来的尸体。

幸好杰克里斯·特林很少在拜德兰家族成员觐见紫龙君王的时候出现，这是拜德兰家族能够享受的另一个特权。

戴恩从没有细想过他的家族为什么会得到紫龙君王的宠信，不过，他的父亲南森是这片土地上最强大的法师之一，除非紫龙君王封闭了这座宫殿，否则拜德兰家族的人几乎随时都可以来见他。

但葛温多琳就不一样了，戴恩为她的突然到来感到担忧。他本以为她还在父亲南森那里，而且就算她决定进入王宫，也应该先联系杰克里斯·特林。

端坐在他们面前的紫龙君王只是稍稍动了一下，道："欢迎，葛温多琳·麦克安。"

葛温多琳大着胆子抬起了头："很荣幸能够不加通禀就来到紫龙君王陛下面前。"

"你应该已经得到消息了，我希望，你只要方便就立刻过来。"

戴恩很是惊讶，葛温多琳和他在一起的时候从没有提起过这件事。

"我本想在戴恩觐见结束之后再过来。"

紫龙君王看向戴恩："她的到来有让你感到不快吗？"

"没有，陛下。"

"那么就没有任何问题了，实际上，你们两个一起过来只会让事情变得更简单。是不是，杰克里斯·特林？"

戴恩和葛温多琳都愣了一下。

此时，一个令人不安的空洞的声音回荡在大殿中："龙皇的一位使者即将到来，我们事先并没有得到消息。"

戴恩眼角的余光瞥到了杰克里斯·特林，只见遮住杰克里斯·特林面孔的兜帽向前低垂成一个尖角，就像一只鸟喙。

戴恩不明白杰克里斯·特林怎么能透过兜帽的遮挡看见东西，当然，尽管其干瘪的身躯没有释放出任何魔法光芒，但戴恩完全相信其掌握了某种特别的力量。

杰克里斯·特林身上的黑紫罗兰长袍标志着他是紫龙君王的仆人。

戴恩总觉得这件袍子里完全是空的，只有当杰克里斯·特林移动，或者说是浮动的时候，他才能看到杰克里斯·特林的一点点身体轮廓。杰克里斯·特林的肩膀很宽，似乎还有一点驼背，但这只是戴恩的猜想，就如同他猜想杰克里斯·特林可能是人类一样。

"先让使者在外面等着。"紫龙君王平静地说道，然后站起身来，向葛温多琳伸出戴着鳞甲手套的手，"到我面前来。"

葛温多琳毫不犹豫地遵从了紫龙君王的命令，将自己的手放在紫龙君王的手掌中。

紫龙君王握住了她的手。

戴恩眨了眨眼。

片刻之间，他感觉大殿中仿佛荡过一层涟漪，但他又没有察觉到任何魔法痕迹。

他暗想：我一定是累了，我应该更警觉一些。

"旅途很辛劳吗？"杰克里斯·特林突然在戴恩的身后问道。

戴恩被近在耳边的声音吓了一跳，心中暗道：就算杰克里斯·特林的声音很低沉，但是那种空洞的感觉依然还在。

因为紫龙君王的另一个忠诚的仆人而感到不安，简直毫无道理，但戴恩还是要鼓起勇气才能直视杰克里斯·特林那像鸟喙的兜帽。

他听不到呼吸声，除了一件悬垂在面前的长袍以外，感觉不到任何实体的存在。

"我为我们的主人去了几个地方。"戴恩回答道，"都是在达格拉森林里。"

"那里有死亡之主和寻觅者的活动痕迹。"杰克里斯·特林继续说道，仿佛他和戴恩是朋友，两个人正在闲聊，"你有察觉到什么吗？"

戴恩竭力不去注意那种让人心神不宁的空洞声音，回道："没有。我感觉到附近有寻觅者，但他们并没有干扰我的行动。"

这片土地的统治者是巨龙君王们，但他们并不是唯一值得敬畏的力量。除了反抗势力以外，这片土地上还有许多大大小小的危险，其中之一就是被称为"寻觅者"的智禽一族。

戴恩并不认为他们有多可怕，甚至觉得应该对他们保持敬意。他们有近似于人类的身躯，在龙人到来之前，曾经是一方统治者，而现在，他们的活动范围被限制在森林、丘陵和山岳的高处。他们善于使用魔法，能够通过接触外族人进行思维影像的传输。

出于对巨龙君王们的嫉妒，寻觅者一直在寻找机会企图压倒并取代巨龙君王们，成为统治这片土地的人，所以缺乏警惕的法师常常会成为他们的俘虏。

紫龙君王发现最近就发生过这种事。

当然，戴恩认为法师失踪的案件很可能是更加神秘的死亡之主造成的。许多普通人都相信他们是幽灵，甚至是半神，但是父亲告诉过他，那些死亡之主更接近于凡人，而不是神祇，甚至他们可能和神一点关系都没有。他们的确很强大，甚至得到了巨龙君王们的尊敬。但没有人确切地知道他们到底是什么样子，只有一些传说将他们描述成身披盔甲的幻影。

"达格拉森林应该被夷平。"杰克里斯·特林用谈论天气的轻松口吻说道，"那样才能净化那片土地。"

"我……觉得绿龙君王会保护那里。"戴恩道。

杰克里斯·特林毫无预兆地向后飘去，他的兜帽对着紫龙君王。

戴恩立刻将注意力转回到紫龙君王的身上。

"你和葛温多琳将陪同我……"紫龙君王向戴恩下令。

戴恩不禁回头瞥了一眼杰克里斯·特林，他不知道为什么紫龙君王没有提及这个关键的人物，而杰克里斯·特林此时已经消失不见了。

他依然没有察觉到任何魔法痕迹。

"戴恩·拜德兰。"紫龙君王的语气柔和，却不容置疑。

戴恩立刻向紫龙君王和葛温多琳快步走去。

紫龙君王依然握着葛温多琳的手，当戴恩走近时，他将这只手递给了戴恩。

戴恩和葛温多琳对视了一眼。

他们三个突然站在了彭纳瑟斯的城头上，眼前是彭纳瑟斯以北的原野。风吹过戴恩的头发，又带起葛温多琳浓密的秀发。不过，戴恩注视的只有远方的树林和草地。

一片阴影笼罩了这三个人。

戴恩抬起头，丝毫不为自己所看到的景象感到惊讶。

龙皇的使者正在等待他们。

那头金龙就盘旋在他们头顶上方，长大的双颚足以吞下他们之中的任何一个。

金龙的鳞片闪耀着金色的光芒——那是龙皇的色彩。就像许多同族一样，它的双眼发出夺目的红光，一连串骨刺和背鳍从其头顶沿着脊椎骨一直延伸到长长的尾梢。

"紫龙君王。"金龙开口了，显然是压低了嗓音，但其吼声依然如同滚滚雷鸣声，"我带来了龙皇的消息，咝咝……"

尽管金龙的语气平和，但是它的出现表明这个消息非常重要。

紫龙君王和龙皇完全可以通过魔法进行联系，而且这种联系往往更加隐秘安全，所以戴恩很疑惑金龙为什么要采用这种费力的联系之法。

紫龙君王向城垛口一指，金龙谨慎地降落下去。直到此时，戴恩才看见它粗大的脖子上有一根铁链，铁链上挂着一个金属材质的银色盒子。

精灵木?!

戴恩知道这种罕见的木材有许多神秘的特点，可以被塑造成各种有生命的形体，但他是第一次见精灵木被做成一个简简单单的盒子。

到底是什么东西，需要用精灵木制成的盒子来装?

金龙俯下身子。

"戴恩。"紫龙君王道。

戴恩不需要紫龙君王进一步的指示，从容地走到金龙的下方，就在他伸手要取下那个盒子的时候，他听到葛温多琳发出了一声惊呼。

葛温多琳和绿龙君王的部族一同生活了很长时间，但如此靠近龙皇的使者，对她来说完全是另一回事。如果这头金龙感觉到戴恩会对自己构成威胁，完全有权把戴恩一口吞下去。

不过，在戴恩取下盒子的过程中，金龙什么都没干。戴恩也很庆幸这一点，因为精灵木盒中的那样东西足以让他感到心烦意乱。

那样东西有一种质感，让他想到了一种冰冷的肉体。

当他将精灵木盒握紧的时候，上面的铁链就从金龙的脖子上松开了。挂住精灵木盒的链环变成两半，让戴恩能够取下精灵木盒。

当精灵木盒到了戴恩的手中时，链环又恢复了完整。

戴恩将精灵木盒呈给紫龙君王。

紫龙君王一言不发，接过精灵木盒，将它紧紧地攥在手中，又抬头瞥了一眼金龙。

"如你所愿，嗞嗞……"精灵木盒一被取下，金龙就仿佛放松了下来，"那么，我可以知道关于那些害虫的事情了吧。"

"他们会被消灭的。"紫龙君王没有掩饰自己对这个问题的气恼，"废土现在怎么样了？"

废土还在泰贝尔山脉以北很远的地方。

听紫龙君王提到那里，戴恩立刻有了兴趣。

那片荒凉寒冷的土地是冰龙君王的领土，冰龙君王是戴恩还没有见过的极少数巨龙君王之一，也是戴恩唯一不想见到的巨龙君王。戴恩的父亲南森去过废土两次，却极少提起这两次旅程的见闻。每当其他人说到那个地方或者那里的主人，戴恩看一眼父亲的表情，就知道父亲在那里的见闻令人不安。

"那里的……嗞嗞，主人同意了你的建议。"

紫龙君王发出一声轻笑，道："当然。"

金龙看了戴恩一眼，眼中流露出的兴趣让戴恩不由得有些紧张。

"戴恩·拜德兰！"金龙说道。

"他刚刚从达格拉森林回来，你可以告诉龙皇了。"

"好的，嗞嗞。"

金龙突然腾起，飞到半空。

它尽量放缓了扇动双翼的速度，却还是掀起了一股强风。

附近的人类和龙人卫兵们努力地站稳脚跟，但这股强风几乎没有触及戴恩和他身后的两个人。

戴恩知道，紫龙君王早就预料到了金龙打算离开。

紫龙君王可是彭纳瑟斯的君主，能比别人先预料到每件事，哪怕只是风向转变这样的小事。

金龙向紫龙君王点了一下头，然后转身向北方飞去。

紫龙君王一直注视着金龙远去的背影，戴恩则看着紫龙君王。

他意识到，龙皇使者和紫龙君王唯一的区别就在于紫龙君王更喜欢自己现在的形态，否则他的身边很可能是一头体形仅次于龙皇的紫色巨龙。

就像大多数巨龙君王一样，紫龙君王很少显露自己的真身。如果紫龙君王显露真身，那就意味着其敌人将遭遇恐怖的命运。

"你的弟弟还好吗？"

听到紫龙君王的问话，戴恩并没有感到多么惊讶，因为每次紫龙君王见到他都会这样问。

这时，葛温多琳刚好喘息了一声，戴恩和紫龙君王都向她投去了审视的目光。

戴恩立刻就明白了葛温多琳为什么会有这种反应，他立刻回道："我最近才得到他的消息，他看起来很好。他会服从您的指示，陛下。"

紫龙君王的眼睛中发出不亚于龙皇使者的犀利光芒，但是当他开口时，声音依旧那样平静和缓："我非常确定他会听我的话，而且，你会帮他做到这一点，不是吗，戴恩？"

紫龙君王的这句话一出口，戴恩就下定决心要完成这一使命。即使是这样，他还是没有将自己对葛温多琳突然产生的疑问说出口。

他心中还在坚持，要让亚泽兰服从紫龙君王的令旨，但这个问题还需要在他们家族内部解决，他和父亲一定能说服亚泽兰做到此事。

"是的，陛下。"戴恩回道。

"陛下找我？"

忽然，杰克里斯·特林出现了。

他再一次成功地让戴恩感觉到了不安。

此时，杰克里斯·特林就站在戴恩的身边，面对着紫龙君王。

"一切都准备好了吗？"紫龙君王问道。

杰克里斯·特林那如鸟喙一样的兜帽点了点："得知龙皇使者送来的

是什么，我就已经采取全面行动了，陛下。"

紫龙君王将精灵木盒递过去，杰克里斯·特林伸出两只被衣襟包裹住的上肢，把精灵木盒接了过去。

直到此时，戴恩还是无法确定杰克里斯·特林的上肢是手还是爪子，抑或是触须。

尽管有杰克里斯·特林签名的文件常常会被送到不同的法师的手中，但是戴恩从没有见到过杰克里斯·特林写字。戴恩有时候会觉得紫龙君王对杰克里斯·特林有着非同寻常的信任，就算是他的继承人，也无法与之相比。

杰克里斯·特林刚刚接过精灵木盒，精灵木盒就亮了起来。与此同时，他低沉地喘息一声，不过他依然稳稳地捧着精灵木盒。

"我会以最快的速度做好这件事。"杰克里斯·特林说道，他空洞的声音比任何时候都显得更加虚无。

随后，杰克里斯·特林消失不见了。

戴恩依然没能察觉到任何魔法痕迹，他不止一次怀疑过杰克里斯·特林只是一个幻影。不过，理智总是很快就阻止他胡思乱想，杰克里斯·特林是实实在在存在的。

"我听说你很优秀，葛温多琳·麦克安。"紫龙君王又道，"绿龙兄弟为你的潜质感到自豪。"

葛温多琳行了一个屈膝礼，道："很荣幸能得到这样的赞扬。"

"我将给我的绿龙兄弟送信过去，告诉他，我希望能够见识一下你的潜质。"

尽管紫龙君王将达格拉森林的君主绿龙君王称作"兄弟"，但是他们并没有血缘关系，这只是巨龙君王之间习惯性的称呼而已。

戴恩觉得这样能将十三名巨龙君王更紧密地联系在一起。一个强有力的联盟就意味着这片土地很安全。

紫龙君王那顶伪装的头盔下面，没有嘴唇的嘴微微扬起："我将你下一阶段的训练任务交给戴恩·拜德兰。"

"交给我？"戴恩一惊。

"应该不会有人对这个安排感到不满意吧？另外，你们两个都将在戴恩的父亲身边工作。"

葛温多琳闻言显得很是激动："我也能得到拜德兰大师的教导了？"

紫龙君王并没有注意到葛温多琳热切的语调，但是戴恩绝不会听错，他压抑住脸上的笑意。

这次紫龙君王没能察觉到眼皮底下的事情，显然是希望戴恩和葛温多琳能够配成一对，但是戴恩早就知道这个女孩有多么迷恋他的父亲南森。

如果她能够在我父亲的身边取得非凡的成就，即便不是在我的身边，陛下应该也不会有任何不满。戴恩暗想。

葛温多琳浑身充满了魅力，戴恩想象不出哪个男人不会被葛温多琳吸引，但是葛温多琳的眼里只有南森。

戴恩没有纠正这个误会，他什么都没有说。在他看来，日后若是他的父亲和葛温多琳结合了，对巨龙君王们而言，这更有百倍的价值。

戴恩和亚泽兰从南森那里继承了强大的力量，可以想象，葛温多琳若和拜德兰家族最强的成员南森结合了，生出的孩子该有多优秀。

戴恩悄悄地端详着葛温多琳。

如果有谁能让父亲重新焕发生机，那一定是她。

"我相信，你一定会成为出类拔萃的学生。"紫龙君王继续说道。

"我一定会竭尽全力。"葛温多琳做出了保证，同时，她的面颊泛起了红晕。

紫龙君王转头对戴恩说道："将龙皇使者来过这里的事情告诉你的父

亲，每一个细节都不要忽略。在我下一次召唤他的时候，他还会知道更多的事情。"

戴恩知道，他们拜德兰家族从紫龙君王这里得到的秘密远远超过绝大多数法师，他父亲知道的更要超过他们。

这些秘密对他们而言都是无上的珍宝。

"我会的，陛下。"

"你们可以走了。"

紫龙君王没有等到他们的回应，自己就先消失不见了。

这也不是什么让人吃惊的事，紫龙君王想做什么自然立刻就会去做，只有普通人需要听从龙皇的命令。

"我们这就回到我父亲的身边，没问题吗？"戴恩低声问道。

葛温多琳知道戴恩这话是什么意思，道："他是你的弟弟。"

"我见你刚才听到亚泽兰的名字时有那样的反应，我就猜到他一定是回来了，而且一回来就又惹了麻烦。"戴恩叹了一口气，"葛温多琳，他是一个好人，只是做事有些冲动。如果他做了离谱的事，父亲和我会训斥他的。"

"我不想让拜德兰大师为难……"

得知葛温多琳的担忧后，戴恩不由得再次露出了微笑，道："我父亲不会为难的，而且他会坚持要你称呼他'南森'，而不是'拜德兰大师'。我觉得，你不会介意这样称呼他。"

葛温多琳的脸又红了，问道："我表现得很明显吗？"

"毫无疑问，很多人都能看出来，只有我父亲除外。你必须更努力一点，才能让他发现自己得到了怎样的好运。"

葛温多琳向戴恩报以微笑，但她的笑容很快就消失了："紫龙君王希望你和我……"

"你想一想，如果紫龙君王知道你和我的父亲在一起，他将是多么高兴。不必担心紫龙君王会反对，更不必担心我，不过你本来就没有担心过我吧。"

"才不是这样。"葛温多琳摇摇头，"我觉得，这样利用你很不公平，即使你自己不这样觉得。"

"这对我而言是好事。"戴恩笑着说道，"不用担心，如果紫龙君王察觉实情后决定再给我找一位伴侣，我相信一定会让我满意的。"他眨了眨眼睛，"我的时间还多着呢，毕竟作为法师，我可是有着非常漫长的人生。"

"我想，你是对的。"

"正是。"戴恩点点头，又道，"现在，我们应该回到父亲那里去了，我保证会为你挡开亚泽兰，如果他还在那里的话。"

当两个人消失的时候，一双被遮住的眼睛从不远处的阴影中出现了。

正是杰克里斯·特林，其目光大部分时间都停留在葛温多琳的身上。

而后，杰克里斯·特林融入了黑暗之中。

第 6 章
陷阱、背叛和真实

  尽管南森面带微笑地接受了紫龙君王分派的任务，但是他心里实在不愿意担负起教导戴恩和葛温多琳的责任。

  其中的原因有两个，一是他必须集中精力去追捕那些反抗者，二是亚泽兰回来了，为眼前的状况增加了巨大的不确定性，他不得不把部分心思花在亚泽兰的身上。他只希望葛温多琳和戴恩不会因为自己的分心而受到伤害。

  这是一支由紫龙君王麾下的六名极具经验的法师组成的小队，南森是小队的指挥官。

  雅拉克一如既往是这支小队中的一员。

  另外，还有一名身穿盔甲，身披斗篷的成员，他比亚当要矮一些，但肩膀更加宽阔，而且脸上不止一道伤疤。就像擅长激发、借用植物生命力的亚当一样，他显然也有着丰富的军事行动经验。

  他的身边是一名更高更瘦的法师，身穿带有短兜帽的深蓝色长袍。

  矮壮的法师名叫巴兹尔，个子高的法师名叫蒂尔，除了都拥有施法能力外，他们看上去再没有任何相似之处。

不过，南森早就听说过，这名老兵和这名前僧侣是一对非常优秀的搭档，在对抗龙族之敌的战场上，他们将成为价值非凡的"武器"。

巴兹尔已经出了一身汗。他停下来，取下挂在身上的水囊，喝了一口水。就像其他法师一样，他能够变出清凉的水来解渴，但是南森希望他们将魔法能量波动保持在最低水平。

他们甚至要在这个炽热的地方骑马行进，就是为了不让猎物察觉他们的到来。不过，南森对他们的行动能否成功还是抱着怀疑的态度。

地狱平原不欢迎任何生命。南森到现在也无法确定，所谓地狱平原，是只有这一个地方，还是有一系列这样的地方。但是，除了北方的废土之外，他实在想不到还有什么地方能比这里更对生命充满敌意。

他根本不想擅闯这片由红龙君王统治的土地，但所有证据都表明那些反抗者就出现在地狱平原。

反抗者选择了这个地方，既让南森高兴，又让他隐隐感到担忧。高兴是因为这些反抗者显然已经到了山穷水尽的地步，所以才不得不躲藏在这片最不适宜居住的土地上。然而，格里芬率领的反抗军竟然在十三个巨龙君王王国中扩散到了如此广泛的程度，这自然是一件值得忧心的事情。

一名身材纤细，有一头浅黄色短发，让人感觉格外轻灵的女子，绕过一座低矮的山丘，来到雅拉克的身边。

虽然他们所处的环境没有半点浪漫可言，但雅拉克还是轻轻地抱了她一下。

南森看到这一幕，心中一阵痛楚。有时候，看到雅拉克和赛丽希亚甜蜜的样子，他会想起自己和阿丝丽雅在一起时的美好岁月。他当然不是因为自己的两位朋友有幸寻找到了彼此而心生不满，而是控制不住地羡慕，甚至嫉妒他们。

除了六名精英法师以外，南森的长子戴恩和葛温多琳作为见习学徒参与了这次行动，他们紧紧地跟在南森身边。

这时，小队的第六名成员来到了南森身边，南森立刻摒除心中的哀怨情绪。

基里安·黑羽的动作很是轻柔，待南森、戴恩、葛温多琳察觉到他的时候，他已经悄无声息地站在了他们的面前。

他肤色白皙，有着翡翠色的头发，身穿皮革做的衣裤。

作为一名半精灵，他的穿着打扮却没有半点精灵的样子。

这一点也不奇怪，基里安的父亲是一名遭到放逐的精灵，被放逐的原因是他对人类的兴趣很大，而最让他感兴趣的人类，是祖乌最强悍的骑马家族中一个胆大妄为的女子。

基里安本人则对野兽有着非同寻常的亲和力，在这方面，只有另外两名法师能够与他相比。

"我发现东边有动静。"他轻声说道。

这名半精灵从来不说无关紧要的话，所以他的这句话立刻吸引了南森的注意。

而后，基里安继续说道："不过，我无法判断是不是反抗军。"

紫龙君王挑选的法师中，很少有人拥有像基里安的血脉这样浓的精灵血脉，对此，紫龙君王从没有做过任何解释，但南森一直很好奇紫龙君王是不是有什么洁癖。他很清楚半精灵对巨龙君王来说是多么宝贵的仆从，只有那些巨龙君王不在意他们的血脉被"污染"了，甚至有谣言称拜德兰家族在很久以前混入过精灵的血脉。不过，就算这是真的，具体细节也早已湮没在久远的历史中了。

空气中弥漫的硫黄气味刺痛了南森的双眼，还让他的嘴里泛起一股苦味。他知道其他人都承受着同样的苦楚，知道大家都想要使用法术保护自己，可是现在还不能这样做。

"你具体看见了什么？"

"不是看见的，是感觉到的。"

基里安没有再多做解释，南森也没有指望他能够再说些什么。

此时此刻，南森心里很是懊悔，如果自己在不久之前可以说服紫龙君王，不要让戴恩和葛温多琳这两个年轻人参加行动就好了。

"我对戴恩非常有信心，因为他是你的儿子。"紫龙君王当时是这样对南森说的，并且向他摆摆手，制止了他的反驳，"我相信，他和绿龙君王的法师葛温多琳会完成这个艰难的任务，并证明他们是一对非常优秀的伴侣。"

"父亲，巴兹尔有发现。"戴恩忽然说道。

只见巴兹尔伸手指向远处一座低矮的火山，岩浆在火山口翻腾，偶尔还会喷涌出来，冒火的岩浆照亮了这片被灰烟笼罩的土地。

南森眉头一皱，他还不太明白巴兹尔想让他看什么。事实上，他的视野中不止一座这样的火山，而地狱平原上这样的火山应该有几十座甚至上百座。

南森眯起眼睛，寻找一切非同寻常的迹象。

熔岩在冒泡，而后沿着山麓流淌，烤毁了所经之处的一切，烟尘和热气充斥在空气中。

"啊……"

"怎么了？"葛温多琳在南森身边问道。

尽管她的声音很轻，却还是让南森有些惊讶。不只是因为他没有注意到她的悄然靠近，而且她对他造成了超乎寻常的干扰。

"留在戴恩的身边。"南森将这个命令作为对葛温多琳的回答，然后又转头问，"基里安？"

"我也看见了。"

南森瞥了一眼戴恩，看到戴恩也察觉到了同样的问题。这样也好，葛温多琳就不必再询问他了。

"那个火山口……"戴恩有些不知所措，"同样的情景，在那里不断重现。"

戴恩说得没错，熔岩流总是向外延伸到一定程度就会消失，火山口附近被熔岩卷走的岩石碎片也会重新出现。

在这片土地上，稀少的行人根本不会注意到这种细微的异常。就算是施法者，常常也会忽视这样的现象，毕竟这里的活火山实在是太多了。

"你们两个留在这里。"不等戴恩和葛温多琳反对，南森又道，"不要争辩，我们到时有需要你们的地方，而你们也要学会彼此合作。"

南森是出于审慎才做出这样的决定。

戴恩与其他法师合作对抗敌人的经验非常有限。南森知道戴恩的能力不错，但光有能力还不够。雅拉克、巴兹尔、蒂尔和其他法师都受过南森多年的训练，有着长期和他并肩作战的经历。

南森不必多说什么，也没有发出任何信号，他的五名同伴就突然消失不见了。针对那个伪造的火山口，他们采取了一系列驾轻就熟的战术，每一个人都知道彼此的能力和位置。

南森最后看了一眼戴恩，看到戴恩脸上的表情，知道戴恩会服从命令，于是放下心来，集中精神。对南森而言，这个世界上遍布纵横交错的能量丝线，他必须仔细思考该如何利用这些能量丝线。

他也消失了。

下一刻，他出现在火山口的下方。

凶猛的热浪扑到他的身上，但很快就被他的保护法术挡开了。

实际上，他并没有立刻就使用法术，而是想要更好地感受一下他们面对的是怎样一种情况。

这里的确很热，但温度远远比不上真正的火山口。他感觉到雅拉克就在附近，也知道其他人都已就位，正在等待他的命令。

南森相信，反抗者们肯定知道他们来了。

做好准备之后，他向火山口伸出了一只手。整个幻象被撕开了，他脚下的地面坍塌。还没反应过来，他已经开始坠落，如果不是有保护法术，他一定会立刻被掉落的岩石砸死。即便如此，如同洪涛一般倾泻而下的沉重岩石还是让他无暇他顾，只能被裹挟着越陷越深。

南森终于落到了坚实的地面上。

猛烈的撞击让他全身的每一根骨头都在震颤，岩石和泥土仍然像瀑布一般倾泻而下，不过，他的保护法术仍然牢不可破。

南森虽然不断承受着土石的冲击，但依旧在集中精神观察周围。

现在可以确定的是，他所在的地方不是熔岩流造成的天然通道，他能够看到的小片崖壁上全都是人工砍凿的痕迹。

南森努力扩散自己的意识，试图与雅拉克建立联系。

然而，某种无形的力量阻拦了他，对此，他并不感到惊讶。

地震停止了，但是周围的碎石发生了起伏不定的搅动。

南森跳起来，用耀眼的蓝色光芒照亮了这座地下洞穴。照明术的光线充斥在洞穴中的每一个角落，十几个带有硬壳的躯体站立在他的周围，十几双眼睛在盯着他。

尽管身形硕大，这些甲壳躯体却能够在碎石中以惊人的速度移动。

南森知道它们不是奎尔。那个甲壳族群只栖息在莱加半岛，而且非常罕见。这些怪物的甲壳和海龟类似，它们的头部和锋利的喙也有些像海龟，不过它们的体形更像人类，面孔更宽、更方，而且眼中闪烁着一种邪恶狡黠的光芒，手中攥着两侧开刃的短匕首。

贾鲁乌！

南森没有亲眼见过这种怪物，只是听过它们的传说，知道它们栖居在红龙君王的王国。

贾鲁乌名义上效忠于红龙君王，不应该对他有恶意，但事实显然不是这样。

"我以龙皇的名义来到此地！"南森喊道。

贾鲁乌不说通用语，但能够听懂，毕竟这是巨龙君王们的语言。然而，它们的速度丝毫没有减缓，一言不发地冲向南森，凶狠的嘶吼声显示出它们想要对付南森的意图。

南森试图用意念让这些怪物入睡，他的催眠法术却如同石投大海，同样没有减缓贾鲁乌的速度。

南森皱眉，重新打量了一下怪物们，随后伸手一挥，让石块飞向攻击他的这些怪物。

三个贾鲁乌被打倒在地，剩下的贾鲁乌则将头缩进壳里，用头顶的一道尖脊进一步保护住自己，抵抗南森的攻击，同时继续向南森逼近。

南森没有再去想他的战友们都在哪里，战友们一定也遇到了麻烦。

有人精心安排了这个圈套，证明这次行动的情报肯定已经泄露了。

南森猜测这是格里芬干的。在幻象下面挖掘的陷阱没有显示出任何魔法痕迹，显然设下圈套的人唯恐残留的魔法痕迹会被南森他们察觉到。

这些想法闪现在脑海中时，南森还在继续施法。

因为担心贾鲁乌对他发动攻击是出于误会，以为南森是它们的主人红龙君王的敌人，所以南森决定不杀死它们，但也没有把握能够以适当的力量阻止它们。

直接向贾鲁乌施法也是没有用的，南森相信这样做只会像刚才的催眠法术一样遭遇失败，他只能向周围的环境施法，就像刚才用石头进行攻击那样。

耀眼的蓝光开始消退。

黑暗不会影响贾鲁乌行动，它们大部分时间都居住在地下，以避开地表的炎热。不幸的是，光亮也不会影响到它们，刚才南森的照明术就完全没能让它们的行动有半分迟缓。

冲在最前面的贾鲁乌到了南森的面前，手中的利刃刺向南森的喉咙。匕首尖陡然断了，而南森面前的魔法护盾岿然不动。

但这个贾鲁乌完全没有因为失去武器而感到惊慌，它立刻丢掉没用的匕首，一双大手欲掐住南森的脖子。

"滚开！"一阵咆哮声回荡在洞穴中，"滚开！"

贾鲁乌全部僵立在原地。

南森看到，它们那非人类的眼中流露出矛盾，它们想要继续攻击南森，但是心里生出了恐惧。

咆哮声再次响起，而且这一次声音更大了，显然更逼近它们了。

其中一个贾鲁乌胆怯了，它转身遁入黑暗中，朝远离咆哮声的方向拼命逃去。

其他贾鲁乌纷纷效仿。

转眼间，洞穴里就只剩下南森和那些被石头砸晕的贾鲁乌。

不，南森很快就意识到自己的身边还有别人。

"非常聪明，你找到了让贾鲁乌害怕的东西。我倒是想知道，那些笨蛋要过多久才能明白，把它们吓跑的不是它们的主人，而是你的法术。"

一片黑暗被分开，但出现在那里的依然只是一个模糊的影子。

南森朝那个被包裹在黑色长袍中的身影瞥了一眼，但是任凭他如何努力，也没能看清那张被遮在兜帽中的模糊面孔。

他立刻又施了一个法术，六道银色闪电本应该将黑色身影牢牢地钉在洞壁上，但它们在接近黑色身影的时候就消散了。

"不必做这种事。"暗影喃喃地说道，"那些贾鲁乌不是我派来的，我只是想趁这个机会和你说几句话。"

"龙皇已经判处了你十余项罪行。"南森说着，再次发起攻击。

暗影周围的空气先是变得坚硬如铁，然后重新变成了无害的气流。

"我被数不清的人判处过上千项罪行。"暗影摇摇头，"他们之中的一些人甚至成功地实行了判决。如果你还记得的话，你就有两次成为实行判决的工具。"

南森不仅记得自己和暗影的战斗，还有许多关于这名巫师的故事，所以他并没有指望自己能够击杀暗影现在的肉身，只能将这个无法完成的任务留给紫龙君王和龙皇。

南森一边强化自己的防御，一边飞速地思考可以用什么法术对付暗影。同时，其他的忧虑还在不断影响他的注意力。

"我的战友们在哪里？"南森故意不提起自己的儿子戴恩，因为那只会让戴恩受到敌人不必要的关注。

"他们在追踪一个伪造的信号。你不用担心他们，我不会把你留下太久的。"

"你根本不可能留下我。"

一阵寒意掠过南森的全身，又有一团黑影从洞壁上分离开来。这次那团黑影没有化成人形，而是变成了一匹马，一匹仍然是黑影的马。

"地狱平原的主人察觉到我们了。"影驹用低沉的声音对暗影说道，"最好马上了结这里的事情，朋友。"

"会的，不过我需要拜德兰大师明白一些事。"

"我只知道，你们绝不可能抓住我。"南森嘴上这样说着，心中却很清楚自己和这两者之间的实力差距，"无论是你，还是这个恶魔……"

"我只是一匹黑马……"影驹似乎觉得南森羞辱了它，"我不是恶魔。嗯，我相信恶魔这个词完全和我无关。"

听到影驹有些孩子气的回应，暗影嗤笑一声，南森却觉得这没有什么好笑的。

南森努力回忆所有关于这两个恶魔的传闻，试图从中找到这两个恶魔的弱点，或者至少能够想办法逃离此地。

又一声咆哮传来。

这次吼声不仅回荡在这座洞穴里，还覆盖了他们头顶上方的整片区域。这次吼叫的真实性无人可以质疑。

暗影又看了南森一眼，叹息道："太晚了，本来不应该是这样的。"

巨大的爪子撕开了让南森跌落的那道缝隙，烈焰立刻冲入洞穴，席卷了其中的一切，包括南森。

影驹就像遇到了阳光或火焰，立刻消失不见了。

暗影却扑向南森，将南森完全包裹在自己的斗篷中。

就在此时，南森第一次感觉到戴恩就在附近。他想要联系戴恩，但是另一种力量阻拦了他，他知道这种怪异的魔法力量只可能属于暗影。

大地猛烈地颤抖了一下，然后一切都安静下来。

黑暗退去，暗影离开了。

南森立刻站起身来，现在他能够清楚地看到周围的一切了。

他还在地狱平原，意识到这一点，不仅是因为那种令人窒息的灼热，还因为远方犬牙交错的一座座火山。

南森认出了其中格外丑的一座活火山，他猜测暗影将他传送到了数里之外的另一个地方。

这里的一样东西吸引了他的注意，让他暂时放下了和暗影继续作战的念头。

他的面前是一片废墟，除了地基和极少的残垣断壁以外，几乎没有再剩下什么，但他能察觉到许多强大的古代魔法痕迹。而且，这些魔法痕迹中还有另外一种微弱的气息，让他没来由地有一种恼人的熟悉感。

"我们希望能够一点点把事情说清楚，但现实情况正越来越快地堕入彻底的灾难。"暗影用闲聊般的语气说道，"也许他会因为这个而生我的气，但我觉得最好还是在这里了结这件事。"

"这是什么地方？暗影，你的脑子里到底有什么疯狂的想法？"

暗影抬起一只包裹在手套中的手："请叫我瓦季姆，这一次也请这样叫我。"

我不会叫你的任何名字。南森警惕地想。

随后，他怀疑暗影能够探知他的想法。表面上，暗影对于他的心思似乎没有任何反应，但许多传说都描述过被诅咒的暗影拥有上千种其他人无法想象的异能。

"看样子，现在我们是安全的。"暗影继续说道，那不可能被看清的面孔向废墟转了一下，"也没有他们出现的迹象。"

南森不知道暗影最后那句话是什么意思，不过暗影所说的似乎不是南森想到的人。

不是那些反抗者，也不是龙人和他们的仆从，那会是谁？

"这个入口有不止一道封锁结界。抱歉。"

不等南森说话，周围的环境又发生了变化。

这一次，他们站在一个地下房间里。

暗影用一个翠绿色的小光团照亮了这里。

这个地方的人工雕凿痕迹更加明显，而且南森再一次感觉到了古老的魔法痕迹和那种他感觉很是熟悉的气息。

"我们在哪里？"南森问道。

"真相试图最终显露的地方，但它没有成功，就连格里芬也不知道这里，只有影驹和我到过这里，还记得这里。"暗影回道。

暗影哼了一声，又道："就算是现在，地狱平原的主人也把这里忘了，尽管这正是他祖先的作品。"

南森完全听不懂暗影在说什么，而且这个地方给他一种奇怪的感觉，早已让他心生疑惑。但是，站在他身边的是暗影，是龙皇亲自宣布的龙族大敌。

南森明白，他现在需要全力思考的是如何战胜暗影。

然而，雅拉克的那个亲戚的悲剧搅乱了南森的思绪，他比以往任何时候都更加心烦意乱。他的世界已经不像他曾经以为的那样简单了。

为什么一切突然变得如此复杂，充满了未解之谜？南森很是不解。

房间颤抖了一下，不过远比之前的震颤程度要微弱得多，似乎这一次的震中距离他们很远。

"地狱平原的主人真是不知疲倦。"暗影喃喃地说道，"现在我只能希望他的注意力都在影驹的身上。"

"我还不知道你为什么要把我带到这个地方来！"南森怒喝道。

他不得不压抑住自己内心的犹疑。红龙君王的怒火很有可能会伤及他的战友们，戴恩也无法幸免于难。

"我的儿……我的战友们需要我，正是因为这一点，我才没有现在就取下你的头颅。"

随着这些话说出口，他施行的法术好像起作用了。

暗影肯定没有出手阻止他。因为在这么近的距离内，只要暗影有任何施法行为，他都能立刻嗅到暗影的那种令人不安的魔法气息。

但是，这一次是另外某种东西阻止了南森施法，让他的传送法术还没有完成就中止了。

"你的施法一定会失败，南森·拜德兰。这座岩石法阵到现在依然完好无损，这里的魔法非常古老。施行古老魔法的是我的一位同族，尽管它最初的目的并非这样。"暗影的兜帽稍稍向一旁倾斜，"我一直没能搞清楚从前的红龙君王是如何发现它，又是在哪里发现它的，我本来应该……"

各种想法在南森的脑海中飞速掠过，他陡然向后退去。

他的腰间有一把小匕首，但他怀疑这种武器根本不会有任何用处，因为暗影的身上很可能有十几种不同的保护法术。

南森被什么东西绊倒，身体失去了平衡。更让他沮丧的是，他甚至无法使用一个小法术来让自己免于摔倒。

令人惊讶的是，最后南森跌倒的势头减缓了，仿佛几根无形的巨人手指捧住了他，将他轻轻地放在地上。

"你应该更小心一些。"暗影说道。

南森瞪了暗影一眼，伸出手，想要撑住地面站起来，他的手抓住了一个奇怪的长条形东西。

这时，暗影增强了对这个房间的照明光线，南森看清了自己手中握的是什么。

那是一根骨头，这一点在摸到它的时候南森就大概确认了。他没有想到的是，这根骨头竟然如此漆黑，同时又很脆弱，好像稍一用力就能把它捏碎。这根骨头一定被不可思议的高温灼烤过，它上面的血肉一定是被烧光了。

南森本来以为刚刚绊倒自己的是一块石头，但现在他看清了，那是另一根骨头。

他扫视整个房间，看见了一副完整的骸骨，他可以确定这是人类的尸骸。而后，他的视线迅速转回到暗影的身上。

"我本应该救他的，但是这个陷阱实在是太过精妙了，就连我也没能提防住。"

暗影声音中的哀伤让南森有些惊讶，不过，暗影还是没有回答南森心中的问题。

"这……你说的'他'和我有什么关系？"

"有很大关系。"

南森别无选择，只希望能在这个地方找到让自己获得自由的办法。他开始集中精力研究这个神秘的遗迹。

他坐在被火烧过的骸骨旁边，发现整个地方都经历过烈火的灼烧，除了这一点，看不出这个死者还有什么特别之处。

如果暗影说得没错，那么这是一名男性，他的衣服显然和皮肉一起被烧成了灰烬。地上有几处凝固的金属斑点，可能是他衣服上的纽扣被烧熔后留下的。

既然暗影提供的只有谜语，南森只能从其他地方寻找线索。

只是，端详了近一分钟，南森还是一无所获。他需要用其他办法进行调查，至少现在他可以做出一些基本的推测。

这具尸骸明显属于一名法师，而且很有可能是一名背叛了巨龙君王的法师。

南森以施法状态对这里进行感知。他看到一根根能量丝线在这里纵横交织，没有经过塑造的能量在各处凝聚。

他并没有施法，这是施法者自然拥有的能力，所以之前抑制他施法的那股力量不会阻止他进行这样的调查。

当南森以这样的感官重新审视那副骸骨的时候，他看见了暗影想让他看到的东西。

没错，这是一名法师。尽管只剩下不多的几块碎屑，但残存在上面的魔法痕迹依然清晰。

这名法师的力量完全可以和南森相媲美，这可不是普通的……

南森刚刚探索得深入了一点，心跳就陡然加速。他刚才感受到的那种熟悉的魔法气息就是来源于这里。

这具尸骸散发出的魔法气息比他之前察觉到的要强了很多，足以让他知道自己为什么会有这种熟悉的感觉。

这股魔法气息有些地方和他的完全一样。这副被烧焦的骸骨属于拜德兰家族的成员！

第 7 章
法师的迷失

戴恩因为被留在后面而心焦气躁，但他相信父亲在这种情况下能做出最好的决断，可父亲现在从他的视野中消失了，而且他的魔法感知也找不到父亲。

就在这时，一个巨大的猩红色身躯从被烟尘笼罩的天空中飞下来，落在那个伪装的火山口附近。

注意到南森失踪的不仅有戴恩。

葛温多琳这时抓住了戴恩的手腕，同时惊呼道："戴恩，你的父亲不见了，我根本找不到他。"

雅拉克他们是不是也察觉到南森失踪了？

戴恩只知道自己必须找到父亲，即使这意味着要接近那头正在撕裂地面的红色巨龙。

"留在这里！"

"我不！"

戴恩没有再争论，而是直接将自己传送走了。他出现在自己最后察觉到的父亲所在的地方，同时希望能够屏蔽自己的存在，不要让地狱平原的君主察觉到他。

他敬畏地看了一眼红龙君王，红龙君王火红的头冠因为愤怒而直立起来，带有骨钉的长尾抽打着身后的地面，一双利爪还在不断地撕裂地面。

戴恩能够从红龙君王怒不可遏的神情判断出来，红龙君王寻找的目标已经逃走了。

红龙君王扬起头，张开大嘴，发出一阵震耳欲聋的吼声。

戴恩利用这个空当，将自己传送到了那个被红龙君王挖开的洞穴中。他知道，如果这里有什么让红龙君王感兴趣的东西，那他的父亲一定就在附近。

传送完成，戴恩立刻向黑暗洞穴的深处跑去。他不相信红龙君王要找的是他的父亲，毕竟拜德兰家族世世代代都忠心耿耿地侍奉巨龙君王们。不过，他还是不希望引起红龙君王的注意，如果他被发现了，却又无法解释他为什么会出现在这里，那只会让他的父亲更加危险。

红龙君王正在搜寻的也许就是父亲的敌人。戴恩心想。

他对自己的判断很有信心，而且他坚信父亲还活着，强大的南森·拜德兰可不是那么容易就会被打倒的。

红龙君王的咆哮声淹没了周围火山口的轰隆声，甚至震得戴恩所在的洞穴也在不断地抖动。

戴恩早给自己施加了保护法术，不过他还是下意识地避开在巨大咆哮声中不断塌陷的洞顶。

他的父亲警告过他，永远不要过于信赖自己的魔法能力。法术有可能失效，当法术失效的时候，留给施法者的常常是致命的悔恨。

一阵稍微轻一些，但凶恶程度丝毫不亚于龙吼的嘶吼声，从前方的黑暗中传来。

戴恩细听之下，发现前面的几个方向都有这种沙哑的嘶吼声。

紧接着，几个高大的身影向他逼近。

它们的背上有某种甲壳，或者是奇怪的圆形护甲。戴恩对地狱平原和这里的居民并不熟悉，他以为它们都是巨龙君王的非人类仆从。

"我在找我的父亲，法师南森·拜德兰。"戴恩喊道。

他希望这些怪物能够听懂通用语。

"我只是想找到……"

话还没说完，有什么东西缠住了他的手腕。当他想要将那东西拽开的时候，立刻感到一阵疼痛。同时，他另一只手的手腕也被缠住了。

父亲总是提醒他，面对巨龙君王的非人类仆从时一定要保持礼貌，但他决定现在不能冒这个险，于是他将精神集中在手腕上这些隐约可见的绳索上。

蓝光沿着绳索扑向两个海龟一样的怪物。

这些绳索实际上是它们使用的长鞭武器。

两个被蓝光击中的怪物发出刺耳的尖叫声，但它们遭受的攻击只是暂时的，戴恩并不想伤害它们，只是想把它们吓跑。

戴恩实际上也被这些怪物的反应吓了一跳，不过他竭力不让自己心神慌乱。束缚住他的绳索被烧毁了，他开始施展下一个法术。

一股强风突然从戴恩身后吹来，不过这股强风并没有触及戴恩，而是将那些魁梧的硬壳怪物向后推去。

"你还好吗？"葛温多琳在戴恩身边喊道。

"我告诉过你，留在原地。"

风停了，怪物们又冲了过来。

葛温多琳扬起右手，准备发动新的攻击，同时，她问道："你的父亲在哪儿？"

从背后扑来的一阵凶猛的热浪一下子拍倒了他们。戴恩的强力防御甚至被热气穿透了，他脸朝下倒在地上，几乎陷入昏厥。

被灼烤的感觉让戴恩清醒过来，他想要用双手撑起身子，双臂却被一双有力的手抓住了，他被直接提了起来。

他的视野恢复清晰，看到抓住他的是两个海龟一样的怪物，而另外两个怪物正将葛温多琳提起来。

洞中的温度再次陡然上升，而产生如此炽烈热量的源头此时已经来到了戴恩的身后，正居高临下地俯视着他。

红龙君王全身闪耀刺眼的光芒，如同一块熔化的金属，一缕缕烟尘不断地在他的身体周围冒起。

现在红龙君王变成了人类形态，但仍然和他刚才撕裂大地时一样令人胆战心惊。

"你怎么敢妨碍我？"红龙君王怒道，他说话时产生的音浪就像从火山口中喷出的那些岩浆形成的溪流，"你怎么敢？"

"陛下。"戴恩开口了。

红龙君王从背后狠狠地拍了戴恩一掌。

戴恩心中感到庆幸，红龙君王明显压抑了怒火，否则的话，只消这样一掌就足以杀死他。

"强大的君王！"另一个声音响了起来，"请不要如此，他们并没有犯错。"

雅拉克站在了红龙君王和戴恩之间。

红龙君王同样可以轻而易举地将这名高级法师杀死，但是他犹豫了。

"受诅咒者就在附近！"一个怪物喊道，"暗影就在附近！"

"是的，我们已经知道了。"雅拉克喃喃地说着，举起手中的球形法器，"我们早就应该察觉到，有人费了很大力气把我们引来这里。陛下，那人甚至伪造了反抗者在此活动的传闻和那些精致的幻象。我们……"

"不要废话了，呦呦……"红龙君王打断了雅拉克的话，"把这些幼雏从我眼前带走！马上离开我的王国，我不会容忍任何人的打扰！"

不等雅拉克再说话，红龙君王猛然转过身，一跃而起，身体同时发生了改变，翅膀从背后伸展开来，原先被盔甲覆盖的身躯迅速变大，出现了各种爬虫类生物的特征。红色的鳞甲变成覆盖全身的鳞片，一根生满骨钉的长尾凌空甩起。飞离地面时，身长和体宽已经超过原先的两倍，手脚变成了长而锋利的爪子。

红龙君王的前爪又开始撕扯大片土石。

雅拉克制造了一个护盾，将自己、戴恩和葛温多琳保护起来，正好挡住了一大片掉落下来的石块。

怪物们则将头缩进甲壳里，用头顶的硬壳挡住了砸落的石块。

红龙君王继续翻开地面，同时身体还在不断地变化和长大，身上仅存的一点人类痕迹也在迅速消退。

红龙君王渐渐飞上了天空，从戴恩的视野中消失的时候，已经变回了刚才戴恩远远见到的红色巨龙，而且还在不断变大。

土石慢慢停止塌落以后，雅拉克转身看向戴恩和葛温多琳，道："跟我来，快。"

那些怪物之前一直牢牢地抓着戴恩和葛温多琳，似乎已经下定决心，无论发生什么事，都不放过他们两个，现在却突然都松开了手。

"雅拉克感谢勇敢的贾鲁乌。"雅拉克对站在最前面的那个怪物沉声说道，"贾鲁乌是红龙君王最强大的仆从。"

一个贾鲁乌发出一连串嘶吼声，做出了回应。

戴恩听不懂它在说些什么，但雅拉克显然可以。

"被诅咒者一定会被找到，并要为他犯下的罪行付出代价，包括他对贾鲁乌的操纵。"雅拉克说道。

领头的贾鲁乌再一次发出嘶吼声，随后这些怪物就退回了黑暗的地底世界。

"赶快走！"雅拉克命令道。

现在他的语气变得格外严肃，脸上完全看不到平日里的乐天派神情。

"红龙君王刚刚只是给了我们一点喘息的机会，他的心情就像这片土地一样喜怒无常，难以预料。"

不等戴恩说话，葛温多琳就抢先说道："但我们还没有找到南森。"

"是的，我知道！赶快走！"雅拉克伸出了手。

待戴恩和葛温多琳握住他的手之后，他就闭上了眼睛。

三个人周围的环境发生了变化，眨眼间的虚幻过后，一切又开始凝聚成实体。

"你终于找到他们了！"巴兹尔喊道，"你可用了不少时间，足有一个小时了。"

"一个小时?!"戴恩惊讶地看着聚集在自己周围的法师。

他本以为自己刚刚只是昏过去一瞬间，但是现在所有迹象都表明他耽搁的时间不短。

他的父亲在这段时间里有可能被敌人带去了远方，甚至遭到杀害了。

葛温多琳变得更加不安，急切地道："没时间在这里闲聊了，我们要赶快去寻找南森。"

"你可还记得，我们刚刚被红龙君王勒令离开这里。"雅拉克反驳道，"我将会服从红龙君王的命令。"

葛温多琳愣住了。

戴恩也无法相信自己听到的话，问道："那我的父亲怎么办？"

雅拉克看着焦躁不安的戴恩，郑重地道："你以为我会忘记南森？"

"不，但是……"

"我们会找到他，等我们移动到更加安全的地方之后。"

戴恩和葛温多琳只能服从命令，他们没有时间提出反对意见。

他们发现自己站在一片湿地上，不远处就是地狱平原的边界，这两片土地呈现出了极其鲜明的差别。这一点并非偶然。

第一代巨龙君王的洪荒伟力让每一个龙族王国都具有极其鲜明的特点，充分反映了各个巨龙君王的喜好。在之后的漫长岁月中，这些土地继续反映着后世的巨龙君王们的心性，也许情况恰好相反，是这些土地塑造了后世的巨龙君王们。戴恩突然有了这样的想法。

"我比诸位更了解风暴龙君王。"雅拉克说道，"我可以消除他对我们这次入侵的一切担忧，然后我们就能够去寻找南森了。"

说完，他就消失了。

戴恩看向巴兹尔，巴兹尔是这些资深法师中比较有话语权的，戴恩希望能从他那里得到一些支持。

巴兹尔摇摇头，道："我年轻时在歌达格埃当兵，那时候我就学会了无论什么时候都要听话。如果说有谁能保住你老爹的命，只能是雅拉克，相信他吧。"

"雅拉克会为我们找到南森的。"赛丽希亚也这样安慰戴恩，"我保证，他一定会的。"

戴恩心里有些乱，他很想去寻找父亲，但他知道这些长辈说得没错。雅拉克是父亲最好的朋友，他们就像亲兄弟一样，甚至比亲兄弟更亲。

这时，他想到了亚泽兰，心中不由得生出一丝苦涩。

"好吧。"葛温多琳抓住戴恩的手腕，"戴恩，他们是对的。我们要相信雅拉克，如果有人能及时找到你的父亲，那一定是他。"

"谢谢你们的信任。"雅拉克这时又出现在众人面前，"我已经和风暴龙君王谈过了，我们可以留在这里，而且我们停留在这里的这段时间内，他不会降雨。"

雅拉克微微一笑，朝温斯利斯东部的天空瞥了一眼。

天空呈灰色，并不是因为无数火山喷发出的烟尘，而是一层层厚重的乌云遮蔽了太阳，随时准备洒下瓢泼大雨。

"那我们现在要做什么？"戴恩问道，"我们要从哪里开始？"

作为回答，雅拉克举起那颗水晶球，让所有人都能清楚地看到它。

靠近观察水晶球的时候，戴恩不再觉得它像是一颗眼珠，而是更像另外一样东西，他知道这件宝物就是以那样东西命名的。

"让我们看看这颗蛋能向我们展示些什么。"雅拉克道。

在雅拉克的注视下，这颗蛋闪耀光芒。

戴恩见过父亲使用这颗蛋，但没有法师能比雅拉克更擅长解读它呈现出的影像，甚至创造出这颗蛋的人在这方面也无法与雅拉克相比，因为这颗蛋中包含着雅拉克的一部分。

但看雅拉克的反应，他似乎也读不懂这颗蛋现在显示出的画面——那是一件很长很锐利的东西，而且通体漆黑，这一点尤其令人感到不安。它的另一个特点是那副华丽的护手，如同一双利角向两侧张开。

"一把剑！"蒂尔说出了所有人心中的想法，"以深渊巨龙之名！雅拉克，这是什么意思？"

戴恩知道雅拉克是父亲最好的朋友，现在要找到父亲，只能寄希望于他，但让戴恩越来越担忧的是，他只是盯着这颗蛋中的幻影，一语不发。

其实，他不只是在盯着这颗蛋，他不时还会颤抖一下。

南森无法否认自己的感觉。

每一名施法者，无论能力的种类是否相同，都有着与众不同的魔法气息。有血缘关系的人，魔法气息也会有相似之处。南森和他的儿子们的魔法气息就非常相似。尽管这具被烧焦的遗骸上残留的魔法气息和南森的有很多不同，但南森还是注意到了那些与他的魔法气息相同的地方。

这一定是拜德兰家族的人，而且应该是许多年以前的先辈。

"他的名字是伊萨斯。我只知道他是韦伦的重孙，是你们拜德兰家族成员中第一个回到这片大陆的人。"

这一段简短的陈述勾起了南森心中的疑问，他对伊萨斯和韦伦都一无所知，也不明白暗影所说的"第一个回到这片大陆的人"是什么意思。

这些问题在南森的脑海中不停地盘旋，最让他感到困惑的还是伊萨斯的死因。

"是红龙君王……干的？"

"我说过了，是红龙君王的先祖干的。"

南森从自己先辈的遗骸旁站起身来，转身面对暗影，问道："为什么？是因为什么样的背叛？"

"怎样才算是背叛？"暗影问道，声音中带着由衷的困惑，"你认为是伊萨斯做了什么错事，才导致自己被处决？还是，红龙君王欺骗了一名诚实的仆人？"

南森摇摇头，道："该死的，明白地告诉我到底发生了什么！"

"伊萨斯犯的错就是想要寻找事实真相，因为这个错，在紫龙君王的建议下，龙皇对他判处了死刑。"

在南森看来，这不是一个明确的答案。他审视着暗影，想要找到更多真相。

照暗影所说，伊萨斯发现了某种东西，导致紫龙君王和龙皇在这里处死了他。

那应该是某种可怕的真相，让紫龙君王和龙皇对伊萨斯产生了怀疑。

但那到底是什么？

思考片刻之后，南森又问道："如果我发现了这个秘密，并且其他人也知道我发现了这个秘密，龙皇会对我施加同样的惩处吗？"

"如果紫龙君王提出这样的建议，那么龙皇会处死你。知识之城的君主紫龙君王同样掌握着皇权，虽然这只是一条不成文的规矩，但这一点你很清楚。"

说出这种话本身就是大逆不道。龙皇可是整个大陆的最高权威，但是绝大多数施法者私下都觉得紫龙君王才是真正的君主，龙皇总是会听从他的意见。

所以，如果一名法师被宣判为叛徒，那么事实很可能就像暗影所说的那样，紫龙君王才是幕后的主导者。

博利万的影子再一次浮现在南森的脑海中。博利万一直都对紫龙君王忠贞不贰，但只是因为擅自闯进图书馆，就被……

这时，南森又想起了另一件事情，不由得挑了挑眉。

他终于明白为什么暗影对如此重要的一件事一直语焉不详了。

"实际上，你并不知道伊萨斯到底发现了什么，对不对？"

让南森感到惊讶的是，暗影竟然笑了起来。

"拜德兰家族的人总是能循着线索找到正确的方向，哪怕他们会先走一段弯路。"然后，暗影恢复了严肃，"巨龙君王们很好地隐藏了他们的秘密，就算是我也无从探知。我只知道伊萨斯怀疑彭纳瑟斯发生了什么事，而他正是因此才开始质疑自己对巨龙君王们的忠诚是否值得。他对我并非完全信任，其中的原因我当然不必费力去解释，但他已经发誓，很快会告诉我足够多的信息。"

"事情没有这么简单，你当时也不是完全不知情。"

"的确不是，还有一个人发现了一些线索，他相信自己发现的线索关系到此时此地正在发生的事情。通过自己掌握的一点信息，他试图纠正一些问题。如果换作是我，估计不会这样做。"

"是谁？"南森的语气变得急切，"到底是谁？"

"人们都称其格里芬。"

那个反抗军首领?!

南森因为自己的天真而发出了沙哑的笑声。格里芬当然会想方设法让他陷入困惑，破坏他的忠诚。

突然间，南森回忆起自己与格里芬的那次遭遇，怒火在胸中不断升腾，他试图纠正一些问题。

如果换作是我，估计不会这样做。暗影是这样说的。

对南森而言，这只能意味着一件事——"法术！这就是你的意思！他对我施了一个法术，想要玩弄我的思想！"

"没有这么简单，就我的理解……"

南森没有理会暗影后面的话，他现在只关心格里芬到底使了怎样的手段。格里芬或许是施展了一个法术，这个法术很可能需要精密到不可思议的程度，南森猜想这样的法术的确存在，而且能够推测出它是如何被施加在自己身上的——只需要一次简单的碰触。

而后，他开始在自己体内寻找格里芬留下的魔法痕迹。

暗影一动不动地站在原地，不过，这并不妨碍他向南森发动某种精准的攻击。当然，南森也相信自己有足够的技巧可以察觉到暗影的任何反常举动。

而现在一切迹象表明暗影什么都没做，只是在看着他。

这个恶魔到底想干什么？

南森一边集中注意力监视暗影，一边继续在自己的防御法术内寻找格里芬的操控法术的蛛丝马迹，格里芬不可能把其魔法痕迹完全隐藏起来。

南森全力搜索的同时还在责备自己对紫龙君王不信任。所有猜疑，甚至是关于博利万的回忆，显然都是格里芬的邪恶伎俩，只要自己找到并破除那个法术，一切就会回到正轨。

就是这里！南森向暗影露出一丝冷笑。

暗影却仍然纹丝不动，一言不发。

南森不再理会暗影，他急切地想要除去控制自己的法术，让自己的思维恢复正常，重新成为巨龙君王们忠实的仆人。

但是，随着对控制法术进行仔细检查，南森逐步明确了它的效用，反而变得更加疑惑了。无论从何种角度审视这个奇异的控制法术，他发现它的结构和自己原先以为的大不相同。看上去，这个控制法术似乎是为了强化自己体内最深处的魔法护盾，那些魔法护盾是为了保护自己不会从内部遭受攻击。

南森集中精神寻找这个控制法术的核心。这个控制法术与他的法术紧紧地纠缠在一起，不过，他还是找到了解开它的办法。

"好好考虑一下你在做什么。"暗影突然向南森发出警告，同时还抬起了一只戴手套的手。

"别过来。"

披着黑色长袍的暗影耸了耸肩："南森·拜德兰，我不会干涉你，尽管格里芬很可能希望我能为你做些事情。"

就在此时，他们周围突然发生了震动。

红龙君王还没有放弃猎杀暗影，而影驹也许将红龙君王引到了错误的方向，但南森相信用不了多久，红龙君王就能看破真相，到时，就算是身为龙皇忠仆的南森也最好离开此地。无论他的先辈是因为什么被杀，他都不希望自己不明不白地就和先辈死在一起。

红龙君王行事莽撞是出了名的，往往是先把事情做完才会考虑后果。

南森马上逃走才是明智之举，但他还在担心格里芬的控制法术，他必须尽快将这个法术除掉。

一想到这个陌生的法术潜藏在自己体内，他感到很是困扰。

他终于找到了这个法术的核心。如果是缺乏经验的法师，一定会全力以赴拆解那些编织得非常精细的魔法能量丝线，即使是南森，也忍不住想要立刻就动手。如果时间充裕，他一定会更加谨慎，但现在他可没有这样的条件。

格里芬施加在南森体内的法术开始解体，南森的焦虑稍稍平息了一些。地面再次震动，这一次震中距离他们很近。

南森不得不努力站稳脚跟。暗影却依旧岿然不动。现在，就连伊萨斯的骸骨也无法保持原样了，头骨和肋骨滚到了南森脚边。

南森尽量不去理会周围的变化，专注于清除体内的法术。那些魔法能量丝线比他想象的还要深入他的身体，牵连到了他完全没有想到的部位。不过，他已经下定决心要拆解，经过一番努力，终于拆解了法术核心……

他刚做到这一步，另一个隐藏在第一个法术内部的法术又显露出来。这个法术更古老、更复杂。而第一个法术和它完全缠结在一起，导致南森在解开第一个法术的时候也解开了它。

各种扭曲的影像涌进南森毫无防备的意识，其中有紫龙君王，有被黑袍包裹的杰克里斯·特林，有一块冰冷而色彩斑斓的石头，还有南森自己的面孔……

伴随这些影像而来的是被压抑、被遗忘的痛苦，南森从没有想过这个世界上还会有这样无法忍受的痛苦。

南森发出了尖叫，痛苦吞噬了他。

第 8 章
半精灵

"你杀了他!"一个声音陡然从黑暗中传出,"我早就警告过你,不要刺激他采取这种行动。"

"他没有死,影驹。"暗影冷冷地说道,"你应该很清楚,要杀拜德兰家族的人有多难,他们有着坚强的血脉。考虑到他们的家世,这当然不值得奇怪。"

影驹立刻反驳道:"我认识拜德兰家族的许多人,其中一些是朋友,另外一些不是。我见识过他们的弱点和力量,他们毕竟只是凡人……"

"他在动了。"暗影打断了影驹的话,"他醒过来的时候,我们最好不要在场。事情已经这样了,现在我们只能看看是不是会有希望。"

"这不是格里芬最初的打算!"

"这是的。"暗影转过身,声音渐渐变得轻微,"我只是选择了一种更加直接的方式来达成他的目标。"

房间恢复了寂静。南森又昏了过去,他希望自己再也不要醒来,但他还是违背了这个愿望。

经过一番努力,他终于睁开了眼睛。他躺在一张简单的木床上,似乎身处一个小房间里。

这里的某种东西勾起了他的回忆，但回忆很快就消失了。他瘫在床上，片刻之后，他才咬紧牙关，撑住身子坐了起来。

这里看上去像是猎人的居所，墙壁上挂着不少野兽的皮毛，还有更多兽皮被堆在床尾。其中一些特别的细节引起了南森的注意，它们不是普通的猎人居所里应该有的东西。那些兽皮上有一些繁茂森林的象征，比如干布尔花，这种很像蓟草的硕大花朵只有在西北方歌达格埃边境以外才能找到，还有红褐色条纹的暮鹰羽毛，这是达格拉森林深处精灵部族所崇拜的鸟特有的。

羽毛和花被交叉挂在木门上。这是一种精灵结界，作用是把恶灵挡在门外。这种结界的力量要比大多数人认为的更强。精灵在巨龙君王国度中从来不是统治族群，但无论这片大陆的统治者是奎尔、寻觅者，还是巨龙君王，精灵一族都能够平安地繁衍生息，直到今天。

但精灵们不会建造这样的房屋，对精灵们而言，这是应该被诅咒的存在。不过，南森知道有些人拥有精灵血统，他有一个很熟悉的人就拥有精灵血统。

木门被拉开，一个身材纤细、行动灵活的男人走了进来，一只手还拿着帆布口袋。他刮净了脸上的胡须，显得很年轻。直到进了门，他才察觉到屋子里还有别人，便立刻停住了脚步。

"南森？"

"哈蒂恩？"

他们看上去年龄相仿，不过两个人真正的年龄都比外表大得多。实际上，哈蒂恩的年岁是南森的两倍，他的容颜不受岁月侵蚀，很大程度上并非因为他的魔法力量，而是得益于他父亲的精灵血统。他的母亲是人类，还是侍奉绿龙君王的一名小法师，她为哈蒂恩的父亲生了五个孩子。以精灵的标准来看，她绝对是一位高产的母亲，但在生第六个孩子的时候，她不幸去世了。

有些精灵不会刻意区分混血和纯血的同族，比如个子较矮，性格更活泼的森林精灵，对半精灵可能是最友好的。哈蒂恩的父亲可能也有他们的一些血统，但哈蒂恩祖父部落中的长老没有这么友善。哈蒂恩的父亲曾经尝试以精灵的方式养育孩子们，却发现人类的独立和叛逆出现在不止一个孩子的身上。

哈蒂恩和他的长兄到底是如何引发了他们部落的怒火，这一点哈蒂恩从来没有和南森提起过。不过南森知道，如果他们现在返回精灵部落，等待他们的可能只有死亡。南森不相信哈蒂恩做过什么以人类标准来看是罪大恶极的事情，不过在这件事上，南森也许永远都不会知道全部的事实。

当然，现在对南森来说最重要的是哈蒂恩的小屋就在繁荣的密托·派卡王国边境以外，距离王国的边墙只有一里路。而南森早已在心中发过誓，绝对不会再回到那个曾经被他当作家的地方，因为那里也曾是阿丝丽雅的家。

南森下床，向哈蒂恩走过去："哈蒂恩，我并没有想要到这里来。"

哈蒂恩继承了母亲的黑色卷发，不过，他的尖耳朵肯定传承自父亲。当他看到南森着急的神情时，他的那对尖耳朵随着他的笑声抖动起来。

"南森，无论什么时候，这里都欢迎你。"

"我不是这个意思。哈蒂恩，来到这里，不是我自己愿意的。"

哈蒂恩脸上的笑容消失了，他放下了手中的袋子。

南森感觉到哈蒂恩身体周围盘旋起了魔法。哈蒂恩是被称为"元素师"的施法者，他不会直接利用交织于整个世界的魔法能量丝线，而是会从周围茂盛的植物中借取自己所需的力量。如果他是纯血精灵，他的族人一定会对他格外尊敬，但他是半精灵，就算有着非凡的能力，也无法避免遭到放逐的命运。

哈蒂恩眯起了眼睛，显然是想要从南森的话中寻找出更多线索。

南森急忙又说道："他们都不见了，他们两个……"

说到这里，他犹豫了一下，又道："我说的是暗影和影驹。"

"赞美林娜，你总算还活着！"哈蒂恩一边称颂精灵守护神的名字，一边用双手握住南森的肩膀，"你一个人对抗那两个恶魔，竟然还把他们赶走了！"

"他们……或者可能只是暗影，是暗影在我昏迷之后把我送到了这里。"南森这样说的时候，曾经冲进他脑海中的影像又出现了，他用双手抱住了头。

"坐下。"哈蒂恩让南森坐到一把木椅子里。

南森猜测这把木椅子是哈蒂恩自己做的。他坐稳之后，哈蒂恩快步走到一个小橱柜前面，从里面拿出新鲜的浆果和其他水果，还有一只带盖的水壶。接着，他又拿来一只陶杯，给这位意外来客倒了一杯香气扑鼻的深紫红色饮料。

南森喝了一口，然后笑了笑，道："你光靠卖这个就能发财了。"

"发财的事情就交给哈达林吧，我只要侍奉巨龙君王就满足了。"

南森又喝了一口，让自己的心情平静下来。

"能得到密托·派卡君王的信任，可不是什么小事情。"看到哈蒂恩没有接话，南森转移了话题，"而且，我毫不怀疑密托·派卡君王也同样信任你的兄弟。那么，深谷中的那位大师还好吗？"

"他和你的经历很像，毕竟他和你一样失去了宝贵的人。"

南森盯着手中的饮料。

哈蒂恩的弟弟哈达林也承受过丧妻之痛，并且他的妻子同样是因为难产而死。在这个魔法能量格外充沛的世界里，生育却是魔法无从插手的极少数领域之一。若是对孕妇使用魔法，只会造成更大的危险，哪怕是有益魔法，也会对孕妇有害。至今都没有人能够搞清楚其中的缘由，但亲身经历过悲剧的南森对这一现象非常清楚。

哈达林的妻子离世前给他留下了一个孩子，那就是被他当作心肝宝贝的女儿哈德瑞拉。这对半精灵兄弟原先的部落起名时，无论男女，名字首音都一样，不过男性的名字尾音是辅音，女性的名字则以元音结尾。

哈德瑞拉继承自父亲的东西，除了名字外，大概就只剩下五官的一些相似之处了。在个性上，她更像母亲，南森记得她的母亲也只有一半人类血统。

南森参加了哈达林和萨尔娅的婚礼。当时人们都相信这对混血新人的生命力比单纯的人类和精灵更强韧，毕竟这正是半精灵非同寻常的地方，但很不幸的是，萨尔娅在这方面可能属于例外。

那场悲剧发生的时候，哈达林和哈蒂恩早已和他们的部落断绝了关系。从那以后，哈达林不再掩饰野心，不断揽权和积累财富，他认为只有这样才能确保女儿的安全，尽管他的女儿完全是在人类社会中出生并长大的，但还是被人们看作半精灵。而哈蒂恩只想过着平静的生活。

"他们为什么要把你送到这里？"哈蒂恩问道，"他们又是怎么知道我的？"

"我可不会费力气去猜这种事。"实际上，南森怀疑那两个恶魔是从他的意识中获取了信息，尽管其中具体的缘由他还无法搞清楚。

这时，南森突然想起了另外一件事，他朝小屋的两扇窗户看了一眼。

被放逐的哈蒂恩不愿受到打扰，所以窗户总是紧闭着。

"你进来的时候我还没有留意，现在天黑了吗？"

"天已经黑了有一段时间了。"

这正是南森害怕的。他已经昏迷了数个小时，其他人会怎么想？戴恩肯定很担心自己。他将杯子放到一旁，再一次强迫自己站起身。

"请原谅我突然来访，哈蒂恩，现在我要告辞了。"

"这里一直都欢迎你。"哈蒂恩停顿了一下，又道，"如果你能回来，我相信哈达林和哈德瑞拉一定也想见你一面。"

正要进行传送的南森看向哈蒂恩，问道："你们经常见面吗？"

"不，可能还不如你和我见面的次数。"

这是南森预料中的答案，他只是点点头作为回应，因为戴恩忧心忡忡的面孔越来越清晰地出现在他的意识中。

他最后又点了一下头："再见，我以后一有时间就回来看你。"

他没有等到哈蒂恩的回答。小屋消失了，取而代之的是地狱平原遍布火山的荒野。就算是夜晚，他也能借助附近熔岩流发出的红光看清周围。

南森没有找到战友，那些法师可能是为了避开敌人而隐藏起来了。

他集中精神寻找那些人特有的魔法痕迹，尤其是他的儿子戴恩的。很快，他察觉到了异常，但立刻知道那既不是戴恩也不是小队的其他成员。实际上，是一团冒着热气的熔岩从附近的火山口喷涌出来，直接冲向他。

还没等他有所反应，熔岩开始变形，不断膨胀扩张，在他的面前变成了红色巨龙恐怖的头。

"南森·拜德兰，你将被诅咒者引来这里，竟敢又回到我的王国！"

这颗用熔岩塑造的头猛冲下来，停在南森头顶上方几米高的地方。

南森强化了自己的护盾，以抵挡那股灼热的高温。

"请原谅，红龙君王，暗影出现在这里并非我的意愿，这显然是为我设下的一个陷阱。"

"那么你有没有干掉那个巫师，或者至少查出他的企图？"

南森觉得自己仿佛走在一根钢丝上。暗影让他看到的影像不断地折磨他，但他知道自己现在最好不要提起这件事，尤其是对红龙君王。红龙君王很有可能比暗影更清楚当年其先祖是如何处死了南森的先辈。

"没有，不过我会竭尽全力完成这两个任务，陛下。"

红龙君王露出了尖牙："快去做事，但不要在我的王国捣乱。"

话落，熔岩流突然坍塌了。

如果没有防御护盾，南森一定会被倾泻而下的熔岩吞噬。

红龙君王当然不是要杀了南森，也知道南森有能力躲避开来，或者是保护好自己。红龙君王只不过是在以自己的方式强调对今天发生的一切的不满。

南森猜测红龙君王可能追逐了影驹整整一天，却毫无收获。

南森将自己传送走了，硫黄的臭气还充斥在他的鼻腔中。不过，这时他已经到了另一个他认为很有可能会找到戴恩他们的地方。

他向周围的沼泽扫了一眼，最开始只看见一片黑暗。和地狱平原不同，温斯利斯的夜晚几乎不存在任何光亮，只有几只坚强的萤火虫还在雨中四处乱飞。他推测风暴龙君王已经睡了，因为如果风暴龙君王还醒着，这里的天气一定会更加可怕。

南森强化了自己的感官，再一次寻找戴恩。戴恩在这里停留过，不过他的魔法痕迹有些陈旧了。这很正常，戴恩他们确定南森不在这里后，自然会立刻离开。南森很感谢他们对他的关心，但他最关心的还是他的长子戴恩。而且马上就要发生大事，戴恩自然是他最需要担心的人。

南森面前沼泽中的蒿草突然向上猛长。他准备好防御法术，等着迎接风暴龙君王的恐怖力量，但那些蒿草开始彼此缠绕，最终组成了一个发光的物体。

那是一名女性人类的身体。

"是你！"植物形成的女子惊呼一声，"等一下！"

蒿草松散开来，回到它们原先的位置上。片刻之后，施法的女子同样全身闪着光，站在南森的面前。

原来是葛温多琳。

她扑上去，紧紧地抱住南森，片刻间，南森觉得自己连呼吸都有些困难。他的防御护盾认出葛温多琳是他的朋友，所以没有阻拦她。

葛温多琳陡然放开南森，道："抱歉！我只是……我们找不到你。"

"我明白。"南森不知道为什么心跳加快了，"你知道戴恩现在在哪里吗？"

"雅拉克坚持要求我们不要长时间停留在一个地方，我们分别寻找了几个地点，不过我还是觉得你会来这里，所以在这里施了一个小法术，只要你出现在方圆一里之内，我就会得到提示。"

"真聪明，而且你形成草人的法术完全不亚于亚当。"

葛温多琳身上闪着光，南森很容易就能看到她脸红了。

她清了清嗓子，道："多谢夸奖。"

"戴恩呢？"

"我知道他在哪里。我们一直维持着很强的连接，只要其中一个找到你，另外一个立刻就会知道。"葛温多琳让身上的光弱下来，同时向南森伸出手。

南森握住她的手。当葛温多琳向戴恩那里传送的时候，这种身体的接触能够将她和南森更好地联系在一起。但奇怪的是，她在最终施法前犹豫了一下，这让过于靠近她的南森又感到不自在了。

一只猫头鹰的叫声是他们所处的环境发生变化的第一个迹象。片刻之后，南森眼前的景象实质化到了足够的程度，让他能看到前方的一片茂密森林。

不需要葛温多琳解释，南森知道他们身处这片大陆上最辽阔、最富饶的达格拉森林的边缘，这是绿龙君王的国度。这片森林的边界就是绿龙君王统治区域的界线，是完全属于绿龙君王的土地。

两个人刚刚还原成实体，一个人影就冲了过来。

"父亲！"戴恩的拥抱就像葛温多琳的一样，紧得让南森喘不过气。

今天高悬在夜空中的半轮月亮是斯提克斯，而不是他血红色的姐妹。月光让南森能够勉强看到他的儿子是多么心慌意乱。

"我还以为……"

"等一下我会解释的，得先让其他人知道我没事。你知道雅拉克在哪里吗？"

他们周围突然亮起一圈柔和的蓝色光芒。

"你终于回来了。"雅拉克说道。

其他法师也都出现在南森的身边。

"感谢深渊巨龙，你总算没事。就连我的预见法术也找不到你，我们很担心你。"雅拉克和南森握了握手，仔细打量着南森，"你一切都好，对吧？"

南森感觉到雅拉克的声音竟然有些颤抖，知道雅拉克很担心他。

"我没事，等我们回到彭纳瑟斯，我再把详细情况告诉你。"

雅拉克点点头，没有再说什么。

戴恩却还想从父亲的口中多知道一些事情："雅拉克，也许父亲可以解释一下那颗蛋向我们显示的画面……"

"我认为这件事并非当务之急。"雅拉克一下子打断了戴恩的话，他的表情似乎有些气恼，"南森，就像你说的，我们首先应该回彭纳瑟斯。从我得到的一点线索来看，有一片阴影投在了你的身上。"

"实际上是两片。"

"两片？那么我们最好赶快返回彭纳瑟斯。我很想听你说说那是什么样的阴影，还有为什么找上了你。"

戴恩和葛温多琳显然都明白雅拉克的话是什么意思。

没有人会随意提起暗影和影驹的名字，因为没有人知道这两个恶魔会不会听见自己的名字被提起，并决定来看看是谁对他们这样感兴趣。只有在彭纳瑟斯，戴恩他们才能够安全地讨论他们。

雅拉克迅速施法将他们从达格拉森林传送走了。南森觉得他的这位老友有些急不可耐，好像他们返回彭纳瑟斯并不只是因为要讨论行动的情况这样简单。

就在这时，眼前的达格拉森林变成了知识之城彭纳瑟斯。

南森想着今天发生在自己身上的事情，以及这些事会产生怎样的后果。最重要的是，他一直在思考为什么自从与暗影相遇之后，他就越来越觉得自己有必要去一趟紫龙君王的圣所，同时又不能让紫龙君王知道。

紫龙君王的管家杰克里斯·特林，在其黑暗的寓所中无声无息地游走着。在昏暗的光线中，首先让人感到怪异的是房间中没有床。不过，如果有人见过这名管家是如何睡觉的，就会明白床在这里完全没有必要。

主厅中的一面墙边摆放着几个架子，上面排列了许多形状特殊的陶土罐。这些陶土罐看上去都被蜡封住了，但如果想要撬开封存它们的蜡，绝不是一件容易的事，甚至用魔法也做不到。

杰克里斯·特林停在这些架子前面，抬起一只被衣服包裹住的前肢，一只大约一尺高、一尺宽的罐子向他飘了过来。他并没有碰触那只罐子，而是让它飘向一张宽大的木桌。而后，罐子轻轻地落在桌面上。

"不必躲在阴影里。"杰克里斯·特林用那种空洞诡异的声音说道，"如果不是你带来了我想要的东西，即便你躲起来，也不可能免于承受我的怒火。"

"哦，我已经给你带来了酬劳。特林管家，你知道我是不会空手而来的。"一个更像人类的声音以嘲弄的口气回道。

尽管这名幽灵般的管家似乎从不会像普通人一样直视对方，但他还是立刻转身看向声音发出的方向，道："你的父亲也这么了解你吗，亚泽兰·拜德兰？"

亚泽兰撤去隐蔽魔法，露出阴沉的面容。他来到杰克里斯·特林面前，手里还攥着一只黑色的大袋子，道："他对我了解得够多了，你不要再提他。"

杰克里斯·特林微微鞠躬："请原谅我随意谈论你们的家庭不和。"

"我和父亲之间没有不和。"亚泽兰坚持说道，"他只是还不理解我。等到他明白了现实，看到我尽心竭力所做的准备，他一定会为我感到骄傲。"

杰克里斯·特林点了一下头："就像你说的。报酬呢？"

亚泽兰把袋子丢给杰克里斯·特林。

杰克里斯·特林挥起裹着黑布的手，将半空的袋子送到桌上，袋子落下的时候发出了一声令人不安的闷响。系住袋口的皮绳自动解开，杰克里斯·特林又挥了一下手，他的动作显示出他渐渐失去了耐心。

袋子翻过来，从里面滚出了一颗头。曾经和这颗头连在一起的身躯显然不属于任何人类、龙或者精灵，也不属于贾鲁乌或奎尔。这颗头属于一种大型鸟类，和亚泽兰一样高大，而且显然是一种猛禽。

"你把尸体留在原地了？"

"自然。这正是你想要的。"

"是的。"杰克里斯·特林空洞的声音中第一次出现了一丝心满意足，"那些鸟都没有看见你？"

"你应该相信我。这不是你第一次要我做这种事了，特林管家。杀死这个寻觅者的方式和上次一样，毫无差错。"

杰克里斯·特林没有继续听亚泽兰说话，俯身仔细地查看那颗头。

"切口不算整齐。你武器的准头没能保持好，这一点我警告过你。"

"我保留了所需要的血量。"

"希望如此吧。"杰克里斯·特林站直身子，"给我看看。"

亚泽兰把手伸进腰间的一个口袋里，掏出一个长度仅相当于半根食指的小玻璃瓶，里面的深红色液体毫无疑问是鲜血。

"是的，这应该够了。打开塞子，把玻璃瓶举到我面前。"

亚泽兰服从了命令。

杰克里斯·特林则将注意力转到其刚刚放到桌上的那只罐子上。罐子上的蜡封未经碰触就裂开了，盖子滑到了一旁。

"你已经为我准备好了？"

"当然。"杰克里斯·特林看向亚泽兰。

这时，一根羽毛从罐子里升起来，一种黑色的焦油状物质从羽毛上滴落。羽毛飘向亚泽兰。亚泽兰注意到从羽毛上滴落的黑色焦油状物质没一滴碰到地面，每一滴都在和羽毛分离的那一刻就消失不见了。

羽毛飘到玻璃瓶上方，开始坠落。那黑色焦油状物质滴落在鲜血中，羽毛则进入了玻璃瓶。仅仅几秒钟，看上去是玻璃瓶几倍长的羽毛就消失在了鲜血里。

"好了，你塞好瓶塞后，就可以离开了。"

"就这样？我什么都没有感觉到，没有魔法，什么都没有。"

"我的魔法和你的不同，与其他人的都不同，所以你才会来找我，不是吗？你看到了其他人没有看到的东西，只有你看到了。"

亚泽兰骄傲地挺起胸膛，塞好瓶塞，将玻璃瓶收回口袋："是的。"

"你将会改变这个世界，亚泽兰·拜德兰，而你的父亲将会见证这个变化。"

"他会的，难道不是吗？"亚泽兰在消失时说道，他的声音中充满了希望。

　　杰克里斯·特林盯着亚泽兰刚刚站立的地方，又转头看向那颗头。只见头上的眼睛陡然睁开，看向杰克里斯·特林隐藏在兜帽中的双眼。

　　杰克里斯·特林俯下身，不知说了一些什么，那双眼睛立刻闪耀夺目的光芒。

　　杰克里斯·特林深深地注视着那双眼睛，从寻觅者的尖喙中传出了一种就连杰克里斯·特林的主人紫龙君王也不懂的语言。

　　杰克里斯·特林笑了两声，他等待了这么长时间，但不用过多久，他就能够实现复仇了。

第 9 章
被寻觅的答案

南森应该将发生的一切禀报紫龙君王，幸好现在紫龙君王还在因为别的事情而忙碌。

南森不断对自己说，尽快向紫龙君王禀报，但他深深地知道，如果能有机会向紫龙君王禀报时忽略一些可疑的细节，那么他将不会放过这样的机会。

返回彭纳瑟斯后，南森向战友们讲述自己的经历时就没有提起这些细节。他虽然信任这些战友，对戴恩的信任更多，但还是隐瞒了一些事情。

现在最令人焦灼的还是他总是有一种冲动——想要进入紫龙君王的圣所。如果说有什么事情能够立刻为他招来死亡，那就是没有得到紫龙君王或者其管家的许可而进入大图书馆。

南森努力摒除这种思绪，将注意力集中在伊萨斯的问题上。让他感到惊愕的是，他发现拜德兰家族的族谱并非想象的那样完整，有关那位先辈的记录完全遗失了。经过一番仔细查看，他发现拜德兰家族族谱的最早记录是从伊萨斯之后三代才开始的。

他想去公会的库房看一看，那里保留着彭纳瑟斯所有臣民的出生和死亡记录，以备商业需要，但他猜测那里也没有关于伊萨斯的信息，而且他有可能根本不会被允许进入。

公会的人和法师有着很强的竞争关系，并且也有魔法手段保护他们的信息库。即便南森有能力穿过那些魔法屏障，也没办法做到不被公会的人察觉。如果他贸然行动，很可能会被逮捕、处死，就和擅闯大图书馆的下场一样。

于是，他只剩下一个选择。

如果要得到关于伊萨斯的信息，他只能去找一个人，并且，他相信那个人会愿意隐瞒自己和其见面的事。

大多数法师居住在王宫周围，和南森一样，他们大部分时间都不在家。这些年，南森很少因为自己享受荣华富贵而感到愧疚，毕竟他为此不止一次冒过生命危险。但现在，仿佛积累了数十年的惭愧之情一下子从他的心里涌出来。

当他被传送到一座被笼罩在阴影中的寒酸住宅门口时，不由得想到了自己的宅邸是那么宏伟。

这座住宅的木门上有一只长门环，挂在一个金属怪兽的嘴里。

南森扬起手，等待金属怪兽说话，毕竟这是一名施法者的住宅。

但金属怪兽没有发出任何声音，反而木门忽然消失不见了。木门后有一道墙，随后墙也化为乌有，露出了一个相当凌乱的小房间。

"幸会，拜德兰大师。"一个男性的声音响起。

南森转过头，看到一个有着橄榄色皮肤的男人。此人有一头深棕色卷发，看上去比南森年长一些，实际上他的年龄比南森小。

一双充满学究气的眼睛从南森身上看向堆积在自己案头的那一摞厚厚的卷宗，又看向南森。

南森直接读出了他的心理活动——尽管紫龙君王的首席法师来访，他还是忍不住想要继续自己的研究。

"我来得不是时候吗，萨米尔？"

萨米尔站起身。

他几乎和南森一样高，但比南森要瘦一些，只不过没有瘦到雅拉克那样，一双褐色瞳仁几乎充满了眼眶。这是他对自己施加了一种法术，以便更好地阅读文字。这双瞳仁可以依照他的需要调整和放大看见的东西，不需要再附加其他法术。

"无论你何时过来都合适。一般来说，无论是白天还是晚上，我都在这里。"

南森注意到萨米尔的声音中带着一丝懊丧，似乎他刚刚失去了对自己而言非常重要的某个人或某样东西。

南森知道，萨米尔在伊里利安北部有家人，那里是萨米尔族人的原住地，不过他最近没有听说那里发生过什么灾祸。此刻，他再一次意识到自己忽视萨米尔很久了，而萨米尔一直都是他最信任的伙伴之一。

为什么我变成了这样？南森扪心自问。

为什么我直到这时才想起萨米尔？

不知为什么，博利万的身影又浮现在南森的脑海中，不过他立刻把这个念头推到一旁。现在他应该向萨米尔寻求自己需要的信息，再采取下一步行动。

"你的家族一直在为彭纳瑟斯的君王们记录历史，从法师开始侍奉他们直到现在。你还在进行这种记录吗？"

萨米尔露出被冒犯的表情："当然，拜德兰大师。"

南森略带歉意地说："你有没有看过最古老的档案，接近第一代侍奉者的，或者至少是第三代或第四代侍奉者的记录？"

"你是要查一件事还是一个人？"

听到这个简单的问题，南森似乎找到了希望。听萨米尔的口气，他有可能掌握着一些信息，现在关键是他都知道些什么。

于是南森继续说道："我正在做关于这方面的研究，我发现一些古老的文献遭到了破坏，所以想要确认那些文献中到底记录了什么。我希望，你能够向我提供一切关于伊萨斯·拜德兰的记录。"

这是一个理由充分的谎言，萨米尔一定不会因为南森好奇其先辈的记录而觉得奇怪。

萨米尔若有所思地揉搓着下巴，道："第三代或第四代侍奉紫龙君王的人的记录，应该在编年史第一卷。"

萨米尔向南森左手边一个高大的黄铜书架一招手，一摞厚厚的白色的书飞向他。他轻巧地接住，没有再多说一句，也没有看南森一眼，径自把书打开。

他刚刚掀开书的封面，一个新的奶油色封面就自动出现在第一个封面下方。随着他翻开第一个封面，那个封面便消失不见了。他又掀起第二个封面，第三个颜色更深的封面随之出现，第二个封面也在他放手的时候消失了。

南森看到这些封面上没有一个字，但是他觉得萨米尔显然很熟悉每一个封面，知道它们代表哪一本书。

萨米尔又掀开了一个封面，这一次露出的新封面是深蓝色的。他终于停下来，敲了敲这个封面的中心位置。

书终于被打开了，这一次露出的是一张张写满了字的内页。

他用食指捋过第一页的最初几行，低声嘟囔着什么。随即，他将手指移开，书页自己开始翻动。过了几秒钟，书页停了下来。

"艾简·拜德兰，伊萨斯的次子。"一个单调的声音回荡在南森的脑海中，"在其长兄过早夭折之后，他被培养成彭纳瑟斯卫士，艾简·拜德兰的成就……"

南森和萨米尔都很熟悉这种魔法声音。图书馆以外的大多数古代卷宗都会以这样的方式向阅读者传递信息，以此来保护书籍不受损伤，但让南森和萨米尔感到诧异的是这本书所选择报告的条目。

"伊萨斯·拜德兰。"萨米尔对着手中的书，强调道，"伊萨斯·拜德兰。"

书页继续翻动，不时有大约一尺高、栩栩如生的人影从敞开的书页中跳出来，又迅速消失，大部分是人类。又翻过几页之后，那个魔法声音再次响起，却在一页翻过之后戛然而止。

片刻之后，书页稳定下来，魔法声音再次出现：艾简·拜德兰在其长兄过早夭折之后，被培养成了彭纳瑟斯卫士……

萨米尔的手拍在敞开的书页上，阅读声终止了。萨米尔气恼地开始亲自查看书中的文字。

南森则保持安静，尽管他很想把书拿过来，亲眼看看里面的内容。

萨米尔合上书，书的封面恢复了原样。

他抬起头看向南森，道："非常抱歉，拜德兰大师，除了伊萨斯是艾简的父亲以外，这里对他就没有更多的记述了。"

"没有了？"南森想要伸手把书拿过来，不过他还是克制住了内心的冲动。既然萨米尔都说书中没有别的记录，他就应该相信萨米尔。

不过，这怎么可能呢？

萨米尔将书抛入空中，没好气地回答："我不知道，拜德兰大师。"

不等那本书自动飞回原位，他已经大步走开，来到另外一个架子前面，一边嘟囔，一边取出了六七种不同尺寸的书，然后伸手从半空取下其中一本，其余的则飘浮在他的周围。

他的食指闪耀一团蓝光，手中的书页随之飞快翻动。他让书页停顿了两次，又将书抛开，取下另外一本。

但就算是萨米尔把那些书全部翻了个遍，他似乎也没有找到任何新东西。他让这些书又回到原先的位置上，突然向南森转过身来。

"我没有任何东西可以提供给你，拜德兰大师。"萨米尔嘟囔了一句，而后重重地叹了口气，"关于伊萨斯·拜德兰的生平，我的祖先要么是一无所知，要么是故意没有留下任何记录。"

这个结果强化了南森想要查清事实的决心。只是，除了进入公会的库房以外，他不知道还能怎么做。

"不，那个库房里也没有那些信息。"

南森没有察觉到自己已经把心里话说了出来，他瞥了萨米尔一眼，却发现萨米尔只是在对着身边的空气说话。

"公会库房不行，士师庭也不行。"萨米尔说道。

士师庭是彭纳瑟斯处理非魔法案件的高等法院，监管那里的是紫龙君王的儿子之一——因为缺乏特殊的血统标记而无法成为王位竞争者的一个儿子。

南森忘了士师庭中也保存着历史档案，不过他也明白，除非伊萨斯在世的时候接触过那里的案件，否则士师庭不会保留关于伊萨斯的记录。

萨米尔突然眼睛一亮，道："还有另一个可能。拜德兰大师，你竟然没想到这一点，这让我有些惊讶。保存着大量知识和法术的大图书馆也许能够让你对那位神秘的先辈有一些了解。"

这正是南森最不想听到的话，他努力压抑住一切过激反应："我觉得……"

萨米尔却因为自己的这个建议而兴奋起来，道："我被允许进入大图书馆时就知道，一些法术的发展肯定与特定的法师有关，所以那些法师的信息会被记录在大图书馆的典籍里。如果你请求进入大图书馆，就能在那里找到答案。真希望我能和你一起去，但我已经被完全禁止……"

"被完全禁止？"南森一时忘了自己的事情，"我一定是听错了。萨米尔，进入大图书馆当然需要得到紫龙君王的允许，但我从没有听说过他明确地禁止任何人进去。你一定是搞错了。"

　　"紫龙君王确实下达了这样的禁令，而且是通过他的管家下达的。"萨米尔眯起眼睛，露出一种危险的神情，"'陛下禁止你余生进入大图书馆，法师'，你以为我会听错这句话？"

　　"那么，也许是特林管家听错了。"

　　"你认为杰克里斯·特林有可能听错紫龙君王的话？"

　　南森揉搓着下巴，半晌才问道："你当时做了什么？"

　　"我只是在紫龙君王要我做事的时候稍稍扩展了一下我的研究范围。"萨米尔双手一摊，"我对某种被水晶强化的魔法很感兴趣，想要探究它的源头，那种魔法正好和当时陛下指派给我的任务有关。当我将第一份报告呈给陛下，并要求进一步使用大图书馆的时候，他立刻拒绝了我。随后，特林管家就来向我宣布，我终生不得再进入大图书馆。"

　　每一名施法者都渴望得到紫龙君王的允许，有机会向彭纳瑟斯大图书馆提出他们的问题。但是，他们首先要将准备好的问题告知杰克里斯·特林，并得到那名管家的许可。不过，通常最糟糕的结果无非是问题被否决，施法者本人不会受到任何惩罚。除了南森和雅拉克以外，萨米尔是迄今为止得到进入大图书馆许可次数最多的人。南森无法理解为什么紫龙君王会做出如此突兀的一个决定。即使萨米尔真的违反了某种禁忌，也不应该受到这样的惩罚。萨米尔一生专心于研究工作，尤其擅长解读大图书馆给出的各种晦涩神秘的信息。

　　"我为你感到难过，萨米尔。"

　　"这是我自己的错。"萨米尔闭上眼睛，深吸一口气，睁开眼睛时，已经恢复了平静，"我活着就是希望能够再进入大图书馆，那里有很多知识等着我去发现。"

萨米尔凑到南森的耳边，仿佛是害怕周围的书会偷听到他的话："那么多知识，我经常会想，紫龙君王是不是在害怕我们学到太多。"

"我不是……"萨米尔转身看向一旁，不再看南森，"抱歉，你此次来访毫无收获。拜德兰大师，请你谅解，我想要睡一下，我已经两天没有合过眼了。"

他回到书桌后面，将面前的书卷推开，又看向南森："我突然觉得非常累……"

南森自觉无法继续逼问萨米尔了。尽管他有这样的权威，可以要求萨米尔继续接受他的询问，但他也知道在这里耽搁时间没有什么意义。而且，萨米尔向他披露的情况让他对自己的处境多了几分忧虑，还增添了许多令人不安的疑问。

"多谢。"南森说道，"我会认真考虑你告诉我的事情。"

片刻，伪装出来的疲惫从萨米尔的脸上消失，取而代之的是一种被深深压抑的苦涩："是的，拜德兰大师，我知道你会的。"

南森不是从萨米尔家的魔法屋门走出去的，而是直接传送回了自己的居所。这次访问丝毫没有缓解他的焦虑，反而让他的情绪变得更糟了。

现在他只剩下一条路，不仅是萨米尔为他指出了这条路，实际上他在拜访萨米尔之前就知道自己一定会走上这条路。

他朝着大图书馆的方向集中精神……

萨米尔坐在书桌后面，对自己的研究一眼也不看。如果南森现在看见了他阴森的表情，一定会吓一跳。

"你做了你必须做的事，说了你必须说的话。"一个声音在他的脑海中响起。

"我做了你吩咐我做的事，"萨米尔道，"但他是拜德兰大师，是他训练了我。"

"你也同意我们必须让他走上这条路，无论这对他而言是多么危险。我和你一样，都觉得这件事不容易。"

"我明白。"萨米尔的双手攥成拳头，"如果这能让我们摆脱巨龙君王们的桎梏，突破囚禁了我们这么久的牢笼，就算是冒险也值得。我只希望拜德兰大师能够活着看到事实真相。"

"希望是存在的。"

"只是希望而已。"萨米尔恼恨地叹了一口气，"只是希望。"

这个王国的西南地带是一片以盛产粮食而著称的广袤平原，到处都是长满谷物的良田，现在应该是一年三熟中的第二熟了。

褐色的谷穗连成一片海洋，在风中泛起一层层涟漪，疲惫不堪的人类劳工还在为他们的主人拼命劳作，几名龙人士兵在旁边昂首阔步。

这些龙人士兵的头盔上只有很小的头冠。他们属于仆从阶层，实际上，他们的地位比那些被他们用鞭子和嘶吼声驱使的人类劳工的地位也高不了多少。

一辆又一辆装满谷物的大车做好了出发的准备。龙人车夫们在等待被通知行程路线，车队两旁还有队列整齐的龙人护卫。

那些令人生畏的龙人武士骑着吼声连连的爬虫猛兽。

更远的地方，一支军队正在翻越连绵起伏的山丘。

那只是褐龙军团很小的一部分。

巨龙君王都有强大的军力，而褐龙君王的军队无疑是最强大和最令人畏惧的。另外，所有龙人军团实际上主要力量是人类士兵，龙人武士往往只是军官，而褐龙军团更加惊人的地方在于其中至少有三分之一的成员是龙人武士。

肥沃的阿达疆原野为所有龙人部族提供了充足的养分，其中受益最多的自然还是这个王国的主人褐龙君王。今天装车的这些谷物会被运往北方，作为那里大群牲畜的饲料，那些牲畜则会成为褐龙君王的士兵们的盘中美餐。

那些比普通龙人更加高大魁梧的龙人武士就是褐龙君王成功统治阿达疆原野的证明。这个部族的龙人武士比大多数同类都要高一头，肩膀至少宽半尺，出生时体型仅次于巨龙君王们的巨兽。

所有人都对褐龙君王敬畏有加，就连龙皇也不例外，所以对褐龙部族发动攻击的敌人无疑是鲁莽的，只有不知死活的人才会那么干。

三条光芒闪烁的传送通道同时开启，数十名反抗者从传送门中冲出来，立刻分散到大车队和人类仆从中间。一队弓箭手仍然留在传送门附近，第一片箭幕离开了他们的弓弦。

三名龙人武士被乱箭射倒之后，防卫者们才回过神来。高大的龙人武士大步冲向距离他们最近的反抗军，他们手中的大型武器可以轻松地将这些敌人击杀。与此同时，在山丘地带行军的褐龙军团开始扑向这个战场。

但当龙人武士的利刃砍到反抗者身上时，反抗者全都消失不见了。反抗者数量并不多，全都聚集在传送门附近，那些幻影只是他们的掩护。他们此时全都撤进了传送通道里，不等龙人武士们明白发生了什么，传送门已经关闭了。

又有三道传送门在冲过来的褐龙军团后方开启。龙人武士们全都背对着反抗军，成了反抗军的弓箭最好的靶子。

在格里芬的带领下，反抗军又射出了一排排利箭。一整列披甲的士兵倒了下去，其中既有龙人，也有人类。

格里芬使用一张格外巨大的长弓射出连珠羽箭，每一箭都正中目标。

他那双与众不同的眼睛不断扫视战场，既是在寻找新目标，也是在监视敌人是否有反击的迹象。他的长剑还被收在鞘内，但他做好了随时拔剑与敌人近身格斗的准备。

第二列披甲的士兵崩溃了，反抗军士气越发高涨，格里芬的计划不断取得成功。

就在这时，发光的传送门不见了。

胜利的呐喊变成了慌乱的惊呼，反抗者们知道自己陷入了险境。

格里芬咒骂一声，努力想要再打开一道传送门，却发现另一股力量压制了他。

反抗者们惶恐不安，显然他们的敌人终于有时间转过身来保护自己，随后褐龙军团向他们发动了进攻。反抗军稳住阵线，但己方的人数实在是太少了。

图斯来到格里芬身边，问道："出什么事了？传送门呢？"

格里芬集中精神也找不到本应该负责打开和维持传送门的人，那些人的忠诚是毋庸置疑的，格里芬担心他们已经遭遇了不测。

现在他和追随者们到了最危急的境地，他们没有退路，继续战斗也只有死路一条，除非他能够拖延足够长的时间，至少让他们能够再打开一道传送门。

格里芬丢下弓和箭囊，拔出长剑，右侧传来一阵凄厉的尖叫声。反抗军阵线比较弱的一侧在龙人武士的重剑和长矛的猛攻下开始崩溃。

褐龙军团中的人类士兵像他们的龙人上司一样凶猛地扑向反抗军。很小的时候，他们就被培养起了对褐龙君王的忠诚。

格里芬知道，他们都相信自己的地位高于那些在田地里工作的人类劳工，就像龙人武士一样，所以他们不会对同胞手下留情。

一个龙人武士和一个人类士兵同时冲向格里芬。

格里芬没有待在原地，也冲向敌人，长剑挥出，另一只手划过龙人武士的要害，长而锋利的爪子轻松地穿透龙人武士被鳞甲保护的身体。

图斯挥剑击杀了一个敌人，然后推了一下格里芬，同时高声喊道："上面！"

格里芬向天空中瞥了一眼，看见一片巨大的阴影向他扑来。转眼间，这片阴影变成了一头褐色巨龙。

"所有人都撤到树林里！"格里芬向身后几米远的一片稀疏树林指了一下。

那片树林在他们发动攻击之前就被定为备选的避难所。格里芬总是竭尽所能搜寻一切情报，尽量为战斗中可能出现的意外情况做好准备。

褐龙君王疾速飞过，龙翼扇起的狂风在地面上吹出了一条空无一人的大道，两排并列的尖锐骨刺从其头顶延伸到尾巴。一张巨口大张着，露出狞笑。

不等双脚落地，褐龙君王就开始变形。当其在地面上站稳的时候，已经从恐怖的巨兽变成了龙人武士。

格里芬只是喘了一口气，褐龙君王就已经逼近到他的眼前。

"我们终于见面了！"褐龙君王道，"这个计划筹谋了这么久，咝咝……就是在等你出现，不过我早就知道你会来的，紫龙君王向我保证过。咝咝……叛徒被捉住了。现在我可以杀了你，结束这场叛乱。"

当然，这个精心布置的陷阱有紫龙君王的一份功劳。

格里芬一直很清楚，巨龙君王们会预料到阿达疆原野将成为反抗军的目标。他之所以等了这么长时间才攻击这里，这也是原因之一。

他本来以为只要以褐龙军团为攻击目标，不去碰粮食，打乱敌人的布置，就会有出其不意的效果，但紫龙君王算到了这一步，现在他还知道对方还有其他施法者……

格里芬刚刚想到这里，褐龙君王的利刃就撞在他的长剑上，他的手臂猛地震了一下。而褐龙君王似乎没有半点感觉，将手中的利刃又向前一推，逼迫格里芬向后退去。

图斯跑过来，乘褐龙君王不备发动了偷袭。

褐龙君王轻松地抵挡住了图斯的攻击，随后便掉转利刃。现在图斯完全落入了褐龙君王的利刃攻击范围内，褐龙君王显然是要置他于死地。

但让格里芬和图斯感到意外的是，褐龙君王踉跄了一下，手中的利刃停住了。图斯不仅逃过了一劫，甚至还能够在褐龙君王纠正错误之前从容撤退。

格里芬隐约可以猜到为什么褐龙君王会出现这个意料之外的失误。不过，他现在没时间细想这个问题，此时最重要的是活下来。

就在褐龙君王调整步伐的时候，格里芬向他攻了过去。

一阵巨大的爆炸声震撼了整个战场，强烈的地震让格里芬和褐龙君王连站稳都做不到。

格里芬倒下的时候才看到遇到麻烦的不仅有他和褐龙君王，其他人也或者跌倒，或者跪在地上，整个战场上没有一个人还能保持站立。

一阵突然袭来的狂风将格里芬从褐龙君王面前拽开。

这股风越来越强，格里芬越来越无法控制自己，狂风将他连同其所有部下一起带进了树林。

几乎只是眨眼之间，格里芬和他的部下被抛入了新的传送门。

他能感觉到，这道传送门不是他安排的那两位法师打开的。他很感谢那个援救他们的人，同时好奇到底是谁能够成功施展这个法术。

然而，这时他陷入了一片黑暗，既看不见他的部下，也听不见他们的声音。

"图斯！"他大声喊道，"图斯！"

"用不着担心你的部下，咝咝……"一个声音在黑暗中回荡，"很快，你就会和他们在一起。"

　　一片令人无法直视的强光驱散了所有阴影，只剩下格里芬注视着一头他从没有见过甚至无法想象的巨龙。

第 10 章
书籍和秘密

"我不应该在这里。"南森再一次告诫自己，"我违反了一条最根本的法律。"

但他已经来到了宫殿中，躲藏在距离那个挂着壁挂毯的房间不远的地方，试图估算弥漫在宫殿中的防御法术过多久才会察觉到他，他曾经参与建立了这个强大的防御法术。

南森是紫龙君王看重的仆人，现在却冒着生命危险，只为了解一下他的一位早已死去的先辈。

为什么认为自己必须这样做？南森到现在都还不太明白。

他现在完全有机会在被注意到之前悄悄离开，但他只是默默地站在原地，等着两名龙人卫兵从他身边经过，再沿着他们的巡逻路线渐渐走远。

龙人卫兵只不过是宫殿防守中最薄弱的一部分，两名龙人卫兵甚至没有注意到和他们只有一臂之遥的南森，但南森完全不敢低估他们。

不等两名龙人卫兵走远，又有一名龙人武士大步从对面朝他们走来。

南森眉头一皱，只希望自己的掩蔽法术不会失效。

走过来的不是一名普通的龙人武士，甚至地位远超龙人军官。

这座宫殿中，除了这名披甲龙人武士以外，只有另外一名龙人有如此华丽精美的头冠，而那名龙人是他的父亲——紫龙君王。

"向您致敬，乌恩公爵！"两名龙人卫兵高声说道，同时单膝跪倒。

乌恩比紫龙君王更强壮，容貌更加接近于兽类，不过绝不是一头简单的野兽。无论外表如何彪悍，乌恩终究是紫龙君王的儿子，如果紫龙君王发生什么事情，乌恩完全有能力接过紫龙君王的权柄。

"起来。"乌恩不是个健谈的人，他总是审视着周围，分析每一个细节，"陛下还在忙于进行信息沟通，这里没有事吧？"

南森选择在这个时刻潜入图书馆并非偶然。去拜访萨米尔之前，他就知道紫龙君王今晚会与其他巨龙君王进行交流，主要是针对多个议题展开讨论。得到紫龙君王信任的好处之一就是能够得到许多情报，至少到现在是这样。

"是的，公爵。"高级别的龙人卫兵急忙回道，"一切都平安无事，哗哗……"

乌恩似乎是要点头，却突然朝南森所在的地方看了一眼。

南森正好能够清楚地看清这位公爵独特的面容。

乌恩面孔的左侧没有眼窝，即使在头盔的遮蔽下，这一点也能被清楚地看到。头盔顶上的龙冠同样只有一只眼窝，当然，那才是这位公爵真正的样子。

不过，通过紫龙君王的努力，大图书馆的魔法让乌恩拥有了与众不同的视力。只有紫龙君王和乌恩确切地知道使用了什么魔法。不过，有传闻说，乌恩能看到一个就算是施法者也只能想象的世界。

乌恩的目光终于从南森的身上移开，回到了龙人卫兵的身上："很好，去巡逻吧！"

南森以前从没有注意过，乌恩的声音听起来比紫龙君王的声音更像人类。配上他可怕的面容，这真是一种奇怪的反差。

龙人卫兵们用拳头拍了一下胸膛便走开了。

乌恩那令人不安的目光一直跟着他们，直到他们走远，他才重新迈开步子。

当乌恩从南森的身边走过时，南森得以更近地看到了那张非同寻常的脸。南森和紫龙君王的继承人很少有私人来往，看到乌恩，南森总是感到胆寒。

乌恩停下脚步，片刻间，他又向南森所在的地方看了一眼。

他哼了一声，大步走开了。

直到走廊里空无一人之后，仍然战战兢兢的南森终于朝壁挂毯所在的房间走去。他的心跳得非常快，这些年，他从没有独自靠近过图书馆。

南森看到了那两扇铁门，还有铁门上的金属雕像，他的心跳得更快了，不得不停下来喘一口气。

隐身的南森靠近了那扇铁门，一阵刺耳的摩擦声在他的耳边响起。

他的身子一下子僵住了。他只能这样等待着，看到什么都没有发生，才又迈出一步。

摩擦声再次响起。

这一次，南森用眼角的余光捕捉到一样东西在移动，是一只利爪。

确定地说，是一只金属手。

他竭尽全力一动不动，同时移开视线，去看那两尊金属雕像。他感觉到那两个蝙蝠一样的金属怪物现在更加凶恶狰狞。它们的爪子都指向他，诡异的面孔显示出对杀戮的渴望，不过，它们显然还是雕像。

南森此时却已经明白，它们并不只是简单的雕像。

他早就知道，紫龙君王就算是对他也没有显露过壁挂毯的全部保护措施。直到这时，他才想到自己早就该思考一下为什么紫龙君王会用如此丑陋的雕像作为装饰品，它们和这座华美的宫殿完全格格不入。除了这两尊雕像，这座宫殿中的每一寸地方都彰显着紫龙君王的"文明"风尚。

这两尊雕像能够侦测出隐身的南森，这一点让他感到诧异，同时也让他陷入了险境。他知道自己应该立刻通过传送离开这里，但是他拒绝这样做，因为现在退却，意味着很可能再也不会有机会了。

但要从这两尊雕像身边经过，他要冒着巨大的风险。越靠近它们，就越有可能刺激它们行动。老练的南森将精神集中在自己的防御法术上，同时仔细观察两尊雕像身上魔法能量的结构。

他屏住呼吸，将自己的法术融入其中一尊雕像的魔法能量结构之中。

一开始，南森的尝试引起了雕像的反应。它们向南森逼近，但就在它们即将扑向南森的时候，又犹豫了，它们的头都歪向一旁。

随后，两尊雕像同时向后退去。伴随着一阵金属弯曲时发出的断断续续的低沉呻吟声，它们回到了原来的位置上。

南森等待着。

看到雕像再没有任何动作，他才又向前迈出一步。

什么都没有发生，南森舒了一口气，抓住一扇铁门的把手，用了很大力气才将它推开。如果使用魔法，他肯定能轻松和快捷很多，但他担心多余的法术会重新引起这两尊雕像的注意。

当门缝足够宽的时候，南森便闪身溜了进去，再将门关好，然后才施展照明术，看向墙上的壁挂毯。在门口的时候，他就能看到这件宝物随着城中发生的各种事情而不断出现细微的变化。

直到站在这幅壁挂毯面前，南森才注意到它上面代表大图书馆的符号。那是一本书，就在彭纳瑟斯最大的露天市场正中央，他伸手就可以摸到它。

南森咬了咬牙，按住了那本书。

他的周围立刻发生了变化，一排又一排书架充满了他的视野。

这一次，书的封皮都是深红色的，他在前几次的来访中从没有见到过这种颜色。

他向周围扫视了一圈，寻找图书管理员，却什么都没有发现。这一点也很奇怪。南森不知道这对他而言算是好事还是坏事。没有图书管理员，他不知道自己是不是能从这无穷无尽的藏书中得到什么信息。

现在只有一个办法能确认这件事。南森向书架之间的一条通道抬起手，集中精神想自己需要的东西。

伊萨斯·拜德兰，告诉我关于伊萨斯·拜德兰……

南森再一次意识到自己的决定是多么莽撞，他还有时间溜走，装作从没有来过这里。只要他能够隐瞒住自己的负罪感，不向紫龙君王乞求宽恕，那么就不会有人知道他背叛了紫龙君王。

博利万！

南森摇摇头，竭力让自己忘记雅拉克的那位亲戚。但是，就算他完全集中精神，博利万的教训，还有萨米尔几乎没有做什么却遭受了严厉的惩罚，这些事还是没有离开他的脑海。

在这条通道的远处，一本书从原本的位置上跳了出来，飘向在等待的南森。

南森被吓了一跳，不过他还是毫不犹豫地抓住了那本厚重的书。他朝书封看了一眼，上面那象征性的巨龙图案没有向他透露书中的任何信息。

他打开了书的第一页。

空白的书页上一笔一画地出现了古老但异常清晰的文字。

"世界中有世界，魔法中有魔法，法术扩散开来。它闪闪发光，令人心醉神迷，却没有迷住拜德兰家族的伊萨斯……"

看到先辈的名字，南森先是倒吸了一口凉气，然后焦急地想看随后还会出现什么。

"巨龙主人们，非巨龙的主人们，光芒和迷幻才是区别。随着水晶体的……"有什么东西在南森的身后动了一下，南森立刻向背后瞥了一眼。

他看到一个穿长袍的矮小身影消失在另一条通道里，于是捧着那本书，向那个身影消失的地方走过去。

他从没有听说过图书管理员会从来访者的身边溜走，但既然他本来不应该出现在这里，也许图书管理员只是想避开他，以免在紫龙君王那里招惹麻烦。

南森转过拐角，发现通道中除了书以外，什么都没有。

他诧异地皱了皱眉，然后身体僵住了——他感觉到了魔法能量突兀的变化，又听到另一个声音在他刚刚离开的那条通道中响起，并且回荡在整座图书馆中。

那是金属相互碰撞发出的声音，还有一阵令人恼恨的"咝咝"声。

南森当即合上书，集中精神，打算将自己传送出图书馆，当作什么都没有发生……

一名龙人卫兵突然冲进了他所在的通道。

南森认出正是刚刚巡逻的两名龙人卫兵之一。

龙人卫兵朝南森这边看了一眼，就将攥在爪子里的匕首准确无误地向南森抛掷过来。

匕首刃撞上南森的法术护罩，被弹开了，但南森差一点没能及时察觉到这把匕首的攻击只是一记虚招。

所有龙人都有一定的魔法能力，而龙人武士的魔法能力更是出类拔萃，在必要的时候，他们会使用与生俱来的魔法能力。

南森周围的空气变成刚硬的固体，他立刻屏住呼吸，同时开始施法。

那龙人卫兵向后飞去，撞上了一排书架。书架倒了，书本散落得到处都是。

南森再一次想要离开图书馆，但还是失败了。他只能退到另一条通道中，希望可以甩掉追赶他的龙人卫兵。

"那边！他一定是跑到那边去了！"一阵嘶吼声传来。

南森希望自己没有听见那个人的声音，但那个人还是出现在了这里，这并没有让南森感到吃惊。

南森低估了乌恩的魔法视觉。乌恩虽然没有清楚地看到南森，但是他感觉到有人藏在挂着壁挂毯的房间的入口。

南森在心中暗骂自己，自己想的只有那位先辈，正是这种执拗让他不止一次忽视了常识的警告，现在更是让自己被困在了大图书馆的迷宫中。

沉重的脚步声从南森刚刚所在的地方迅速向他逼近，迫使他拔腿狂奔，同时还要警惕敌人的魔法攻击。他一边跑，一边努力寻找图书管理员，但每一条通道中只有书架和书，唯一的不同就是书封的颜色。

南森是紫龙君王的首席法师，龙皇意志的捍卫者，现在却像盗贼一样在逃命。他想要停下来，向乌恩解释一下，但是他的确违反了紫龙君王的禁令，犯了重罪。

"呃！"

一股强大的力量将他打倒在地，他滚到墙边，手中的书也掉了。

乌恩站在他面前，带着凶狠的神情紧盯着他。乌恩一定是找到某种方法抄了近路，这才很快就到了南森的面前。

"南森·拜德兰。"乌恩用嘲讽的语气说道，"我父亲欣赏的猎犬，一个竟然能对我们一族发号施令的人类法师！"

南森早就知道有些龙人毫不掩饰自己对拜德兰家族的厌恶。拜德兰家族因为多年以来侍奉巨龙君王而得到了许多权力，更过分的是，不久前紫龙君王赐予了南森更大的权威。

南森很久没见过乌恩了，但现在他丝毫不好奇这个王位继承人会有怎样的心情。在发现他闯入紫龙君王的禁区时，乌恩自然是幸灾乐祸的。

"父亲一定会非常不高兴的。"乌恩的喜悦溢于言表，"如果他知道你为了溜进这里使用了怎样的手段，肯定会更加气愤。你一定有不可告人的坏心思，一定是背叛了我们，就像那两位被褐龙君王捉住的人类法师，那两个妄图帮助反抗军的人类法师。"

南森第一次听说这件事。法师在帮助反抗军？

他依然躺在地上，并非不想站起来，而是难以抵挡乌恩的袭击。乌恩的魔法技艺比那些龙人卫兵精深。现在他的魔法护盾被死死地压制住，身体无法离开地面。他从没有想过自己会遭遇这种形式的攻击，现在要挽回局势已经太晚了。

乌恩拔出佩剑，冷冷地道："你不应该再挣扎下去。再不投降的话，我将不得不杀了你，这真是太可惜了。"

南森的眼睛一下子瞪大。乌恩简洁清晰的话音很像人类，而不是龙人，这让南森感到更加阴森恐怖。他本以为乌恩会逮捕自己，但现在乌恩显然并不打算让紫龙君王听他辩解，他将没有机会让紫龙君王相信自己是无辜的。

"殿下。"一个声音从乌恩的身后传来，听上去像是一名龙人卫兵。

乌恩认定南森无法挣脱自己的压制，便回头向身后看去。

无数书本从各个方向朝乌恩飞过来。

南森看到所有沉重的书撞向乌恩，眨眼间，乌恩承受了上千次凶狠的打击。他的身体周围肯定有和南森类似的法术护罩，但在这种突如其来的魔法攻击下，他还是被迫跪倒在地上。

南森承受的巨大压力减轻了，他努力站起身来，看到两名龙人卫兵跑过来。但那两名龙人卫兵并非来自刚刚那个声音传来的方向，而是来自相反的方向。两名龙人卫兵都抽出了武器，而且身体周围爆发出魔法能量的火花。

南森知道自己能够轻易战胜这两名龙人卫兵，但现在他不能耽搁时间，让乌恩有机会恢复过来。他不是懦夫，但只要他还被困在图书馆，就很有可能会成为乌恩的俘虏。他别无选择，只能再次尝试逃跑。

南森集中精神，这次图书馆终于变成了壁挂毯所在的房间。身体的疲惫和疼痛让他不停地喘息，不过，他很快就向自己的居所集中精神。

眨眼间，他就回到了自己最熟悉的环境里，但他很清楚，回到这里只不过是能让自己有一个喘息的机会。乌恩很快就会将他擅闯大图书馆的事情禀报紫龙君王，他必须找到一个可以放心休息的地方，仔细考虑下一步该怎么做。

不，他知道自己下一步必须做什么。他要警告戴恩和亚泽兰，以免他们被由他制造的混乱牵连。

现在要找到亚泽兰并不容易，但戴恩肯定还在彭纳瑟斯。南森在脑海中描绘戴恩的样子，然后开始无声地呼唤戴恩的名字。

但还没等完成施法，他就感觉到身体一阵刺痛。他非常清楚这种突兀的感觉代表什么，这是他为自己居所编织的保护法术在警告他，一股敌对力量正要突破进来。

乌恩的恢复速度要比南森预料的更快。

南森竭力想要完成与戴恩的沟通，但现在他们之间仿佛出现了一道牢固的高墙。

乌恩在努力切断南森与外界的一切联系，他当然能想到南森首先会寻找自己的孩子们。

整栋建筑都在颤抖，裂缝在墙壁上四处蔓延，一块块天花板不断掉落在南森周围。

南森不再尝试与戴恩建立意识上的连接，他打算直接去找戴恩。

戴恩！送我去戴恩那里！

这个要求看似简单，但实现它的前提是南森凭借直觉施展非常复杂的法术。周围的魔法能量丝线发生一连串波动，迅速攫取魔法能量，以实现他的愿望。

就在此刻，南森的宅邸发生了剧烈的爆炸。

南森几乎在爆炸的同时消失了，一些建筑碎块直接穿过了他尚未完全消失的残影。乌恩的行动再一次证明他根本不想让南森活下去。

彭纳瑟斯首席法师南森的宅邸就这样被摧毁了。南森不知道乌恩会以什么样的借口向紫龙君王做出解释，不过乌恩一定早就准备好了说辞。实际上，乌恩可能早就在等待这一天的到来。

很快，所有关于乌恩的想法从南森的脑海中被抹去，一个亲切的身影开始在南森的眼前凝聚。

"父亲？"戴恩惊讶的声音出现在南森的脑海里，"这是……"

但还没等南森说任何话，戴恩就消失不见了，南森和戴恩的连接也化为乌有。南森发现自己在一片虚空中漂流。

就在这时，新的景象出现在他的周围。他重重地摔在地上，刚单膝跪立，就听到有人尖叫一声，在他的面前跳了起来。他抬起头，看见一名农夫拼命地跑向农舍。

南森紧皱眉头，努力想要寻找一些线索，搞清楚自己到底在哪里。他看到了西边远处的密托·派卡的城墙。

这让他感到很是困惑。他又向戴恩集中精神，却什么都没有感觉到，那里一无所有。

南森的心中生出前所未有的忧虑。他加强了意识中戴恩的影像，第二次尝试与戴恩联系。他担心乌恩找到了戴恩，甚至可能正宣布戴恩与自己合谋叛逆。

颈后传来一阵刺痛，南森身子一僵。很快，他发现自己一动也不能动。除了呼吸用到的肌肉，身上其他肌肉都失去了功能。不过，他并没有感觉到危险，而且他的保护法术也没有侦测到任何威胁。

更令他感到惊奇和烦乱的是，在这之后没有发生任何事情。他无可奈何地处在原地，仿佛一个怪异的稻草人被插在这里，看守那些还未成熟的谷子。

几分钟过去了，依旧什么都没有发生。南森却心急火燎，仿佛看到戴恩被魔法捆住手脚，一路被拽到紫龙君王的面前。他仿佛还看到亚泽兰被擒获，被扔到了戴恩身边。这对兄弟即将为他的罪行付出代价。

在有了无数种狂乱的想象后，南森对自己的行动产生了强烈的怀疑。他什么都不能做，只能思考，这让他发现了越来越多的错误。这段时间里，他的所有决定都缺乏基本的常识，完全违背了他作为紫龙君王忠仆的原则。他怎么会生出这么多猜疑和妄想？又怎么会这样快就被这些胡思乱想所控制？

暗影！

那名巫师模糊的影像立刻占据了南森的脑海。南森明白了，他已经成为被那名不老不死的巫师所操控的傀儡。

这些全都是暗影干的！南森坚定地想着。

暗影一定是向我施加了某种阴险的法术，一定是这样！

尽管南森坚信自己找到了答案，但他还是没办法因此而感到满意。他仍然无法拯救自己，更重要的是，他无法拯救两个儿子。

由远及近的马蹄声打断了他纷乱的思绪。马蹄声越来越响，越来越急，甚至让他开始担心自己会被疾速飞奔的马撞倒。不过，很快就有一个男人用他听不懂的语言喝止了飞奔而来的马。南森听到至少三匹马在打响鼻，并发出沉重的喘息声，紧接着，就是靴子踏地面的声音。

一个头戴兜帽，有着军人身姿的人来到南森身侧，仔细地打量他。

南森看不到那个人的脸，但那个人身上有某种东西让他感到困扰，某种他似乎认得却又一时想不起的东西。

"就像他说的，这是那个紫龙君王的宠物。把这家伙装起来。"

一只布袋套住了南森的脑袋。

布袋里有一股奇怪的味道，让南森心中不由得生出警惕。

几只强壮的手抓住了他的小臂。就在这时，他的意识开始模糊。就像他担心的那样，布袋里的怪味来自一种可以对意识产生影响的炼金术药剂。

南森感觉到那些人将他抬到了马背上，然后药剂就让他失去了知觉。

萨米尔不耐烦地将鹅毛笔扔到一旁，盯着面前的纸。

他可以用魔法让文字直接出现在纸上，但他对研究工作中需要动手的这一部分就像需要动脑的那部分一样喜爱。

"他已经把事情做了，现在没办法再回头，哪怕他想要回头。"

突然间再次响起的声音丝毫没有让萨米尔感到惊讶。实际上，萨米尔急躁就是因为他在等待这个声音。

"他可能会死。"萨米尔提醒自己看不见的那个说话者。

"必须冒这个险。你知道，他必须冒这个险。"

"如果他真的死了，没有人会比你更伤心，我只知道这个。"萨米尔面色阴沉，"这个险差一点就冒得毫无意义。无论你离现场多远，也一定感觉到了那股强烈的魔法能量。"

"是的，他被发现是计划中早就定好的。但发现他的是乌恩，而不是我们原先计划的普通龙人卫兵。"

萨米尔愣了一下，道："乌恩？"

"镇定，乌恩已经朝一个错误的方向追过去了。"

"但是，乌恩……"

"镇定。"

但萨米尔还是从那个声音中听出了一丝不安。

"既然你这么说，那现在该怎么办？"

"南森已经受到控制，一切都已恢复正常，我们很快将再次联系。"

那个声音从萨米尔的意识中消失了，不幸的是，萨米尔的恐惧并没有随它一同消失。

无论它怎样向萨米尔保证，但既然乌恩已经插手这件事，南森的未来仍然是吉凶未卜。

图书管理员捡起一本掉落的书，仔细审视它是否有损。当然，图书馆里的书不会被损坏。图书管理员在查看了一番之后，才露出放心的微笑。

这是一个动荡的时代，他上一次见到这种事还是在……

"啊，是在我死的时候。"图书管理员暗道，"从那时起，就再没有发生过……"

他让书飞回原先的位置上，继续清理工作。

第 11 章
迷雾巨龙

　　无论怎样努力，格里芬都无法让视线聚集在面前这个怪异的生物上。他仿佛正透过不断变幻的迷雾看着这头巨龙。这种影像让他想起了巫师暗影的脸，除此之外，他完全感觉不到这头巨龙和暗影还有什么相同之处。

　　这头看上去异常模糊的巨龙有一双纯银色的眼睛，其中没有瞳仁。每当它眨动眼睛的时候，身体就变得更加虚幻缥缈。

　　"小鸟、野兽，哎哎，还有人，融为了一体。"巨龙道，"你甚至不知道自己是什么，哎哎……对不对？"

　　巨龙说得没错，格里芬的确不知道，但他不愿意承认这一点，哪怕巨龙的口气仿佛在说它已经知道了答案。

　　格里芬握紧剑柄，质问道："你对我的人做了什么？"

　　"现在不是关心他们的时候，哎哎……"

　　这也不是格里芬想要的答案。他发出一声更像狮子的怒吼，向若隐若现的巨龙扑了过去。

　　他没有真正能飞的翅膀，不过还是高高地跃入半空，这多亏了他的魔法力量。正是凭着这股力量，他朝巨龙的咽喉袭了过去。长剑挥向巨龙鳞甲覆盖的肉身，与此同时，他伸出另一只爪子，想要抓住巨龙。

剑刃挥空了，格里芬这才意识到这头巨龙并不是隐藏在迷雾中，而是雾气的一部分，而这也意味着格里芬的另一只爪子没办法抓住可以让他借力稳住身体的地方。他向岩洞的地面跌落，从这样的高度落下，很可能会摔伤。

但还没等他调整姿势准备落地，巨龙的双翼伸到他的下方。巨龙突然变得真实，至少遍布脉络的翅膀是如此。龙翼接住格里芬，将他轻轻放到地面上。

巨龙的下一句话中夹杂着不耐烦的语气："你是安全的，没有必要担心，嗞嗞……"

"这一点要由我来判断。"

"如果你执意如此，嗞嗞……那么，看吧。"巨龙让到一旁。

不过，巨龙半透明的身体有很大一部分变成了雾气，留在了格里芬眼前。透过迷雾，格里芬看到一段渐渐显露出来的影像。

图斯和幸存的反抗军聚集在营地里，绝大部分人的脸上满是疲惫和困惑。只有一个人例外，那就是格里芬的副手图斯，他那有些像狐狸的面孔上满是紧张。他高喊着格里芬的名字，不停地在茫然的人群中来回穿行。

"他们很好，你看见了，嗞嗞……"

"这只是一段影像而已。"不过，从图斯的反应来判断，这应该是一段真实的影像。

巨龙回到了原来的位置。反抗军营地的影像消散了，雾气再一次变成了巨龙身体的一部分。

"那三枚护身符，嗞嗞……只是你的真相的一部分。"

让格里芬震惊的，不是巨龙突然转移话题，而是巨龙提到了护身符。他下意识地把手按在胸前，护身符被他的衣服和铠甲覆盖着。

"它们属于另一个时代，当然，你首先要在这个时代活下来……"

"你怎么……你都知道些什么？"

巨龙垂下头，让自己和格里芬的距离不到一米。就算如此接近，格里芬也没办法分辨出巨龙的五官，这让他再一次想到了暗影。

"不同的道路注定会延伸到不同的地方。如果他也能在这个时代活下来，咝咝……"

格里芬气恼地哼了一声，他不喜欢自己的想法被别人看出来，或者被猜到。

"有什么是注定的呢？尤其是当我们首先要在对抗龙人的战争中活下来的时候。"

巨龙没有回答，而是张大了嘴。

格里芬后退一步，眼看着巨龙吐出了一样东西。那是一个银色的小东西，它掉落在格里芬面前的地上，撞击岩石时，发出一声尖锐的脆响。

格里芬小心地将其捡起来。它的手柄上雕刻着令人惊叹的繁复的旋涡状花纹，但根据格里芬的判断，这只不过是一把钥匙。

"这能打开什么？"

"什么都打不开。"

"什么都打不开？"格里芬歪过头，盯着巨龙，"一把什么都打不开的钥匙，又有什么用？"

"一把什么都打不开的钥匙没有任何用处，咝咝……"

格里芬又发出一声狮吼："我知道你们这些魔法生物总喜欢含糊其辞，但我是一个讲事实的生物，告诉我，这到底……"

"我的任务已经结束了，咝咝……"巨龙又说了一句语焉不详的话，然后在格里芬焦躁的目光中消散了。

"不！这个我不接受！"格里芬向正渐渐消散的巨龙喊道，"你救了我们，救了我，我很感谢，但你没有给我任何解释，只是把这把钥匙留给我，又宣布你没有任何责任了，我要求得到一个清楚的回答……"

但在他叫喊的时候，不仅巨龙再也看不见了，他还发现自己出现在部下们中间。大家看上去都很惊讶，可能是因为他突然出现，又可能是因为他高声喊出的这些话。

"格里芬，你去哪里了？"图斯问道。

从图斯脸上的神情就能看出，他一直紧绷的神经终于放松了。

图斯是一名优秀的指挥官，但他更愿意当格里芬的副手。他是格里芬麾下最忠诚的战士，也是格里芬身边最接近于朋友的人。

格里芬迅速将钥匙收进腰间的小包里，然后审视他这支杂乱无章的军队，问道："大家全都回来了吗？"

"最后那道传送门打开时还活着的人都回来了。你是怎么做到的？"

"这个不重要。"实际上，是那头巨龙救了他们，但格里芬怀疑这场援救需要他在将来付出某种代价。也许到那时，他就会知道那把钥匙是做什么用的。

"那两位法师呢？没有给我们信号吗？"

"没有信号，就好像他们根本和我们不是一伙的。"

但那两位法师的确和他们有关系，更糟糕的是，他们知道格里芬和其秘密盟友不想让巨龙君王们发现的事情。但不管怎样，现在格里芬只能等待，看看这次行动到底会产生怎样的后果。

这个念头让格里芬感到恼火。不，他不能等待，既不能等待巨龙君王们继续步步紧逼，也不能将巨龙给的钥匙弃置一旁。自从他被海浪冲上这片大陆的海岸，能活到现在，是因为从不曾无所事事地等待问题发生，战况恶化。

"图斯，让大家做好行军准备。"格里芬发出命令，"带他们去二号营地。"

"你不和我们一起去吗？"

"不，我需要找人谈谈武器的事情。"

"你要去找矮人们？"

"是的，矮人们。"

"我会马上带队伍出发，我们在营地等你。"听图斯的口气，他显然相信格里芬很快就会返回营地，与他们会合。

"我会尽快返回，图斯，我发誓。"

得到格里芬这样一句话，图斯显然并不满意，不过，他还是去执行命令了。

再次只剩下一个人之后，格里芬开始思考这个突然的决定。反抗军需要更多的武器。因为和矮人的联系，以及掌握了矮人们不愿意让附近的巨龙君王发现的一些情报，格里芬得以为部下提供相当不错的物资补给。他们现在更需要替换损坏的剑和战斧，更何况，这次在阿达疆原野出乎预料的失败和逃亡，让不少人丢掉了他们的武器。

格里芬要去找矮人还有另一个原因。格里芬那被兽毛和羽毛覆盖的爪子不停地摩挲着腰间的小包。矮人是金属大师，铸造过许多强大的传奇宝物，也许他们能认出这把钥匙，更重要的是，他们或许知道这把钥匙能打开什么东西。

戴恩刚刚意识到他的父亲想要告诉他什么，就有一个雷鸣般的声音在他的脑海中咆哮：戴恩·拜德兰，陛下召唤你！

这个声音不是紫龙君王的，而是乌恩的，但乌恩同样拥有王室权威，戴恩不能违抗乌恩的命令。

葛温多琳在戴恩身边发出一声轻微的惊呼。

戴恩看向她，意识到她也受到了召唤。

"我来吧。"戴恩说。

他的法术立刻将他们带到了紫龙君王的王座大厅，紫龙君王和他的继承人正在那里等着他们。在紫龙君王的头顶上方，水晶阵列闪烁光芒。戴恩经常听父亲提起的光影舞动显然比平时更加剧烈，第一次让戴恩绷紧了神经。

戴恩单膝跪倒，行了日常的礼数，葛温多琳则行了一个屈膝礼。

大厅中一片寂静。

这种死寂让戴恩心中的焦虑大大增加了。一开始，他只是低头看着地面——依照礼仪，在紫龙君王说话之前，他不能抬起头来。但很长一段时间之后，他终于克制不住，向上瞥了一眼。

紫龙君王光芒四射的眼睛正紧紧地盯着他。

"戴恩·拜德兰，你的父亲刚刚违逆了主人立下的规矩。"

戴恩紧张地咽了咽口水，很是困惑：父亲是巨龙君王们最忠心的仆人，甚至是得到紫龙君王宠信的首席法师，会做出什么大逆不道的事情？

"他刚刚未经授命就闯入大图书馆，用他肮脏的身体对那里造成了亵渎！"乌恩冷冷地喝道。

"安静！"紫龙君王命令道，却并没有将那双仿佛燃烧着火焰的眼睛发出的目光从戴恩身上移开，"南森未经许可就进入了大图书馆，犯了最高等级的罪行。"

戴恩觉得自己必须为父亲辩护一下，当即道："陛下，他一直忠诚地侍奉您，我认为……"

紫龙君王瞪他一眼，吓得他立马闭嘴。

. 大厅再一次陷入了寂静。

"你的父亲还企图联络你？"

"是……是的。"

"戴恩·拜德兰，你坚信他是忠诚的，是吗？"

戴恩立刻点了一下头："是的，陛下！"

"你也是忠诚的，对不对？你也一样忠诚吗，女法师？"

"当然！"戴恩立刻做出回应。

"是的，陛下。"葛温多琳同样迅速地回话。

紫龙君王点点头，道："戴恩·拜德兰，我给你一个机会。你的父亲已经犯了罪，但他曾经是一名非常忠诚的仆人。我会给他机会，让他赎罪，但首先我们必须找到他，我想不到谁能比你更适合完成这个任务。"

尽管得到的命令是去追捕自己的父亲，但听到紫龙君王的最后这句话，戴恩感到骄傲。他的理智在质疑这种不通情理的情绪，虚荣心却膨胀起来。

"只要是该做的事，我一定会去做，陛下。"

"这正是我所希望的。乌恩。"

乌恩朝紫龙君王行了个礼，便向跪倒的戴恩走过来。

"起身。"紫龙君王命令道。

戴恩和葛温多琳服从命令，两个人不敢看乌恩那张可怕的面孔，却又不敢不看。

乌恩向戴恩伸出被鳞甲覆盖的手，掌心有一颗小水晶。小水晶的核心是纯黑的，一种令人不安的能量不断地从那里散发出来。

在戴恩小心翼翼地接过小水晶后，乌恩回到了自己的位置上。

"找到你父亲以后，就使用它。"紫龙君王发出指令。

"这……这是什么？"

"一种消除他内心恐惧的手段，这样一来，我们就能好好地讨论他的罪行，决定他该如何赎罪。"

戴恩接受了这个答案，尽管他其实不太明白其中的含义。

紫龙君王对他的仆人当然不会有任何恶意。尽管南森犯了一个严重的错误，但是紫龙君王愿意原谅他，这才是最重要的。

"我会带父亲回来见您。"戴恩郑重地向紫龙君王做出保证。

"我知道你会的。女法师，你陪他去任何地方，服从他的一切命令，明白吗？"

"是，陛下。"葛温多琳的回应却不像戴恩预料的那样充满热情。

戴恩当然不觉得葛温多琳会因为成为自己的助手而感到高兴，但她应该感谢紫龙君王选择她来完成这个光荣的任务。不过，戴恩相信葛温多琳犹疑是因为担心他的父亲不明事理，不愿跟他们一起回来。对此，戴恩倒是完全不担心，他的父亲一定能明白自己犯下了怎样的错误。

"你们马上就出发。"紫龙君王平静地下令。

戴恩将小水晶放进腰间的口袋里，深鞠一躬："是！即便尚存一息，我们也必将为您尽忠竭力，陛下。"

"是的，你们应当如此。"

紫龙君王身边的乌恩摆摆手，示意他们可以退下了。

戴恩没有再说话，而是将葛温多琳拉到身边。他的法术将他们传送出了彭纳瑟斯王宫，回到了拜德兰家族的宅邸，或者说是拜德兰家族宅邸的遗迹。

"这里发生了什么？"葛温多琳的疑问同样在戴恩的心头升起。

戴恩很快就察觉到了乌恩的魔法痕迹，他猜测乌恩曾经追杀他的父亲到了这里。很明显，是紫龙君王及时阻止了暴躁的乌恩，对此，他感到非常庆幸。

戴恩相信父亲有能力保护自己，但如果父亲在争斗中伤了乌恩，那么紫龙君王绝对不会原谅父亲。

戴恩向葛温多琳解释了这里遭到破坏的原因，葛温多琳皱起了眉头。

"他有可能杀死南森！他到底在想什么？"葛温多琳张口就责备乌恩，仿佛乌恩是个不懂事的孩子，而不是强大的龙人武士。

戴恩只能庆幸乌恩听不见葛温多琳在说什么，他没有回答葛温多琳的质问，只是说道："这件事发生在父亲试图联络我之前，乌恩显然非常愤怒，但做到这种程度……"

他没有告诉葛温多琳，乌恩平时就厌恶人类法师。

实际上，戴恩一直很担心乌恩将来坐上王位，接过紫龙君王的权柄，又会发生什么。幸好，那一天应该在很久以后才会到来，因为巨龙君王们的寿命要远远超过人类施法者。

戴恩从葛温多琳身边退开一步，集中精神。

宅邸的遗迹中充满了父亲的魔法痕迹，终于，他找到了父亲最新的魔法气息。

这股魔法气息正是南森尝试联系戴恩却未成功时所遗留的。

"我找到了。"戴恩对葛温多琳说道，"我们有线索了。"

葛温多琳突然抓住戴恩的手臂，道："戴恩，我有些担心。我……我不确定他们说的话是不是那个意思。"

"紫龙君王不会对我们说谎。"戴恩反驳，话一出口，他才意识到自己竟然对葛温多琳的怀疑如此气愤，"父亲犯了错误，紫龙君王已经承诺会原谅他，我们应该庆幸管理所有施法者的不是黑龙君王或者冰龙君王。如果是他们，早就下令处死父亲了。"

"我知道，但是……"

"我们要马上找到父亲，否则紫龙君王也许会派其他人，甚至可能是乌恩去找父亲。你明白吗，葛温多琳？"

葛温多琳不情愿地点了点头，然后又道："如果南森不想和我们一起回来呢？如果他不相信紫龙君王会原谅他呢？"

"所以我们才会得到这颗小水晶。"戴恩心中也有疑虑，不知道这颗小水晶能做什么，但服从紫龙君王命令的决心很快就驱除了这令人烦恼的想法。

"如果南森不让你使用它呢？"

"那我将别无选择，只能采取必要的手段让父亲就范。"

葛温多琳瞪大了眼睛："戴恩……"

戴恩不愿意再讨论这件事。他转过身，再一次将注意力集中在父亲留下的魔法痕迹上。

在辨别清楚这道魔法痕迹通向何处之后，戴恩不由得露出微笑："当然。他还能去哪里？"

随后，他不假思索地伸手到衣袋里，摸到那颗小水晶，同时问葛温多琳："我们要去把他找回来了吧？"

葛温多琳点点头。

戴恩一心想着完成紫龙君王交给他的任务，没有注意到葛温多琳投向他的警觉目光，那道目光最终落在了装有小水晶的衣袋上。

迷雾巨龙回到黑暗的房间里，其身躯几乎没有固定的形态。它不想回到这个地方，但这不是它能决定的。

这里属于很久以前发现它的那个人，尽管那个人不太明白它实际上是什么，但那个人掌握了足够的知识，将它变成了奴隶。

不管怎样，它被奴役的日子到今天就要结束了。它一直都在服从命令，哪怕是过度使用自身的魔法能力会给它带来痛苦。

它不会死亡，至少不是普通意义上的死亡，但会受苦，它曾经为了它的创造者们而受苦。千年以来，它又为了那些发现它的安息之地的人们而受苦。

本来它以为自己能够永远安全，直到那个肮脏的小东西找到了它，而它不得不称那个小东西为"主人"。

"已经做好了，咝咝……他得到了你的玩具。"

"我的玩具。"那个空洞的声音道，"是的，你可以这样称呼它。"

杰克里斯·特林向迷雾巨龙飘了过来。

被裹在黑袍中的杰克里斯·特林和他面前的迷雾巨龙一样，仿佛完全是由雾气组成的。

尽管二者的体形大小截然不同，但是迷雾巨龙明显畏惧这个比自己小得多的身影。

"对于那些传送门，你也遵从我的命令那样去做了？"

"一切都是依照你的指示进行的！嗞嗞……我已经完成了任务，你承诺给我的自由呢？"

"嗯，我会依照承诺还你自由。"杰克里斯·特林伸出被黑色袖子包裹的手，手中有一只黑色的小盒子，"你的创造者们也做出过承诺。"

迷雾巨龙向后退去："你说过，你已经毁掉了这个可憎的东西。"

"我是这么说过。"杰克里斯·特林将盒子举高一些，盒子的盖子自动打开了。

盖子打开的那一刻，一股恐怖的寒风从盒子狭小的空间中冲出来，牢牢地抓住了迷雾巨龙，将迷雾巨龙由雾气形成的躯体撕成了碎片。

"你立下过誓言！嗞嗞……"迷雾巨龙咆哮着，在束缚自己的寒风中竭力挣扎，却只是使得虚幻的躯体被损伤得更严重。

杰克里斯·特林的笑声让他的回应显得越发苍白了："如果你在被抓住之前就认识我了，那么，你就会发现，这不是我第一次打破不可违背的誓言……"

寒风越来越强，终于将那团雾气撕成微尘，又将它们尽数带进了盒子。盖子关上了，杰克里斯·特林将盒子放回自己宽大的黑袍中，又盯着迷雾巨龙刚才所在的地方。

"这也不会是我最后一次打破誓言，只要我还没有被终结。"

第 12 章
哈达林

南森被一阵交谈声惊醒，他试着挪动身体，让他惊讶的是，他的四肢都是自由的，甚至连一根捆住他的绳子都没有。

"下次要更加小心，明白吗？"

"请原谅，老爷。那些农夫很快就不害怕了，而我想尽快把他从那里带走。"

"就算是这样，但他是南森·拜德兰，他可不是……他动了。"

南森眨眨眼，找到了说话的人。但是，他感到更加困惑了。

"哈蒂恩？"

南森说出那个半精灵的名字时，注意到眼前这个人和哈蒂恩有许多不同之处——这个人的有些地方比哈蒂恩更精致，有些地方则正好相反，总之，他不是南森的那位老朋友哈蒂恩。

他们的体形和五官轮廓大致一样，但这个半精灵将头发梳理得很是整齐，发型属于密托·派卡现在最流行的风格，身上穿的是镶金边的褐色丝绸长袍，鼻梁断过，现在还有点向左弯曲，一道疤痕从右眼下方一直延伸到下颌侧面。

另外，还有一些细节说明了他的身份，不过，南森已经不需要更多信息了。

"抱歉，哈达林。"

哈蒂恩的弟弟哈达林却没有理南森，而是看向身边那名戴兜帽的男人。

正是刚才南森用眼角余光瞥到的人。

现在他明白了，哈达林的这名仆人之所以让他感到不安，是因为这名仆人有一张标准的半精灵面孔，却只有一双短耳朵，耳朵顶部几乎是平的——两个耳朵尖都被割掉了，而且伤口还被烧灼过，那肯定是极为痛苦的一种经历。

"去查看一下消息，维尔恩。等你回来后，我们再谈。"

"是，老爷。"维尔恩没有与南森对视，而是转身快步出了门。

此刻，南森才仔细打量自己所在的房间。这是一间装潢相当华丽的卧室，看上去，不适合任何习惯于精灵文化的人居住。

"还请原谅维尔恩的粗鲁。"哈达林对南森说道，"他从不相信任何人，在可能存在风险的时候，他这样做，总是会尽量少出纰漏。"

"不相信任何人？"

"嗯，他对我应该还算是信任的，因为我救过他的命。那时，铁龙君王的拷问者差一点要了他的命。"

南森险些问出维尔恩是犯了什么严重的罪行，才会遭受这样的命运，然而，他想到自己令人不安的状况，不由得闭了嘴。

不过有一个问题他不得不问："为什么他们要那样处置他的耳朵？"

"不，那是我们自己人做的。"哈达林没有再做更多解释，而是向南森伸出一只手，"我能帮你起来吗？"

南森本想拒绝哈达林的帮助，但他发现自己的腿还有些麻木，不由得眯起了眼睛。

"这是那种催眠剂的残余影响。"哈达林露出抱歉的神情，"维尔恩做事有一点过分，不过，你毕竟曾经是巨龙君王们的魔法卫士。"

这个头衔是南森的荣誉称号之一，为了表彰他这么多年来为巨龙君王们立下的无数功绩，但让他感到疑惑的是，哈达林刚刚说的"曾经是"。

我被剥夺了这个称号？在他们眼中，我已经是和反抗者一样的罪犯了？

此刻，这一点击中了南森的心。

我已经罪无可恕……

尽管差一点被乌恩杀死，但是南森内心深处还是抱着一丝希望，也许紫龙君王会原谅他，不久前发生的一切会变成一场慢慢消散的噩梦。他知道自己一直在自欺欺人，但直到哈达林说出这句话，他才明白一切已经无可挽回，他不可能再否认自己的处境了，而且，他再一次想到了儿子们。

"哈达林，我必须走了。"

他的两条腿晃动了一下，他抓住哈达林的手。这时，他捕捉到哈达林表情中的一丝波动。

"你不能走，现在这座山谷是你唯一安全的藏身之地。"

"你是什么意思？"南森眯起眼睛，"你到底属于什么阵营？哈达林，我的脑子很清楚，现在我已经明白了，这一切都是有人在算计我。"

"请坐下。"

南森发现自己的两条腿无法走动，只好坐回柔软的床垫上。

这个房间越来越多的奢华细节逐渐呈现在他的眼中。哈达林在人类和龙人的世界中生活得很好，而且显然积累了大量财富和权势，比南森知道得更多。

他是怎样获得这些财富和权势的？南森心中暗想。

"他说必须如此，"哈达林阴沉着脸说道，"但自从他认为就算与恶魔为伍也可以，我就觉得他走得太远了，无论他说他和你是多么好的朋友，你都应该知道真相。而且，现在你应该可以理解这个真相了，尽管他说告诉你事实还太危险，因为你对他们还很忠诚。"

南森完全不明白哈达林在说什么，不过，有几句话引起了他的注意。看来，造成他的悲剧的幕后推手，包括让他下定决心潜入图书馆的那个人，很可能是一个被他当作朋友的人，那么那个人不会是格里芬。尽管他一直认为是格里芬在他们相遇时施展的法术引发了这一连串事件。

那个法术……

南森伸手按在胸口，他能感觉到心脏在快速跳动。令他惊讶的是，他又感觉到了胸膛中的另一种脉动。

"以深渊巨龙之名，这又是什么？"尽管身体还很虚弱，南森依然撑着床沿站了起来。

他的手仍然按在胸口，想要确认第二种脉动到底是什么。

"南森，你听我说，我可以向你解释的，不过，这可能和你想象的不一样。"

维尔恩突然冲进来，把屋子里的两人吓了一跳："老爷，龙人来了！"

哈达林立刻放开南森，快步朝彩色玻璃窗走去，向窗外望去。

"是龙皇的旗子。"哈达林咬着牙说道，"这不可能……"

南森来到他身边，同时小心地躲在窗户右侧，以免被楼下的人注意到。他看清楚了这座山谷，想起了哈达林早已离开的森林家园。很明显，哈达林还无法完全忘记过去。

此刻，一队身披金甲的武士进入了这个风景优美的山谷，他们沿着通向哈达林宅邸的石子路排开阵形，再没有任何动静，仿佛在警惕周围是否有敌人出没。南森知道，彭纳瑟斯卫队迎接大人物来访时就会摆出这样的阵形。

"他应该三天后才会到。"哈达林对南森说，"如果我知道他会提前到来，绝对不会同意实行这个计划。三天后，你应该早就离开这里了。"

"我现在就可以走。"南森有许多答案需要去寻找，他必须知道到底是谁为他安排了这么多麻烦。但现在不是向哈达林追根究底的时候，他集中精神准备施展法术，尽管他还不知道该去什么地方。

哈达林抓住他的手腕，道："不！现在他离我们很近，他会感觉到你在施法，即使你能够溜走，他也知道你在这里待过，而且他绝不会善罢甘休。他会施展法术，将所有人封锁在这个山谷中。我肯定不可能在那之前救出我所有的仆人，而我也不会丢下他们自己逃走。如果你现在逃走，你就是将我们丢在龙皇面前，接受他的审问。好好想想吧！"

无论如何，南森对哈蒂恩的弟弟有着足够的信任，知道他的警告是认真的。而且，那些龙人的出现，意味着会有一名技艺非凡的施法者来到这里。

"是谁？是谁会来？"

"龙皇派来密托·派卡的新大使，也就是龙皇的一个儿子！"

巨龙君王们派遣自己的子嗣作为代表驻扎在其他国家或者国内的都市中，这种安排并不罕见。密托·派卡是各王国之间一个重要的商业枢纽，除了水晶龙君王和冰龙君王以外，几乎每一位巨龙君王都派了使者驻扎在这里。

这时，南森又想起另一个困扰自己的问题，道："他为什么一来到这里就要先来见你，哈达林？"

哈达林没有回答，而是转身看向维尔恩："带南森去西边的塔楼。"

"不是去中央的塔楼吗，老爷？"

"西边塔楼的防护法术更为完善，应该能防止被大使注意到……"

说话声在房间里响起，其中一个声音肯定不属于人类，因为是龙人贵族那种颐指气使的语调。

维尔恩跑到门边，朝外面看了一眼。

哈达林骂了一句人类的脏话，又悄声说："他一定是用魔法把自己传送进来的。我早就得到过警告，他喜欢乘人不备……"

哈达林将一只手伸向南森，道："没别的办法，只能权且一试了。"

他的手一碰到南森，南森就感觉自己的身体变轻了，好像是一个幽灵。

南森又向维尔恩瞥了一眼。

维尔恩眯起了眼睛，仿佛很艰难才看到他。

"无论发生什么事，你都要留在这个房间里。"哈达林低声命令南森，"请不要说话！"

维尔恩显然不喜欢他的主人所做的事情："老爷，把这个法术用在森林中的一名侦察兵的身上是一回事，但要遮蔽住像他这么强的法师……"

"别多嘴！现在去迎接大使，尽可能把他拖住！"

维尔恩跑出了房间。

哈达林又对南森说道："我的人早就警告过我，要小心这个龙人！孵化这个龙人的蛋上没有能够让其成为继承人的圣痕，但据说如果不是因为必须遵循传统，龙皇很可能会从一众子嗣中选择这个龙人当继承人。"

南森从来只专注于完成紫龙君王交代的任务，对皇家事务没有过多关注过。现在他为此感到后悔，他还想再问哈达林一些事，但是哈达林摇了摇头。

"我告诉过你，不要说话，否则保护你的法术会被削弱。这是精灵法术，比人类和龙人的更加精细。正是因为这样的法术，我们才能够混迹于你们之中，同时还可以注意到周围的人的状况。我已经将你和这个房间容纳到这个法术里。在其他人看来，你和这个房间已经融为一体了，所以他们不会对你产生兴趣。你明白了吗？"

南森点点头，但还是无法掩饰沮丧和气恼，他出现在这里，并不是他的错。

哈达林理解南森的心情，皱了皱眉，道："现在发生这种事，的确是不太凑巧，但也只能如此。你会明白的。"

说完，哈达林就离开了。

南森注意到哈达林只是把门虚掩着，没有关严。他小心地凑过去，同时注意不让自己的手指或者靴子尖露出门缝。

他看见哈达林沿着螺旋状楼梯走下去，同时勉强看到楼下有两个人正在交谈。背对着他的人显然是维尔恩，而对于龙皇派驻彭纳瑟斯的大使，他只能看见一只被金绿色铠甲包裹的脚。

"这位就是我的主人。"维尔恩以一种谦卑的语调说道。

但根据南森的观察，这种谦卑的语调不符合这名身带残疾的半精灵的本性。

随着哈达林来到他们面前，维尔恩退出了南森的视野。与此同时，那名龙人朝哈达林逼近了一步。

"哈达林大师，咝咝……"龙人不动声色地向哈达林打着招呼，"很高兴在这里见到你。"

南森一直很庆幸自己不必和乌恩打太多交道，因为乌恩拥有的力量和凶残的性情让他更愿意对其"敬而远之"。而现在，仔细审视这个龙人，南森觉得他和乌恩有非常相似的地方，却又好像截然不同。但看到这龙人的第一眼，南森就知道，尽管其外表不像乌恩那样可怕，但是冷酷和残暴只会有过之而无不及。

"欢迎您光临寒舍。"哈达林镇定地回道，好像这里是否欢迎这名龙人真的可以由他来决定，"我不知道您已经到了彭纳瑟斯，托马公爵。"

托马微微一笑。

南森觉得，和托马的牙齿相比，乌恩的利齿都显得钝了许多。这两人的头盔顶上的龙冠都一样华丽而硕大，丝毫不亚于巨龙君王的龙首。

"是的，你不知道，咝咝……你的主子也不知道。"

托马提到紫龙君王时，用的是对人类国王的称呼，这无疑是一种讽刺。这片大陆真正的统治者只有龙人，其他族群的生灵无论怎样称呼自己的首领，也无法改变这一事实。人类国王早已被龙人清除干净，人类为此没少流血牺牲。

"正是因为他，我才早来了一些。咝咝……你们的保林国王最近对于他不应该插手的事情实在过于关心了，龙皇因此深感困扰，正因如此，我才受命首先来找你，咝咝……你一次又一次证明了自己对真正主人的恭顺，即使在人类法师的问题上，你也一直做得很好，咝咝……"

南森身体一僵，不仅因为托马的话，还因为他注意到哈达林的身体开始向楼梯转动，仿佛想要回过头来看一眼藏在楼上的他，随后，哈达林勉强抑制住了冲动。

"我一直在为龙皇和他的臣民效劳。"哈达林平静地说道。

忽然，托马感觉到了异样。虽然有哈达林的遮蔽法术，他还是抬眼看向二楼。

"我相信，我家老爷能够说服保林国王，让他明白自己已经越界了。"在南森视野之外的维尔恩插了一句。

南森觉得，他这样说只是为了吸引托马的注意。

哈达林和南森似乎交了好运，维尔恩的努力奏效了。

托马朝维尔恩看了一眼，又将注意力转回哈达林的身上："龙皇相信你能做好这件事，咝咝，也正是因为如此……"

南森颈后的头发忽然直立起来，他猛地转过身，看到床边出现了另一个人。

"终于找到了。"戴恩看上去既宽慰又气愤，"我就知道他会误导我，我就知道你虽然屏蔽了自己，但一定还在附近。"

南森急忙走到戴恩的面前："戴恩，安……"

此时，楼下传来一阵混乱的脚步声，南森知道那意味着什么，于是他做了自己唯一能做的事情——他抓住戴恩的双臂，集中精神。

卧室消失了，取而代之的是密托·派卡南边的一片林地。

南森喘了口气，准备再次施法。托马很快就会追过来，他和戴恩必须去一个更隐蔽的地方。

但是，戴恩不等他想到一个安全的地点就挣脱了他的手。

南森不由得感到惊慌。

戴恩吼道："听我说，父亲，您不能再逃了！紫龙君王命令您立刻回去，我们……"

"戴恩，此事我们要好好谈谈，但不是在这里。"南森终于想到了一个地方，那是他唯一合理的选择，他再次集中精神并向戴恩伸出手，"跟我来！"

"不！紫龙君王命令我们立刻返回彭纳瑟斯。不管怎样，您必须跟我回去！"

南森感觉到一阵魔法能量的波动，这不是人类法师造成的。他扑向戴恩，想要抓住戴恩的手腕。

托马出现在他们身边。

戴恩显然还不知道密托·派卡发生了什么，疑惑地看向托马。

"拜德兰法师……"托马刺耳的声音中流露出浓厚的兴趣，"还有你的小崽子，你们需要接受讯问，哚哚……"

"我奉紫龙君王的命令来此！"戴恩高声说道，试图做出解释。

"可我是龙皇的使者，哚哚……"

在一片混乱中，南森总算完成了施法，他和戴恩消失了。

他们出现在一片海岸上。

太阳正落向西方的海面。在靠近陆地的地方，安德洛玛克海显得格外平静，但南森知道，海平线的更远处永远翻滚着山一般高的波涛。这片海域存在着某种特殊的魔法，他一直想一探究竟，却从没找到过机会。

但现在，面对越来越焦躁的戴恩，他对这片神秘的海域完全没有了好奇之心。戴恩正用谴责的眼神看着他。是的，他犯了错，但他完全没有想过他的儿子会感到如此困扰。

"我最后说一次，父亲，和我回彭纳瑟斯！紫龙君王会原谅您所做的一切，但他的耐心不会持续太久。"

"戴恩，你不明白。有些事情，我们一直被蒙在鼓里。我没办法确切地解释那是什么，但它已经让我们拜德兰家族中的一个人丢掉了性命！"

戴恩的脸色变得煞白，问道："亚泽兰？"

"不是，是我们的一位先辈，伊萨斯。"

"您背叛紫龙君王，只是因为一位早就故去的先辈？深渊巨龙啊，您真是疯了！"戴恩眯起眼睛，"非常抱歉，我别无选择。"

南森感到一阵眩晕，而后跪倒在地上。尽管他努力想要集中精神，但是整个世界都在摇晃。

戴恩做了南森无法想象的事情，他直接攻击了南森。

南森感觉到戴恩的手按在了自己的肩头。

"很抱歉，我只能这样做。紫龙君王要求我……"

"戴……戴恩，听我解释……"南森努力对抗着法术。

这不是因为戴恩的力量远强过他，而是因为他压根就没有想过戴恩会以这样的方式偷袭他。戴恩施展的法术有可能彻底摧毁他的意识，而且法术持续时间越久，危险性就越大。

"不要反抗了，父亲。"

南森朝戴恩话音传来的地方伸出手。他听见戴恩发出一声惊呼，知道自己成功了。

趁着这个机会，老练的南森努力撕开了缠绕自己意识的法术。

法术编织变成碎片，南森感觉自己的意识恢复了清醒，他看向戴恩。

戴恩僵立在原地，南森向他施展的并不是一个复杂的法术。在刚才的情况下，那是南森唯一能够做到的。现在南森只是担心自己的法术会……

戴恩怒吼一声，也打碎了南森的反制法术，向前扑过来。

就在这时，地面隆起，吞没了南森。

"紫龙君王要您回去，父亲，您必须服从命令！"

泥土和岩石不仅将南森包裹住，还渗入他的肌肤，剧痛传遍他全身。

明知父亲承受着多么大的痛苦，戴恩却依旧强化了他的法术。

他的眼睛里燃烧着狂乱的怒火。

"抱歉，父亲！我知道您的技艺有多高深，力量有多强，我不能让您再逃走了。"

但戴恩所做的绝不仅仅是确保南森不会逃脱。

南森知道，如果这个法术持续下去，那么他毫无疑问会被杀死。但是，戴恩似乎并不知道这一点，还在强化自己的攻击。

南森一直在犹豫，不敢冒险伤害戴恩，但他几乎没有办法拯救自己。

戴恩已经将自己和这个法术联结在一起，这样能够确保法术得到彻底的施行。这是一种冒险的策略，他要竭尽全力确保法术不会出错。很不幸，他缺乏施行这种法术的经验，显然不知道自己正在对南森做什么。

南森怀疑自己即使警告戴恩，戴恩也不会听。

他觉得戴恩似乎正受着某种法术的控制。

法术？一个恐怖的念头出现在南森的心中。

戴恩会不会是被……

南森身体一颤，几乎失去了全部的专注力。凭着最后一点清醒的神志，他知道自己必须向戴恩发动反击，但他做不到。

我要死了。南森心中明了。

我要死在自己儿子的手里了，而他只是一件工具。

戴恩突然哼了一声，仿佛也感到很痛苦。

南森觉得自己被从大地中拔了起来，一种舒适的麻木感裹挟住他的身体，他几乎被这种麻木感掌控了意识。但在最后一刻，他还是挣扎着保持了清醒。

他撞到了什么东西，但麻木感让他没有察觉到任何痛楚。戴恩的法术所造成的禁锢开始消退，但随之而来的极度疲惫感让他依然无法动弹。

"抱歉！"附近传来一个声音。

南森觉得自己应该认得这个声音，但就是想不起来。最近他有太多次处于这种无能为力的状态，不过他还是很高兴，毕竟摆脱了戴恩那恐怖的法术。

"我必须在他明白发生了什么之前迅速行动。"那个声音继续带着歉意说道，"他似乎完全没有意识到自己正在对你做什么。"

这个声音和对戴恩异常行为的记忆终于将南森从麻痹中惊醒过来，他开始采取行动。

他深吸一口气，努力站立起来。但出现在他模糊不清的视野中的并不是说话的人，而是一番令人难以置信的景象。

那几堵高大的石墙看上去经过精心雕琢，材质应该是大理石。他的左侧有几根木梁，支撑起房屋的重量。而这些石墙看上去没有任何接缝，仿佛是完整的一块，肯定是有精湛工艺的匠人煞费苦心才成就了这样的作品。现在他面前高高地矗立着这样一幢房子，但这并不是让他瞠目结舌的原因。

在这幢房子的右半边，与石墙完美融合在一起的是一棵巨树的树根、树干、郁郁葱葱的树冠。南森甚至不需要感受萦绕在这幢房子上的强大而古老的魔法，就能猜出这种奇异的组合是某种强大法术的结果。

又过了一会儿，他才注意到这里的地面也是这幢古老房子的一部分——地面隆起，就像大树一样，与形成房子的岩石完美地融为一体。它们形成了一个非常复杂的系统，同时看上去又是那样自然。

南森无法相信世界上还有其他地方的人能构想出这样的杰作。

"这里是什么地方？"南森下意识地问道。

他的视线移到了这座魔法殿堂的顶端，看到一件令人感到不安的装饰品——那是一尊金属雕像，雕刻的是一个作势欲扑的寻觅者。

这尊雕像有真人大小，看上去栩栩如生。

"似乎没有人知道。"刚刚那个声音又在南森的身边响起。

一只女性的纤手伸过来，扶南森站了起来。

南森的思绪清晰起来。

他不需要转头去看，就知道搭救自己的是葛温多琳。

葛温多琳面带忧愁，见南森站稳了，才露出宽慰的神情。

"没有人还记得这个地方的历史。"葛温多琳继续说道，她那双闪亮的翡翠色眼睛也望向这座古老的魔法殿堂，"据我所知，还知道有这么一个地方的人屈指可数，而他们都会用一个最简单的名字称呼这里。"

身穿红衣的施法者一挥手，魔法殿堂入口处的两扇大门向内打开，仿佛在邀请南森进入："欢迎来到……"

第 13 章
府邸

紫龙君王站在王座大厅中央，等待着他的部下。现在他感到非常恼火，龙皇的间谍办事速度要比他预料的更快，不过，他认为指挥这些间谍的不是龙皇，也不是龙皇理论上的继承人，而是那个没有继位圣痕，因而常常被忽略的托马公爵。但他早就搜集了关于托马公爵的情报，托马公爵虽然没有染指皇位的资格，但显然是个野心勃勃的人物。

"向您问安，陛下。"杰克里斯·特林恭敬地道。

这一次，正专心思考的紫龙君王似乎没有注意到他的出现。

忽然，一只被鳞甲包裹的手伸出来，掐向杰克里斯·特林的脖子。尽管全身被罩在黑色袍子里，但杰克里斯·特林细得出奇的脖子被紫龙君王准确地攥在了手心里。幽灵一样的杰克里斯·特林身体晃动了一下，不过，他的左臂仍然牢牢地抱着那只小盒子。

"你知道该怎么玩游戏，对不对？"紫龙君王用低沉的声音问道，"你知道，唯一站在你和恐怖的死亡之间的，只有我。"

杰克里斯·特林还在挣扎，但他的声音依旧平淡："是的，陛下。请原谅……我错误的……觐见方式……"

紫龙君王放开杰克里斯·特林，看向龙皇使者送来的小木盒。

"已经结束了？"

杰克里斯·特林用手握住自己的脖子，仿佛在调整呼吸，声音却丝毫没有受到影响："还没有，但足以让他们感到满意了，陛下。我把它带来，就是为了让他们亲眼看到事情的进展。"

"很聪明。"紫龙君王迟疑一下，又道，"他们来了。"

杰克里斯·特林恭顺地退到紫龙君王身后。

此时，大殿中的光线暗了下来，又突然爆发出一片耀眼的金光，但在这片强光中，看不见明确的光源。

一个华丽的龙头出现在强光之中，龙头的表面被黄金鳞甲覆盖，眼睛发出金红色光芒，锋利的脊刺从龙吻越过头顶，一直向后延伸。龙吻很长，在末端逐渐变细。这龙头比紫龙君王的大一倍，却远远无法彰显龙皇的荣耀。

"我们优秀的紫龙仆从。"龙头发出隆隆的声音。

这声音带着一点回声，彰显了说话者的威严与尊贵。

紫龙君王单膝跪倒，但杰克里斯·特林并没有跟随紫龙君王跪倒，只是鞠了一躬。而龙皇似乎无意追究这个黑袍幽影的失礼。

"向您致意。"紫龙君王说道。

"我们优秀的紫龙仆从。"龙皇将这个称呼重复了一遍，"我得到消息，有一个已经被预知的事件，却被你拒绝了，我们为此蒙受了危难，希望你能够澄清一下这个问题。"

龙皇说出"问题"两个字的时候，语调变得格外阴森。

紫龙君王和杰克里斯·特林都不会误解龙皇的意思，紫龙君王深吸了一口气，杰克里斯·特林后退了一步。这是紫龙君王唯一忧虑的地方，他也许是龙皇最信任的参谋，但就算这一点也无法从龙皇的怒火中拯救他。

两个半世纪之前，龙皇决定彻底夷平温斯利斯附近丘陵地带的寻觅者巢穴，上一任青铜龙君王就是因为质疑龙皇的这个决定而丢了性命。那一次严厉的处决，让其他巨龙君王至今都难以忘怀。

"陛下。"紫龙君王小心翼翼地开口。

他知道龙皇喜好虚荣的性情，也懂得在一般状况下如何以此来操纵龙皇，但实际上，现在的情况让他如履薄冰。

"伟大和荣耀的众生统治者，在这件事上，我一直在谦卑地追随您的指引。"

恐怖的龙头幻影消失了，取而代之的是一名爬虫类武士的上半身。这名武士与紫龙君王长相相仿，只是全身披着灿烂的黄金铠甲，坐在一个用岩石雕成，上面有无数峥嵘尖角的高背皇座上。

"我的指引？"龙皇反问道。

他刚刚一直在用"我们"来表示金龙一族，现在突然变成了"我"。

"如果情况脱离了正轨，咝咝，那么服从谁的指引又有什么意义？"另一个声音喝道。

这个声音找不到源头，却无处不在。

紫龙君王站起身来，尊敬地望向出现在龙皇身边的影像。这个人的地位不亚于他，甚至此时更高过他。

"褐龙君王的反对我已经知晓了。"紫龙君王对面前的两个影像说道，"但他应该明白，这不是他擅长的领域。控制和命令施法者与指挥军队不同。"

"是的，军队可以信任，因为军队必须服从命令，咝咝，否则就要立刻承受后果。"褐龙君王完全凝聚成形，就像另外两位巨龙君王一样，其现在的形象是一名披甲武士，而不是硕大无朋的真身，"你豢养的法师却似乎总是随处乱跑，肆意妄为，甚至践踏我们最重要的法令。"

对这番谴责，紫龙君王只是摆了摆手，冷冷地回道："法师和你的士兵不一样，他们不是没有脑子的蜂群。他们必须保持一定程度的独立性，才能让自己的力量有所成长，为龙人一族尽忠效力。"

"只有通过绝对的控制，咝咝，绝对的秩序，我们的统治才能得以维持！"褐龙君王嘶吼道，"人类法师是双刃剑，咝咝，他们应该被……"

"咝咝……安静！"

紫龙君王恢复了恭顺的姿态，而褐龙君王变成了唯一对龙皇有失敬意的巨龙君王。

褐龙君王急忙跪了下去。

紫龙君王看到褐龙君王变得只有自己真身一半大小，感到十分快意。片刻之后，褐龙君王才调整回原先的形象。虽然只是一瞬间的变化，但是这在巨龙君王们对自身地位的激烈竞争中是不容忽视的。

龙皇向前俯过身，清了清喉咙，再次开口，声音中没有了龙吼的"咝咝"声："紫龙君王提出了一个重要的问题。法师的价值迫使我们必须对他们宽大为怀。法师崛起以后，的确很好地侍奉了我们，但是，只要有人胆敢质疑他们的地位，或者索取超过他们应得的知识，我们就必须对其予以处理……"

褐龙君王斗胆插话："我完全尊重您的意见，陛下，咝咝，但这一次，是拜德兰家族的人！他们的血脉早就因无耻的悖逆而受到了诅咒。"

"而对他们的控制早就证明于我们的统治大有裨益。"紫龙君王站直身子，"不过，最终的决定自然要由陛下来做。"

龙皇的目光在两位巨龙君王之间游离，好像他们同处一个空间："我们处置过一个不守本分的拜德兰家族的人。拜德兰家族的人挑战法令是一件危险的事情，紫龙君王……"

"没错！"褐龙君王激动地附和，他就差跳到紫龙君王的面前了。

结果，他被龙皇警告性地瞪了一眼。

这正是紫龙君王所希望的。

褐龙君王因为拥有规模无与伦比的军队，自认为是龙皇的右臂。紫龙君王表面上承认他拥有超过其他巨龙君王的地位，但实际上，彭纳瑟斯才是龙皇的耳目，在这件事上，任何人都不可能与紫龙君王竞争。

"请容我说一句。"紫龙君王低声说道，"拜德兰家族家主的问题正被处理，再过一段时间就会有结论。无论如何，我们都将获益。更重要的是，如果他活着被带回来，这一次我会确保他永远对我们忠诚。"

"这个你以前就保证过，咝咝……"褐龙君王低声咆哮道。

"对于此事，我将以血起誓。"紫龙君王向杰克里斯·特林一摆手。

杰克里斯·特林如飘浮一般走上前，将龙皇使者送来的小木盒捧到另外两位巨龙君王的眼前。

紫龙君王看到龙皇和褐龙君王的注意力落在了杰克里斯·特林身上，道："法术还没有完成，但很快就会有结果。不过，我觉得你们应该能注意到变化。"

他向杰克里斯·特林点点头，杰克里斯·特林用一只被黑袍包裹住的手准备揭开盒盖。

"他一直拿着这只小木盒，却没有任何反应，咝咝……"龙皇突然饶有兴味地说道。

"的确没有明显的迹象，难道不是吗？"

褐龙君王再一次没能控制住自己的脾气，吼道："快把盒子打开！"

龙皇没有理会褐龙君王的喊声，只是向紫龙君王点点头。

"打开盒子。"紫龙君王命令道。

杰克里斯·特林当即遵从命令。

一道亮紫色的光芒从小木盒里射出来。

杰克里斯·特林和紫龙君王早已做好准备，在这道强光射出之前及时转过了头。龙皇和褐龙君王则不得不遮住眼睛，直到适应了刺目的强光。

褐龙君王比龙皇早一点看向盒子里的东西，他再一次对紫龙君王怒目而视。

"咝咝！这不是冰龙君王告诉我们的水晶！咝咝，这是……"他摇摇头，不知道该怎样说才好。

龙皇却笑了两声："紫龙君王不愧是知识之城的统治者，他再一次证明自己果然名不虚传。还要多久，它才能成为我们需要的样子？"

紫龙君王没有将自己的视线从龙皇面前转开，只是简单地问道："杰克里斯，还需要多久？"

"两天，最多三天。"杰克里斯·特林空洞的声音响起。

"两天或者三天。"紫龙君王复述，"这样可以吗，陛下？"

龙皇靠回皇座里，说道："两三天，那时我们的统治再不会遇到任何问题。"

紫龙君王向杰克里斯·特林摆摆手，示意他关上盒盖，随后笑着说道："是的，陛下，这片土地的统治者是谁将再不会成为问题，不可能再有任何改变，就是这样。"

南森能感觉到这个地方所蕴含的魔法能量。

而葛温多琳只是将这里简单地称作府邸。这里还有一些能量，感觉并不是那么古老，但也非同一般。

片刻间，南森喜好钻研的天性超越了他心中的焦虑。

他试着去想象聚集在这里的魔法能量的结构，希望能理解这个独特的地方是如何形成的，但是没能成功，他觉得仿佛有人在这里汲取了不仅仅来自龙界的能量，还有来自更加遥远的世界的能量，并将它们以一种完全不可能的方式编织在了一起。

他缓步走上通向大门的台阶。那扇大门敞开着，仿佛一直在对他发出邀请。

这时，他想起葛温多琳在自己旁边，便问出了深藏心中的几个问题。

"这是什么地方？你怎么会知道这里？为什么我对此一无所知？巨龙君王们知道这里吗？"

葛温多琳皱起眉头，有些迟疑。

这让南森意识到自己的语气有些凶，逼问得有些紧。葛温多琳刚刚救了他的命，还救了戴恩，让戴恩没有亲手杀死他。

"我对这里也知道得不多，只是我觉得应该叫它'府邸'。我知道它的存在是因为……"

一阵低沉的呢喃声从大门内传出来。

"还有谁在这里？"南森没等葛温多琳回答，而是准备好了一个法术，直接闯入了这座府邸的前厅。

大厅中一个人影都没有，但南森并没有对这个令人不安的现象过多留意，因为府邸中的景象完全吸引了他的目光。

巨大的螺旋状楼梯通向上方的数层楼，到处可以看到岩石和有生命的树木以神奇的方式融为一体。一楼的楼梯旁边，南森看到不止一条走廊和其他房间。

这真是一座宏伟的建筑。

南森后退一步，想要更好地观察这个地方。然而，就算只是要数清楚这里的楼层，也比他想象中更难。一开始，他数出这里有四层楼，然后他又觉得只有三层楼，但他很快又怀疑自己看到了五层楼。

这座府邸让他感到困惑的不仅仅是它的高度，还有它在所有方向都延伸到了他认为不可能的地方。实际上，他唯一能够确认的只有府邸内部比从外面看上去要大得多。

南森有能力鉴赏技艺非凡的法术，而魔法能量在这里的运用远不止如此。这种水准的法术造物需要持续不断地进行维护和强化才不会崩溃。但是，府邸实在是太古老了，南森很难相信有什么人会在如此漫长的时间里维持这里的法术结构。尽管这里到处都是一尘不染，丝毫不乱，但散发出来的古老气息甚至可以追溯到巨龙君王的时代以前。

楼梯那边传来一阵轻微的声音，南森知道葛温多琳所在的位置，所以完全可以判断出那不是她发出的声音。

他转过身，却再一次发现面前空无一人。而声音还在继续响着，仿佛有人正从楼梯上走下来。

南森朝楼梯迈出一步。

一名身披蓝色衣袍的女子出现在楼梯旁边，她蜷缩起身体，仿佛感到非常痛苦，随后，鲜血从其腹部附近的一道伤口中涌出来。

南森无暇多想，快步冲到受了重伤的女子面前。

这是一名精灵，她的身体在颤抖，但南森没有听到她发出任何声音。

南森听到的是身后的葛温多琳发出的喊声，她向南森发出了令他难以置信的警告："不！不要碰她！"

南森只是惊讶于葛温多琳的冷酷无情，并没有在意她的警告。

葛温多琳任由这名精灵痛苦，一定有她的理由，但南森决定等一下再听她解释，现在他不能就这样看着这名精灵流血而死。

他伸手去抓精灵的手臂，但一下子捞空了。

"深渊巨龙！"南森惊呼起来。

那名濒死的精灵消失了，没有留下任何痕迹，甚至连一滴血都没有。

"抱歉！"葛温多琳匆忙地来到南森的身边，说道，"我还以为在他们出现之前来得及向你解释。刚刚来到这里的人从没有这么快出现过，这就好像是……"

"谁？你说的是谁？"

葛温多琳深吸一口气，面颊涨得通红。尽管在这样危急的情势下，南森还是觉得她很有魅力。

"那些幽灵。"葛温多琳悄声说道，好像生怕别人听到她说话似的，"府邸的幽灵。"

"幽灵？"尽管南森听说过幽灵的事情，但他从没有亲眼见到过幽灵。而且，幽灵应该会躲避活人，而不是在不知什么时候突然在人们眼前出现。

"这是我对他们的称呼。"葛温多琳又道，"他们从不会……理睬你，似乎永远都在重复他们遭遇的悲惨时刻，或者是对他们来说至关重要的时刻。"

"更像是幻象或者残影。"南森仔细审视那名精灵刚刚所在的位置，"也许是强大的魔法造成的印记。"

"嗯，我觉得情况没有这么简单，这些幻象似乎包含了某种特别的含义，至少我相信是这样。"

南森对此表示怀疑。他觉得这些"幽灵"不得安宁的原因更有可能是府邸中魔法能量异常流动，而他突然出现也许就是激活这里的魔法能量的原因之一。

他没有告诉葛温多琳自己的看法，现在最重要的事情是戴恩很可能还在追踪他，而他忽略这件事太久了。戴恩很聪明，懂得如何捕捉他留下的魔法痕迹，就算是这样隐蔽的地方，也不可能让他躲藏太久。

"我们要做好准备了。"他向葛温多琳发出命令，"戴恩也许马上就会追过来。"

说到这里，南森皱了皱眉，又道："他可能还会带其他人来，甚至可能带乌恩来这里。"

有一件事南森不愿承认，那就是乌恩的手段可能比戴恩的更凶狠。乌恩对南森的杀意太明显，而戴恩只是在攻击南森的时候没能把握好自己的力量。

"不！"葛温多琳却表示反对，"我们什么都不要做。"

南森抓住她的手臂，道："葛温多琳，我很感谢你为我做的事，你救了我，也救了戴恩，但请相信我，我们没有多少时间了。"

"你不明白。他……他们找不到这个地方。"

"你怎么知道？"

不等葛温多琳回答，南森又听到一阵呢喃声。这一次，他能确定那声音来自楼梯后面的一个房间。

他转过身，快步向那个房间跑去，但无论怎样努力，他也没办法听清那个声音在说些什么，只能感觉出说话的人非常着急。

南森走进那个房间，就像他猜测的那样，房间里没有人，呢喃声也在他进入房间时停止了。

这让他更加确信自己对府邸中的"幽灵"成因的判断。他们是由魔法产生的幻影，只是因为他这个与魔法有联系的人突然出现，他们才得以"复活"。

南森不由得对这种现象产生了兴趣，但既然这声音与戴恩或者乌恩没有关系，那他只能先将它放到一旁。如果他能在这次劫难中活下来，他一定要对这座府邸和其蕴含的魔法做一次调查，如果……

不过，直到现在，的确没有人追过来，这似乎证明了葛温多琳的判断是对的——戴恩和乌恩都找不到这里。

经历了这么多风波，南森终于轻松了一些。

这时，葛温多琳来到他的身边，但一句话都没有说。

南森继续审视这个房间。看上去，这里很像是一间私人图书馆。直到此刻，他才注意到一个书架顶上的三幅黄色卷轴。

南森好奇卷轴的内容，便朝距离自己最近的一幅卷轴伸出了手。不过，就像他猜测的那样，他想要抓住卷轴的时候，发现那只是像那个精灵女子一样的幻影。

"这里真是个令人沮丧的地方。"南森说着，皱了皱眉，转身问葛温多琳，"你是怎么找到这里的？"

葛温多琳没有回答，而是回身朝前厅走去："楼上有卧室，你可以在这里休息，这里还有食物……"

"食物？"

"只有水果，但都是真的，是府邸中的大树结的果子。"

"这棵树……"南森这时才意识到葛温多琳是在扰乱自己的思绪，"葛温多琳，你在隐瞒什么？当戴恩犯糊涂的时候，你冒着生命危险将我从他的手中救出来，我猜你其实是接受了紫龙君王的命令，和戴恩一起来追捕我。"

看到葛温多琳什么都没说，南森知道自己猜对了，又道："你为了救我不惜让自己承受这么大的危险，我对此感激不尽，但我们必须想办法结束这场劫难，让你和我都免于受到处决。然后，我还想对这个神秘的避难所了解得更多一些。"

葛温多琳突然朝南森转过头，她的面颊最近总是一片绯红，现在却突然惨白得如同月神荷丝缇娅。

"我不能告诉你。"葛温多琳迟疑了片刻后，才回应道，"我不敢告诉你。"

刚刚还让南森觉得这是避难所的地方现在仿佛成了一个陷阱。他警惕地查看周围，却没有发现不对劲。不过，他很清楚，在这样一个神秘的场所，只是自己没有觉察到危险，不意味着一切都安全可靠。

"拜德兰大师，南森。"葛温多琳来到南森面前，将一只柔软的小手按在他的胸口，这使得他的心跳不由得加快，"这里对你而言没有危险，但如果有了解这个地方的人发现你在这里……"

葛温多琳停顿了一下，转过头，仿佛在仔细聆听南森无法听到的某个声音。片刻后，她才道："请在这里等一下。"

"葛温多琳！"

"请等一下！"葛温多琳说完就冲出去了。

南森很想追上她，但是刚迈出第一步，他就犹豫了。葛温多琳救了他的命，而且对这个地方的了解远远超过他。还有谁知道这个地方？答案只有葛温多琳清楚。他决定暂时服从葛温多琳的命令，但他依旧集中注意力，警惕那个将葛温多琳引出去的人或者东西打算把他从这里抹去。

南森的脑海中刚冒出这个想法，就听见背后传来一阵脚步声。神经紧绷的他转过身，同时释放准备好的法术，以抵御可能出现的敌人。

一个身穿长袍的人被关在银色笼子里，就站在距离他只有三米远的地方。光芒闪烁的银色笼子被固定在大理石地板中，确保无论是魔法还是物理手段，都无法让笼中的人逃脱。

南森盯住那个被他的银色笼子困住的人，现在他能做的只有盯住这个来历不明的家伙。

金属撞击的声音响起，肯定是一个穿着盔甲的人在迅速移动。

南森不由得向旁边瞥了一眼，立刻暗骂了自己一句，自己太疏忽了。

当他将目光转回那只可以防止被囚禁者逃逸的银色笼子时，银色笼子已经空了。

就在这时，一阵低沉愤怒的嘶吼声将南森的注意力拉回门口。

南森侍奉紫龙君王的时间足够久，所以他不仅能认出龙的嘶吼声，还能确切地分辨出那是哪一头龙的嘶吼声。

"这可不怎么好，咝咝……"那个高大的龙人低声说道，"一点也不好，年轻的葛温多琳。"

在龙人的旁边，葛温多琳低垂着头："我别无选择，陛下。"

"的确是别无选择。"深翡翠色的龙人不情愿地表示同意，他头盔顶上的龙冠的华美程度完全不亚于紫龙君王的，"但这依然不是好事，咝咝……"

南森单膝跪地。他应该会被带到紫龙君王的面前接受审判，也许会被处死，也许这里可能发生某些非常糟糕的事情。

绿龙君王，也就是达格拉森林的主人，摇了摇头，露出锋利的尖牙，说道："不，一点也不好……"

第 14 章
猎杀

作为知识之城的君主紫龙君王的儿子和继承人，乌恩算不上一个有耐心的龙人。他没能抓住南森，而且他刚回到彭纳瑟斯，紫龙君王就命令他停止追捕南森，并将这个任务完全交给南森的大儿子。乌恩能做的只有等待，他很是愤懑。他知道，南森逍遥法外的时间越久，问题会越严重。

等我成为知识之城的主人，人类就会被彻底灭绝。

乌恩已经在暗中采取行动，让这个计划能够来得更快一点。现在就连紫龙君王也不知道乌恩和他信任的朋友们参与的这个"狩猎"计划。

一想到即将进行的计划，乌恩不由得露出了笑容。

他冲向自己的对手。那是一个此刻非常紧张的龙人奴仆。龙人奴仆是不允许携带武器的。乌恩对奴仆一向鄙夷，认为他们比人类好不了多少，但他们至少是龙人。紫龙君王早已禁止乌恩在宫殿中练习剑法，因为乌恩曾经想也不想就一剑刺穿了一名陪练的身体。那个龙人的地位比现在这个奴仆高多了。现在乌恩不得不拿比死亡更可怕的后果作为威胁，才迫使这个奴仆成为他的秘密陪练。而且，这个奴仆的头盔上没有龙冠，这让他和乌恩的体形差距看上去更大了。

乌恩脸上的狞笑显得越发欢快。如果他不会练得忘乎所以，一剑刺穿这个奴仆的身体，那么这个奴仆也许能够成为更有用的陪练。

"乌恩，我要和你谈谈。"

乌恩踉跄一步，差一点被奴仆突破他的防御。

他急忙抬起一只手，紧张的奴仆立刻单膝跪倒在地，显然是以为自己挥剑很不妥当，必须为此向乌恩道歉。

"滚！"乌恩将佩剑收回剑鞘，转过身去。

父亲的召唤完全出乎他的预料。

紫龙君王一直在与龙皇和褐龙君王进行秘密会议，他们在谈论什么，乌恩不知道，也不关心，他只希望自己能够和褐龙君王聊一聊。他们两个对军事和战争都很感兴趣，但是仅此而已。

紫龙君王建立的连接非常强，乌恩集中精神，利用这个连接将自己传送到了紫龙君王此刻所在的地方。

但他到达的地方不但完全出乎他的预料，而且，正在那里等待他的黑袍身影也不是他的父亲紫龙君王。

"杰克里斯·特林！"乌恩气恼地吼道，"你知道，因为你冒充陛下，嘧嘧，我可以对你施加怎样的惩罚吗？"

杰克里斯·特林幽灵般的形体没有显示出畏惧或其他情绪，那个空洞的声音依旧如往常一样冰冷："请原谅，殿下，但如果我不以这种方式联系你，你也许不会来。"

"这个你说得倒是没错。"乌恩向杰克里斯·特林的房间扫了一眼，"我很想知道，嘧嘧，陛下是否知道你在这里干的事情，怪物？"

杰克里斯·特林看向左侧的桌子，桌上放着几样东西，都被一块银色的布盖住了。

"我能活下来，全都是因为陛下的恩典，还有殿下的恩典。殿下，对此我一直都很清楚。"

乌恩微微一笑，道："哑哑，你很清楚，很好。现在告诉我，你为什么要引我来这里？还有我为什么不应该去找父亲告发你冒充他的罪行？"

"因为总有一天你会成为知识之城的主人，你会需要我与陛下通力协作搜集到的一切情报。"

乌恩发出一声嘶吼："那么，你要么是相信我父亲的末日即将到来，要么是以为自己能活得非常非常久！"

杰克里斯·特林掀开银布，朝其中一样东西伸出"手"。

乌恩的目光立刻看向那样露出来的东西。那是一把细长的匕首，锋刃是纯黑色的，有着螺旋形的握柄。他看出那握柄是用骨头制成的。

"我刚刚离开陛下，"杰克里斯·特林用包裹在黑袍中的"手"拿起匕首，"他正在大图书馆中，无论是谁，包括你我在内，都不能打扰他的研究。"

"研究？"

尽管大图书馆对彭纳瑟斯的权威地位而言至关重要，乌恩却不在乎那里。每次紫龙君王带他前往大图书馆时，他都不会掩饰自己的厌烦情绪。他早就发现，除非准确地知道自己该问什么，否则那一排排书不会提供任何答案。就算是从那些书架上得到了一些东西，也要像猜谜一样去搞清楚那些该死的书到底传达了什么。

"那么这对我又有什么意义，怪物？"

杰克里斯·特林换了一下自己握匕首的方式，捏住了匕首尖，而不是握柄。

"陛下将追捕南森的任务交给了南森的大儿子戴恩，而不是你，尽管是你第一个发现了南森的不轨行为。"

"我已经知道的事情你就不必废话了，哑哑……"

"当然，如果你能抢在戴恩之前找到南森，并且为了防止他再次逃跑而出手拦截他，在拦截过程中不得不杀了他，陛下也不会说什么。"

乌恩眯起了眼睛，道："这可真是一个有趣的建议。"

杰克里斯·特林将匕首递给乌恩，乌恩一言不发地接过了匕首。

"同气相求。"杰克里斯·特林说道，"这把匕首会给你带路，前提是你要集中精神。"

"同气相求？"乌恩审视着匕首。

匕首的形状非常独特，但他感觉不到匕首上有什么东西能够带他找到南森那个叛徒。

"同气相求。"杰克里斯·特林重复了一遍，"现在你要依靠这个，就像你成为彭纳瑟斯的主人后有许多事情要依靠我一样。"

乌恩抓紧匕首，问道："它是怎么用的？"

"你将注意力集中在南森的身上。"杰克里斯·特林纹丝不动，"当然，你要在城外使用它。"

"如果你真的是好好为我做事，我会记住的。"乌恩将匕首掖在身侧，"如果你没有，我也会记住，哟哟……"

"是，殿下。"

乌恩没有浪费时间再多说一个字，就离开了杰克里斯·特林的居所。他没有回自己的居所，而是直接跃过彭纳瑟斯的城墙，抽出了匕首。

他第一次注意到匕首那黑玛瑙一样的锋刃上有一点殷红。他将匕首尖指着不同的方向，发现只要匕首指的不是西北方，那一点殷红就会褪去。

乌恩露出了狞笑。

西北方，达格拉森林！

也许等这一切都结束的时候，我会给你带回不止一个叛徒，父亲……

乌恩一边想，一边集中精神，将自己传送到达格拉森林的边缘。就在他从彭纳瑟斯城外消失的时候，一个更具诱惑力的念头出现在他的脑海中——我还会向其他巨龙君王证明，我已经有足够的能力成为他们中的一员了。

面容憔悴的戴恩传送回了惊讶的法师们中间，雅拉克扶住了他，才使得他没有一头栽倒。

戴恩有些好奇这位资深法师是否预见了他会返回，因为他早就知道雅拉克的名声，对雅拉克非常尊敬，所以在传送回来的时候首先找的就是雅拉克。

"请……请原谅我这样出现。"戴恩终于稳住了身子。

视线恢复清晰以后，他发现聚集在这里的法师远比他预料的要多。除了雅拉克，还有另外五位法师围绕着他。看到巴兹尔和蒂尔，他并不感到意外，亚当在这里也在他的意料之中，毕竟亚当一直在参与追捕反抗军的行动，但他没想到还有另外两位女法师在场。这不是说赛丽希亚和米凯亚的技艺不如男法师，只是戴恩没有察觉到她们。

戴恩看到周围的荒野，便知道这六位法师正在追捕反抗军，随后他才意识到这里是歌达格埃附近的丘陵。近段时间以来，他们一直怀疑这里有反抗军的隐秘巢穴，只是没有人能够找到它。雅拉克显然是决定再试着寻找一次。

"让他坐下，他快站不住了。"赛丽希亚对雅拉克说道。

而后，赛丽希亚来到戴恩的另一边，扶着他来到一块大石头前。这蜿蜒起伏的丘陵地带到处都是这种大石头。

雅拉克团队的第六名成员米凯亚比赛丽希亚矮小一些，有一头黑银色的垂肩发。她向北方瞥了一眼："韦德·阿肯森发了信号，我是不是该去看看他有什么发现？"

"去吧，米凯亚，但一定要确保你们两个的安全。"雅拉克直起身子说道，"我们会尽快与你们会合。"

米凯亚点点头，然后变成一头脑后和颈部的毛皮上有银色条纹的黑狼，向北方奔驰而去。

"你感觉如何？"赛丽希亚问戴恩，她的声音一如既往地低沉而稳定，"眩晕感过去了吗？是不是还会看到重影？"

"是的。"戴恩眨眨眼，"你怎么知道我会看到重影？"

回答他的人是雅拉克："我们认为这是格里芬的诡计，只是还没办法确认。我们每个人到这里的时候都有这种反应。"

"具体原因我们还不清楚。"赛丽希亚严肃地说，"我们也不知道这种效果是怎样实现的，以及如何追踪施展这个法术的人。"

"这个法术中充满了植物的生命力。"说着，亚当用魔法让几片草叶飘浮到他的眼前，草叶尖在他的食指周围盘绕，他审视着这些草叶，"所以，这个法术覆盖了这个地区。我还没有搞清楚它是如何依靠植物扩散开来的，不过，我会搞清楚的。"

"戴恩，你不应该来这里执行任务。"巴兹尔严肃地说道，"你出什么事了，孩子？看上去你的情况很不好。"

"是因为……"戴恩咽了一口唾沫，继续说道，"父亲冒犯了紫龙君王的权威。"

下一刻，他听到了一连串惊呼声，看见所有人脸上都露出了难以置信的表情。

蒂尔不停地摇头，雅拉克的眉头皱得更紧了，赛丽希亚则仿佛完全不明白他在说什么。

"南森可是紫龙君王最忠诚的仆人。"赛丽希亚几乎是用责备的语气说道，"请解释一下，你说的'冒犯'是什么意思？"

戴恩尽量精准而快速地做了解释。法师们听着他的述说，神色越来越阴沉。

"这其中一定有什么误会。"巴兹尔坚持道，"当暗影点燃半个达格拉森林的时候，我就在和你的父亲并肩作战。如果不是我们让陨星落到暗影的头上，整个达格拉森林将付之一炬。"

"真希望那颗陨星能够永远了结那个邪恶的巫师。"蒂尔说道，"我一直在怀疑，现在困扰我们的这个法术也是他施展的，是他在暗中作祟。也许这只是他的一个诡计，他想要将我们的注意力引到错误的地方。"

"这不像是南森会做出的事。"亚当嘟囔了一句，就将注意力转回团队眼前面临的问题上。

雅拉克看着众人，道："不管怎样，紫龙君王已经下令，如果南森自己不回来，就把他捉回来。我们都是紫龙君王忠诚的仆人，必须完成任务。亚当，你和巴兹尔、蒂尔要去伊里利安的海岸，而南森因为他的母亲和那里有联系。蒂尔，这和你也有些关系。"

"是的，我算是他们的远亲，不过我身上并没有多少拜德兰家族的血统，我不算是拜德兰家族的法师。"蒂尔略微一歪头，又继续道，"不过，那里的确值得去查一查。对了，你会有这种想法，一定是有一些特别的原因吧？"

"是的，我在那里预见了某种东西，不过还不是很清晰。赛丽希亚，我想让你带领韦德和米凯亚继续在这里行动。"雅拉克清了清嗓子，"戴恩，我会和你一同行动，我们一起把你的任务完成。"

其他法师没有浪费时间，第一个三人组不等雅拉克把话说完，就将自己传送走了。

赛丽希亚在雅拉克的面颊上吻了一下，又安慰地拍了拍戴恩的肩膀，随后也消失了。

直到面前只剩下雅拉克一人，戴恩才说道："雅拉克，有些话我还没有说。"

"你差一点杀了你的父亲！"

"你怎么知道?!"戴恩大惊，"不愧是雅拉克大师，这都被你预见到了。"

雅拉克苦涩地笑了笑，道："我预见你们会发生一场冲突，那颗蛋让我看到了暴力的场面。但我不知道原因，直到你出现在这里，解释了当时的情况，我才明白到底是怎么回事。"

"如果我的父亲能听我的话就好了，我相信紫龙君王一定会原谅他，只要他能赶快回来。"戴恩全身都在颤抖，"很抱歉，雅拉克大师，我也无法相信自己差一点就杀了他，如果不是她。"

"她?"雅拉克俯过身子，"谁?"

"葛温多琳·麦克安，紫龙君王任命她作为我的助手。我不知道她当时是怎么看清楚状况的，竟知道要制止我，她分明比我更缺乏经验……"

雅拉克打断了戴恩的话，道："葛温多琳虽年轻，但已经是一名技艺高深的法师了。对什么时候必须做什么事，她有着敏锐的直觉。"

"但是，葛温多琳救了我的父亲，她也成了叛徒！"

"镇定，我们会解决这个问题的。告诉我，你能想到他们现在在哪里吗?"雅拉克道。

戴恩神色凝重，道："也许在达格拉森林中的某个地方。"

他直起身子，又道："我们应该联系绿龙君王吗?"

"现在还早，我们先考虑一下要搜索哪里，必须有确切的地点才行。达格拉森林的北部边缘有一个精灵村庄，我想最好从那里开始搜索。"

戴恩无法掩饰自己的困惑："精灵?你预见到了什么?"

"没什么特别的，不过那个方向有某种东西吸引了我。我们到那个精灵村庄附近再使用一次预示蛋，也许它能给我们一些线索。"

"就按你说的办。"

"那我先带你过去。准备好了吗？"

戴恩点点头。

雅拉克当即集中精神。

他们的周围立刻发生了变化，数不清的大树环绕着他们，鸟雀的鸣叫声萦绕在耳边，微风轻抚过他们的面颊。

"真是个清净的地方。"雅拉克道，"我已经很久没来过这里了。"

戴恩则焦躁不安地看着他："雅拉克大师，请容我说一句，我们还有很重要的事情要去做，现在不是欣赏达格拉森林景色的时候。"

"是的。不过，戴恩，你要学会保持冷静，这总有一天会救你一命。"

"我……我很抱歉，父亲常常对我说同样的话，父亲……"

"一切该怎样，就会怎样，戴恩，我向你保证。"雅拉克向东边一指，"精灵村庄应该在那边，只需走一小段路就到了。"

"走路？为什么我们要走过去，而不是直接施法传送过去？"

"精灵们的魔法也许比不上我们，但他们有一些特殊的能力，而且，如果我们表现得谦逊有礼，而不是傲慢自大，一定能得到更多的情报。"

"你说得对，我道歉。"

雅拉克迈开步子："这件事就不用多想了。"

戴恩追上他，道："雅拉克大师，预示蛋呢？你说过，我们可以先用它搜集信息。"

"嗯，我的确说过。"雅拉克停下脚步，伸出左手，那个水晶质地的椭圆形球体出现在他的左手中，"我们看看这里面会显示什么。"

戴恩站到预示蛋前，以便更清楚地看到里面的情景。

雅拉克眉头一皱，召唤出预示蛋中的力量。

一个形体在预示蛋中逐渐变得清晰，戴恩和雅拉克都凑近仔细查看。

"这是……"

戴恩大吃一惊。他的话还没说完，一阵尖啸声响起。他转过头，被一股强大的力量击中了。

戴恩被击倒在地，差一点晕过去。

几双手抓住了他，他努力想要集中精神施展法术，但有人用一块散发着臭气的布捂住了他的口鼻。他现在能做的，只有竭力让自己保持清醒。

经过一番挣扎，他终于推开了那只拿着臭布的手，高声喊道："雅……雅拉克！"

"让他闭嘴。"有人发出了命令。

那块臭布再次捂住了戴恩的口鼻。尽管戴恩已经竭尽全力，但是最终还是陷入了昏迷。

图斯俯身查看倒卧在地的戴恩，长舒一口气："情况比我们希望的要好，不过还是有点糟糕。当然，我们没有时间制订周详的计划。"

他抬起头，又道："我希望你说得没错，这样做是有必要的，格里芬可不会喜欢这种事。"

"这绝对是有必要的。"雅拉克一边说，一边遗憾地看着失去知觉的戴恩，"现在唯一的问题是，我们对他做了我们必须做的事，他是否能活下来。"

图斯打了个响指，他的两名部下就抬起了昏迷的戴恩。

看着戴恩被部下抬走，图斯又问道："你确定想要再试一次？上一个人就没能坚持下来，而且他还希望你可以成功，愿意与你配合。你的预见能力真的可靠吗？"

"这些日子里，所有事情都深陷迷雾之中，我几乎和普通人一样，眼前一片模糊。有时候，我能看到的东西甚至比你们看到的还要少。"

图斯神色凝重："我常常以为魔法会让事情变得更加容易，而不像我这种无能的人，几乎什么问题都解决不了。"

"总有一天，你的能力会让你大吃一惊。"雅拉克对他说道，"格里芬很清楚这一点，所以才会这样信任你。"

"他如果看到我允许戴恩被这样抓住，就不会那么信任我了。"

"这没有关系，局势的发展超出了我们的预料，我们只能竭力补救。"雅拉克向远处眺望。

就在几秒钟之前，他感知到一股强大的力量出现在达格拉森林中的另一个地方，不过他没有将这件事告诉格里芬的副手图斯。

他很清楚来的是谁，不仅是因为预示蛋让他得知了这种可能，更因为那个人的力量实在是太明显了。

"我们必须加快行动速度。"他命令图斯，没有在意其气恼的眼神。

也许图斯会觉得他越权了，但现在这种事完全不重要。

"我们必须马上行动，哪怕这意味着我们最终必须牺牲南森的大儿子戴恩。"

第 15 章
森林之王

"你一定要吃点东西，南森。"葛温多琳在南森身边恳求着。

南森盯着面前的盘子，盘子里有葡萄、苹果和甜索芙做成的点心，但他的脑子里飞速闪过的念头让他根本无暇顾及自己的胃。

"如果你够聪明，就应该听她的，咝咝……"

南森警惕地看了一眼绿龙君王，他们三个正在府邸一楼的餐厅里。

仅凭南森在府邸外面看到的情况，他认为这座府邸绝对容不下这么大的餐厅。一张用白色大理石制作的餐桌被摆在餐厅的正中间，周围是十二把同样用大理石雕刻的椅子。尽管是石头质地的座椅，坐上去却非常柔软舒适。

绿龙君王气恼地来回踱步，但他焦躁的情绪显然丝毫没有影响到不请自来的南森。实际上，绿龙君王的反应不仅帮助南森将注意力聚焦在自己的麻烦上，还让他注意到了很可能会吞没整个龙界的灾难。

他认真审视着绿龙君王。按常理，绿龙君王应该立刻用物理和魔法的双重手段将他捆绑起来，交给紫龙君王和龙皇，但绿龙君王没有这样做，这无异于在挑战龙皇的权威。

这让南森看清了一件事，一件令他感到极为惊骇的事。

"你一直在支持反抗军。"南森惊愕地说道，"你竟然支持他们对抗巨龙君王们，对抗你的同族。"

听到南森的指控，绿龙君王的表情看不出有什么变化。

"是的，你应该会想到这一点。其实我早就在等你这句话了，不过，实际情况并非那么……简单。"绿龙君王停下脚步，赤红的双眼注视着南森，"即便情况真是如此。"

"你们在说什么？"葛温多琳疑惑地看着他们，"支持反抗军？陛下，他说的是什么意思？"

"放轻松，我的孩子。"绿龙君王向葛温多琳摆了摆手，然后才回复南森，"有时候，一些迫不得已的状况会造就不可思议的联盟。你以后会明白的。"

"不可思议的联盟？"南森将面前的盘子推到了一边，"这是什么意思？"

"意思就是，我们不愿意像你和你的伙伴们那样成为奴隶，任由龙皇，还有紫龙君王摆布。"

"我不是奴隶，我有信心，如果我能够面对紫龙君王，亲自向他解释我的错误……"

绿龙君王发出一阵"咝咝"声，朝大门一指，不耐烦地道："如果你不想吃饭，就跟我出去一趟。"

南森一言不发地站起身。一开始，他还按照正常的礼仪跟在绿龙君王身后，但很快就有一种紧迫感催促他，让他不由得加快脚步，走到了绿龙君王的身边。他对自己的失礼感到很惊讶，除非有特别的命令，否则人类只能跟在龙人身后，要与龙人保持一步距离。

但南森很清楚，和自己犯下的罪行相比，这逾矩的行为实在算不上什么。就连他刚刚推开盘子的那个动作都是一种更加严重的冒犯。根据这片土地上的法律，绿龙君王早就有权立刻将他处死了。

南森压抑住身体的战栗，和绿龙君王一起走出府邸。

我到底是出了什么状况？为什么我总以为巨龙君王们要处死我，而不是理解我的困境？我曾经忠心耿耿地侍奉他们，就像侍奉我的父母、祖父母，就像侍奉拜德兰家族的先辈们。

就像伊萨斯一样忠心地侍奉他们吗？南森突然又想到。

随着南森和绿龙君王走下门外的阶梯，双脚踩在地上，绿龙君王周围的植物开始发芽、成长、绽放花朵。

葛温多琳和亚当在操纵植物方面都有着精深的技艺，而绿龙君王本身就是大自然的化身。

南森看见花草树木向绿龙君王延伸过来，如同忠犬在寻求主人的爱抚一般。

他知道，自己也应该对绿龙君王有着同样的忠诚，但他心中郁积的怒火让他无法再卑躬屈膝。

当绿龙君王突然停下脚步，南森便做好了准备，等待绿龙君王宣布他的种种罪行，然后将他立即处死。但还没等稳住心神，他突然感觉到另一股熟悉的力量出现在了这个地方。

"乌……"南森刚开口。

绿龙君王伸出一只覆盖有鳞甲的大手重重地按住他的肩，止住了他的话音。绿龙君王一动不动地站在原地，仿佛一尊雕像。

南森只好同样站定。这时，乌恩已经来到他们的面前了。

乌恩怎么会追到这个隐秘之地呢？南森完全不明白。

绿龙君王发出一声低沉悠长的嘶吼。南森知道，乌恩这个不速之客也让绿龙君王感到困扰。

乌恩手中擎着长剑，但引起南森注意的，是他腰间那把非同寻常的匕首。它让南森感到心神不宁，但不是因为它怪异的外表。

南森觉得它正盯着他，或者是盯着他身上的某个部位。

乌恩转过头看向南森。

南森下意识地做出反应，但是绿龙君王再一次伸出手制止了他。

"不要。"绿龙君王低声说道，"他并没有看见你，也没有在看这个地方。"

确实，乌恩的目光穿过他们，甚至穿过了高大的府邸。

乌恩一直盯着前方，又突然看向左侧。他小心地迈步，动作流畅舒缓，就像正在狩猎的大猫或者是狼。

"府邸有保护自己的办法。"绿龙君王提前回答了南森没有问出口的问题，"这些年，我给府邸加上了一些保护措施。"

南森看着乌恩消失在树林中，直到此时，他的呼吸才再次放缓："那么，我们在这里是绝对安全的。"

"我可没有这样说。"绿龙君王高大的身躯又向前面走去。

他们向东方行进。谢天谢地，那几乎是与乌恩完全相反的方向。

"过来，快点。"

南森勉强跟紧绿龙君王。这时，他忽然生出一种错位的感觉，不由得跟跄一步，差一点撞在绿龙君王身上。

在努力稳住身子的时候，南森无意间回头瞥了一眼。

府邸不见了！

那座神奇殿堂所在的地方出现了许多高大的橡树和其他树，树林中到处都是这些树。南森努力将它们视作伪装的幻象，但他看见一只鸟落在了树枝上。

"世界中有世界。"绿龙君王的话音传来，"这里的一部分古老魔法就是建造这座府邸的人们留下的，嗞嗞……"

"他们是谁？"

绿龙君王继续向前走去："也许你会发现答案，咝咝，如果我们能够在这场遍及整个龙界的危机中活下来。"

南森注意到绿龙君王的话语中出现了越来越多的"咝咝"声，这是龙人紧张时的一种表现。他又想到了显示绿龙君王背叛同族的各种线索，这是他做梦也无法想到的。当然，他完全无法想象自己会落入这样的险境。随后他又想到，虽然他们离开了府邸，但是乌恩有可能再次找到他。

"绿龙君王陛下，乌恩有可能……"

"是的，所以我们必须立刻去一个安全的地方。"

"但我们刚刚离开……"

绿龙君王回过头，瞪了他一眼："咝咝，不要问这种……"

还没等绿龙君王把话说完，前方的地面突然裂开了一道口子。

南森想要提醒绿龙君王，却发现是绿龙君王自己打开了地缝。野草和苔藓编结成一个圆形的入口，宽度足以让绿龙君王轻松通过。

绿龙君王沿着螺旋形的石雕台阶走入地下。

南森犹豫了一下，跟了上去。

他本以为自己会走入一片黑暗，但随着绿龙君王一步步迈出，两侧的墙壁开始发光。他仔细地打量墙壁，发现上面有一种会发出荧光的苔藓正在迅速生长、扩散，一直向隧道深处延伸。

南森身后的地面传来一阵轰隆声。他回头看去，发现入口已经闭合。他知道自己进入了绿龙圣所，他刚刚走过的地方应该不会留下任何痕迹。

一路向下的台阶突然中断了，绿龙君王毫不迟疑地转身看向右方，朝一片看上去实实在在的土石墙壁走去。

一道垂直的裂缝出现在绿龙君王面前。而后，裂缝迅速扩宽，让两个人能够轻松走过。

南森看到眼前有一座高大的厅室，发出荧光的苔藓覆盖着墙壁和屋顶，发出了比隧道中更加明亮的光。

借助苔藓发出的光，南森清楚地看到了绿龙圣所的每一个角落。这里到处都是钟乳石和石笋，它们连接在一起，在大厅两侧形成了两排粗大的立柱。大厅尽头，三根石笋拔地而起，连带着抬升了一片地面，成为绿龙君王的王座。

王座大厅两侧有数条通道。这时，绿龙部族的一些成员从通道中走出来。最先出现的是四名龙人武士，他们的龙冠几乎和绿龙君王的一样华美。其中两名站到王座的旁边，另外两名则站在靠近立柱的地方。

他们身后是四名美貌惊人的女子，在南森看来，她们实在和这个地下洞穴格格不入。她们的衣着与绿龙君王以及那些龙人武士非常相似，但看上去她们应该是精灵。就算是在精灵中，这样的美人也难得一见。

个子最高的女子坐到了王座旁，另外三个在她的右手边依次站好。

南森走过去后，才注意到她们与一般的精灵不同，她们的皮肤闪烁着翡翠色的光彩。那么，她们应该是女龙人。

一些龙人部族中，女龙人绝对不能被外人看到。紫龙部族中的女龙人都居住在宫殿下方的洞穴里，往往一生都不会离开自己的产房，要做的事情就是生育后代，以及完成各种日常工作，以确保紫龙部族拥有最健康和最强壮的新生力量。

尽管现在紫龙君王没有王后，但是现任的三名配偶都很有能力，并且对除紫龙君王和王位继承人之外的其他族人而言有一定的权威。

坐下来的女子有着一头乌黑的发辫，显然是绿龙君王的王后。看到绿龙君王回来，她的脸上露出喜悦和自豪的神情。

南森悄悄瞥了一眼另外三个女子。其中个子最高的有一双小麦色的眼睛。厅堂中的一切纤毫变化，包括南森短暂的一瞥，似乎都逃不过这双眼睛。另外两个的容貌和她很像，只不过第二个身材更丰满一些，第三个则有着一头光亮润泽的金发，显然是她们中最年轻的。如果不是故意让彼此看上去如此像，那么她们应该就是亲姐妹。

"欢迎回来，陛下。"王座左侧的龙人武士朗声说道。

"谢谢。"尽管绿龙君王没有称呼那名龙人武士的名字，但是南森知道，这一定是绿龙君王的继承人。

"真是意外之喜啊，陛下。"王后说道，"你说过，你可能会离开一段时间，嗯嗯……"

"我是这样说过。"绿龙君王向王座走去。

站在立柱旁的一名龙人武士拦住了南森。

"你应该跪倒行礼！"那名龙人武士喝令道。

绿龙君王坐上王位，道："不必，他站着就好，拜德兰大师理应得到这样的尊敬。"

"拜德兰大师？"

让南森感到惊讶的是，阻拦他的龙人武士红色的眼睛中闪过一丝惧怕。然后，这名龙人武士微微低下头，退回到立柱旁。

南森听到那三个女龙人中至少有一个低声重复了一遍他的名字。他向她们看去，发现其中最年长的正饶有兴味地看着他。

"拜德兰大师。"绿龙君王继续说道，"在这里，你不必担心自己会被外面的人发现，保护这座圣所的力量，比我施加在府邸上的法术要强大得多。"

"嗯嗯，有人入侵了达格拉森林？"绿龙君王的继承人嘶声问道。

"镇定，斯兰！"绿龙君王喝令道，"是紫龙君王的儿子乌恩，他正在追捕拜德兰大师。"

"那么，我们收到的消息是真的。嗯嗯，他违抗了龙皇的法令？"

绿龙君王挥挥手，示意众人安静，然后指了一下那三个女龙人："玛歌达。"

那个一直注视着南森的女龙人走向南森，手中拿着一只盛满了浅绿色液体的金杯。她将金杯递到南森的唇边。这时其他人看不见她的脸，只有南森看到她的表情丰富了许多。

南森立刻接过金杯："谢谢。"

她等了片刻，但南森只是手捧金杯，与她对视，既没有喝浅绿色液体，也没有说话。于是，她不得不向后退去。

南森看不出她是失望、气恼还是觉得有趣，他甚至不敢多想这件事。

他呷了一口，浅绿色液体的香气和滋味让他有一种似曾相识的感觉，却又说不出在哪里喝过。

"非常美味，陛下。"

"这是用接骨木浆果和蘑菇混合酿造出来的，其中的蘑菇是在我们的下层洞室中精心培育出来的。"

这一点知识并没有解答南森心中的疑惑。

他又喝了一口，的确很美味，不过，这里显然不是什么社交场合。

"陛下，请容许我说一句，我不能一直站在这里。"

"你不需要站太久。"

南森从绿龙君王的语气中听出了某种让他感到不安的言外之意。出于礼貌，他又喝了一口，然后就想找个地方把杯子放下。

绿龙君王向前俯身："卡蜜拉。"

站在中间的女龙人迈着轻盈的步伐向南森走过来，她的脸上带着微笑，轻薄的衣服显露出大片娇嫩的肌肤。她接过杯子后，就退回去了。

绿龙君王的十指搭在一起，他什么都没有说，只是看着南森。

南森向聚集在王座旁的龙人武士身上看去，他们无论是表情还是身姿，都没有透露出任何信息。

而后，南森捕捉到了斯兰的一个轻微的动作，虽然那只不过是斯兰的身体略微绷紧了一下，但这足以证实南森最糟糕的怀疑。

南森将注意力集中到府邸上，希望能传送到那里，他身体周围的景物开始晃动。

"他要逃走了，嗖嗖！"有龙人武士喊道。

"安静！"绿龙君王大喝一声，又道，"南森·拜德兰……"

南森没有再听绿龙君王说些什么，他感觉自己的肌肉变得松弛，脑中一片空白。

无论出于什么原因，绿龙君王戏耍了他，向他表现出虚假的友谊，只是为了将他引诱到自己的圣所，而后下药将他迷昏。为什么绿龙君王要用如此烦琐的计谋，他无从猜测，他只知道葛温多琳肯定不知道绿龙君王真正的图谋，他必须警示葛温多琳。

但是，他的法术失败了，王座大厅稳定下来了，而他的精神越来越恍惚。他努力让自己保持清醒，将精神集中在这些想要捉住他的龙人身上，但奇怪的是，龙人们并没有行动，反而向后退去。

他一点也不喜欢眼下这种情形。

"请坐下，南森·拜德兰。"绿龙君王平静地说，"我为使出这样的计策向你道歉，但你很快就会明白，这样做是有必要的。"

"我……我明白，你们要把我交……交给紫龙君王。"

"他又在施法了！"斯兰大声说道，同时向南森冲了过来。

绿龙君王猛地站起身："不！大家都不要碰他！"

但站在立柱旁的龙人武士也开始攻击南森，这正合南森之意。

南森用力地一跺脚，周围的空气掀起了波澜。三个女龙人立刻逃到角落，王后紧张地抓住了绿龙君王的手臂。而攻击南森的两名龙人武士飞了起来，后背撞在墙壁上，另外两名龙人武士只能吃力地站稳脚跟，无法再有任何动作。只有绿龙君王纹丝未动，南森施展的强力震撼波似乎对他毫无影响。

绿龙君王轻轻地将手臂从王后的手中抽出来，站在王座前，向南森抬起一只手。

南森的法术被消除了。

"不要再惹不必要的麻烦了，唑唑，这是为了你好。"

南森听过许多人对他这样说，也多次对别人这样说过，而现在，他感觉和绿龙君王相比，这句话从其他人口中说出来是那么空洞无力。

"我更愿意……更愿意自己做出决定。"

南森再次施法，确切地说，是想要施法。可他的头仿佛遭受了沉重的撞击，双臂好像石头一样沉。他想要举起一只手，最终还是失败了，不过，这并没有阻止他做另一种尝试，一种不需要动作的尝试。

洞厅墙壁上的苔藓突然发出比原本强烈百倍的光，连绿龙君王也不得不遮住眼睛。

南森稳住虚弱的身体，再一次试图逃出绿龙圣所。这一次，他转过身面对来时的通道。随着他的命令，那条通道再次敞开了。

南森受到鼓励，迈着蹒跚的步伐向外走去。他不知道如果有人追他该怎么办，他也不在乎，只要能够逃出去就行。

他面前的空间被撕开，绿龙君王从空间裂缝中走出来，向他伸出一只张开的手。

南森的意识变得越来越模糊，无法及时做出反应，只能无助地站在原地，看着绿龙君王将手掌按在他的胸膛上。

他感觉自己的心脏仿佛马上就要炸开，而且似乎还想从他的身体里逃出去。他的心跳越来越快，他终于支撑不住，单膝跪倒在地。

南森努力抓住绿龙君王的手腕，却施展不出任何法术。他想要用身体的力量将绿龙君王的手掌推开，却没有任何效果。

心跳的速度大大加快，他感觉心脏就要撞破肋骨和皮肉跳出来了。

他发出一声无力的哀号，沙哑着声音问道："为……为什么？"

绿龙君王的声音在他的耳边回荡，那声音中没有胜利的高傲，反而充满了怜悯。

"南森·拜德兰，你想问我要干什么，还有我为什么让你受这种苦，而不是直接杀了你，对不对？"

南森点点头，但他不知道自己有没有把这个微小的动作做出来。

"因为我并不想杀你。"绿龙君王郑重地道，他的声音变得越来越远，"实际上，我想要救你的命。不过，我必须承认，你不一定能在这个过程中活下来。"

这里热得让人透不过气，但是亚泽兰依旧在努力完成自己的法术。

这个地方算不上舒适精致的居所，实际上，它是魔法能量的一个枢纽，一些古老的魔法痕迹至今还保留在这里。从某种意义上来说，它已经成为亚泽兰的圣所。亚泽兰甚至立誓要将这里打造成坚固的堡垒，就算是全部巨龙君王的力量也不可能将它攻破。

亚泽兰不止一次觉得最初在地狱平原建造这座城堡的人一定是疯了，因为除了红龙部族和那些畸形的贾鲁乌奴仆之外，其他生物都不适合居住在这个充满火山的地方。

红龙君王并没有注意到这座古老的城堡，亚泽兰对此并不感到意外。毕竟他多次经过此地都没有朝这里瞥过一眼。后来他才明白，很久以前这里就被施展了伪装法术，有可能是最初建造这座城堡的人施展的。尽管这座城堡在很久以前就被遗弃了，甚至没有人记得它，但是保护它的魔法依然非常强大。

如果不是因为杰克里斯·特林送给了亚泽兰一件小玩具，亚泽兰恐怕永远不会注意到这座城堡。那是亚泽兰用猛禽一族，也就是寻觅者的头，从杰克里斯·特林那里换取的报酬之一。

到现在为止，亚泽兰已经为杰克里斯·特林提供了数颗寻觅者的头，也从杰克里斯·特林那里得到了不少古怪的报酬。一开始，亚泽兰并不怎么看得上这只两面都雕刻着一轮月亮的银色圆碟。不过，杰克里斯·特林向他保证，这只银碟能够帮他获得一些非常有用的知识。现在他有些怀疑，就算是杰克里斯·特林，也没有想到用这只银碟能够找到如此宏伟的魔法建筑。

亚泽兰知道杰克里斯·特林是在利用他，而且如果有必要，杰克里斯·特林会毫不犹豫地选择牺牲他。只是现在他的手里还有杰克里斯·特林需要的一些秘密，只要得到了这些秘密，杰克里斯·特林会彻底断绝他们之间的一切联系，甚至有可能砍下他的头，和那些诡异的收藏品陈列在一起。

亚泽兰抹去额头上的汗，在心中暗骂了一句。

等完全掌握了这座城堡中的保护法术蕴含的能量，他不仅会将法术进一步加强，还会做一些改进，让这座城堡变得更适于居住。

又过了一段时间，亚泽兰喘着粗气，暂时停下了手上的工作。

他想起了父亲，父亲是那样强大，那么容易信任他人，全心全意地相信巨龙君王们。他一直怀疑父亲的忠诚并非完全出于天性，不过，他对父亲的这一弱点还是感到失望。

我会让他明白，我会让他们都明白，只要我拿到了钥匙，就会将我们从龙族的桎梏中解放出来。

他抓起一个快要见底的水罐，一口气喝光了里面的水。

亚泽兰当然有能力随意变出各种饮料，但他想要把全部的精神和力量集中在眼前的任务上。

他看向自己的造物，在心里暗道：很快！父亲，很快你就能看到真相。戴恩也像你一样盲目，但我已经发现了隐匿的暗流，至少足以……

尽管它才成形，但是已经显示出了它非同寻常的华美。

亚泽兰对它则有着更多的喜爱，因为它早就成了他的一部分。

他满怀爱意地伸手按住它的握柄，暗道：我们将一起改变这个世界，一起拯救这个世界。

他知道，到那个时候，包括他高贵的父亲和被很多人喜爱的哥哥在内，拜德兰家族的法师中，最受人爱戴，能够赢得最多欢呼声的人，一定是他亚泽兰。

第 16 章
大地和寒冰

矮人们在四处奔忙。格里芬觉得虽然他们个子矮，但是每个人的脚步都很快。当然，他很清楚矮人们在战场上有怎样的表现。只有傻瓜才会仅凭体形就对矮人们的能力做出判断，而且这样的傻瓜常常很快就会死在矮人们锋利的战斧和长剑之下，也只有到那时，他们才会明白矮人是技艺非凡的战士。

这次格里芬刚到达矮人的驻地，就发现他们似乎在为某件特别的事情而忙碌。长于经商的矮人很愿意接受他的武器订单，但他必须证明反抗军付得起足够多的钱。这不代表矮人不同情他的反抗事业，这只是矮人的处世之道。

格里芬不在意是否能得到矮人的同情，现在重要的是矮人可以为他提供急需的物资。实际上，他相信自己在和矮人做交易的过程中，不止一次得到过物超所值的资助。对他，矮人没有竭尽全力去争取最大的利润，不过，向矮人挑明这一点肯定不是明智之举。

这一次，他请矮人研究迷雾巨龙交给他的钥匙，就并没有多掏一个铜板。矮人们对这种金属物品有着浓厚的兴趣，因为他们有可能仿造这些物品铸造出同样的器具以供使用或贩卖。

受到格里芬请托的灰胡子矮人显然对这把钥匙的工艺感到非常吃惊。

"如果你愿意把它转让给我，我会给你二十枚金币。"他将钥匙研究了一番之后，对格里芬说道。

"我告诉过你，我不打算卖它。"

"二十五枚金币。"

矮人的吝啬和讨价还价的能力都很有名，而这个灰胡子矮人提出的价钱足够格里芬采购相当数量的武器。看样子，这把钥匙是有价值的。

"关于这把钥匙，你能告诉我什么信息，马格瑞斯？"

见格里芬完全没有做交易的打算，马格瑞斯失望地哼了一声："我只能抱歉地说，这不是矮人的作品。你说你是在哪里找到它的？"

"不是我找到的，我还在等你……"

马格瑞斯捋着长胡子道："那我可以告诉你，这不是我们的工艺，而且我必须承认，它比我们做的所有东西都要精美，我觉得这应该是他们的作品。"

不必多问，格里芬很清楚马格瑞斯所说的"他们"是谁，单单凭他在马格瑞斯语气中感受到的敬重，他就能够猜到了。

尽管这片土地上那段令人不安的古老历史已经很少有人知道了，但属于那个时代的无名族群并没有被完全忘记。曾经，它们才是这里的主人。现在这片大陆上还能找到那个神奇文明的许多遗迹，就算是巨龙君王们的营建也无法与其相比。这些遗迹分布在不同的王国，往往必须依靠魔法才能进入其中。对这个时代的人而言，它们所带来的疑问要远远超过它们所提供的财富。

格里芬是个讲求实际的人，对这种寻宝任务，他从来不感兴趣。他需要能够帮助自己对抗巨龙君王们的资源。这把古老的钥匙应该能向他提供这种帮助，只是，他必须先搞清楚这把钥匙该怎么用。

"你知道它的用途吗？"他问马格瑞斯。

"你有没有试过用它打开什么门？"马格瑞斯嘿嘿笑了两声，但在格里芬的瞪视下，他很快就闭上了嘴，随后又道，"如果这不是开门用的，那也许是一个相位器。"

"相位器是什么？"

"是一种宝物，会在特定的时刻改变形状。我们打造过几件这种东西，不过，必须有你这样的施法者的帮助才可以。这种宝物很难制造，如果你知道可以在何时使用它……"马格瑞斯举起钥匙，仿佛在挥舞一柄宝剑，"看样子，它不是这么用的。"

格里芬向高高的洞顶瞥了一眼。

矮人们居住在这片丘陵的地下，多年来，他们在这里开凿出了数百个洞厅，也有可能是数千个。地震和其他灾难都不曾将这些洞厅摧毁。不过，格里芬担心如果是某种强大的法术突然被释放出来，牢固的洞顶和厚墙就会变成一堆瓦砾。

"你如果真的要做这种事，也许应该多考虑一下……"

马格瑞斯笑了笑，道："别担心，我知道这不是相位器，可能性应该很小。这里面有魔法，不过，是另外一种……"

格里芬有些焦躁，他嘟囔道："你到现在也没能对它有一点了解，是不是？"

"这的确不太容易，不过，我可以给你三十枚金币……"

格里芬猜测自己能用这把钥匙筹集到反抗战争所需的全部经费，这实在是很诱人。不过，他最终还是摇了摇头，伸出被羽毛所覆盖的手。

马格瑞斯极不情愿地将这把看起来不像钥匙的钥匙递向格里芬，然后重重地叹了口气，不过，他的心情很快又好了起来："很高兴能够和你做武器生意……"

"我需要的时候，你能够把武器都准备好吗？"

"以我妈妈的胡须发誓，到时一定能准备好。"

一只号角被吹响了。

格里芬知道那是一种警报。

马格瑞斯从格里芬的身边冲了过去。格里芬紧跟在马格瑞斯的身后，跑到一名哨兵面前。这名哨兵看守着一条通向地表隐秘出口的隧道。

"警报声是从哪里传来的？"

"第十二隧道！"

虽然格里芬的听觉非常敏锐，但他现在也听不出这只号角声响起的确切位置。

矮人王国中响起的任何声音都会在迂曲交错的隧道中回荡很多次，只有矮人能精确地判断出声音的源头。在这个方面，格里芬觉得矮人很像是蝙蝠。

马格瑞斯把钥匙塞进格里芬的手里，同时喊道："这边！"

格里芬知道自己最好听马格瑞斯的命令，如果马格瑞斯觉得有必要让他尽快离开，那么情况真的非常紧急。

格里芬很清楚自己不能简单地用传送魔法离开这里，去往某个遥远的地方。矮人王国有许多防卫措施。只要有足够多的时间，他就能想办法绕过这个地方的保护魔法，但现在他缺少的正是时间，而且，他还需要维持与矮人的友谊，因为只有矮人能够确保反抗军得到充足的武器。

也许矮人现在遭受威胁也正是因为如此。

马格瑞斯领着格里芬走过一条偏僻狭窄的隧道。他们的靴子踢起了不少灰尘，这让格里芬不由得怀疑这条隧道已经很久没人走过了。

马格瑞斯再一次向格里芬证明了矮人的行动是多么敏捷。

隧道突然转向上方，坡度极为陡峭，马格瑞斯像山羊一样在巉岩石壁上飞快地攀爬。而格里芬不得不总是停下来调整姿势，以免一不小心滑落，摔落到洞底。

爬过竖井之后，马格瑞斯用力将肩头抵在一块沉重的大石头上。

让格里芬惊讶的是，大石头轻巧地滑到了一旁，露出一个通向地面的出口。

"从这里出去。"马格瑞斯一边命令，一边让到一旁，"向北走两百步，然后你就可以把自己传送到任何地方。"

"那你们呢？"

马格瑞斯哼了一声，道："我们可是矮人，以前住在这里，以后也会住在这里，永远不会离开。"

他缩回竖井中，封闭了洞口，而格里芬还在思考他这个古怪的回答。

就在这时，格里芬听到一声爬虫类怪兽的嘶吼，急忙逃走了。他刚才就猜测矮人受到的威胁来自龙人——更确切地说，是铁龙君王的仆从。

格里芬心中数着步子。他知道，马格瑞斯让他走两百步，那他就一定要走够两百步。与此同时，他还在仔细聆听周围是否有不同寻常的动静，毕竟敌人应该就在不远的地方。他相信，马格瑞斯一定是把他送到了最安全的出口，但没有人知道龙人有什么样的手段。

果然，格里芬很快就察觉到有什么东西在飞速向他逼近，他急忙躲到一棵大树的后面。

他刚刚藏好，一片阴影就从太阳下方一掠而过。他屏住呼吸，盯着那头翱翔的巨龙。现在那头巨龙飞得很低，锋利的爪子甚至擦过了树梢。一根根粗大的树枝接连被龙爪撞断，掉落在地上，逼得他不得不闪到一旁。

他躲到另外一棵树后面，再次看向天空的时候，看见那头巨龙正在撕扯一棵大树的树冠。他打心底感谢马格瑞斯把他送到了这个树木茂密的地方。但他知道，如果巨龙执意将这些树撕碎，那么这片树林不可能为他提供太多保护。

而这正是巨龙现在做的事情。

褐色巨龙只是稍稍挥舞了两下爪子，一棵高大的橡树就变成了树桩。

褐色巨龙！

格里芬注意到了这一点，有些惊讶。

巨龙君王们严密地看守着自己的领土，而其他龙族的越界行为会被认定是一大禁忌。入侵领地，曾经不止一次引发巨龙君王之间的战争，其中有些甚至可能只是某位巨龙君王毫无凭据的胡乱猜测。每当战争发生，往往需要龙皇亲自出面制止。不过，正因为龙皇的干涉，通常不会有很多无辜的生命在这种争斗里牺牲。

褐龙君王的统治区域在遥远的东南方，铁龙君王应该在褐龙君王的部队远远没有到达矮人所在的丘陵地带时就发现他们，这意味着此次搜捕行动是龙皇亲自下达的命令。

褐色巨龙丢下破碎的橡树，飞向另一棵大树，一口就将树冠连同大部分树干咬了下来。

格里芬小心地绕过当前的藏身地点，溜到另一棵树后面。他知道自己不可能一直这样躲下去，褐色巨龙尽管还没有发现他，却将他朝错误的方向逼过去。在这种情况下，他没办法使用法术逃走。

一个金属撞击声响起，这是格里芬得到的唯一警告。

他及时俯下身，躲过了本可以砍下他头颅的一击。他将钥匙掖进腰带里，伸手抓住敌人的双腿。

绝大多数人都没有足够的力气掀翻龙人武士，但格里芬比绝大多数人强壮得多。

那名龙人武士嘶吼着跌倒在地，手中的剑飞了出去。

格里芬跳到龙人武士的身上，一挥利爪。就算是龙人武士厚实的鳞甲外皮，也无法抵挡格里芬利爪的攻击。

又一阵嘶吼声响起，格里芬知道敌人并非只有一个。他弯下身子，不知道是应该干掉刚刚出现的两名龙人武士，还是应该躲藏在这个说不上多安全的树丛中。褐色巨龙应该还没有发现他，但是大树被连根拔起的声音很是恐怖，他最终还是选择扑向两名龙人武士。

那两名龙人武士本可以像天空中的同族一样变成巨龙，那样一来，战况会发生质的改变，但是，他们并没有这么做。

格里芬再一次惊讶于他们这么喜欢保持人类的形体，而这并不意味着他们容易对付。不过，格里芬还是很庆幸，他们傲慢、鲁莽，反而为他创造了优势。

但格里芬很快就高兴不起来了，因为走在前面的龙人武士也扑向他，同时开始变形。

如果换作其他人，肯定来不及在龙人武士完成变形前做出反应。但和格里芬的反应速度比，龙人武士要慢一点。格里芬冲向身体正在迅速膨胀的龙人武士，出鞘的利剑砍在变得相当粗大的龙喉上。

巨龙颈部比较柔软的皮肉被连砍了两剑。

这还不足以杀死正在变形的巨龙，但是，伤口涌出鲜血的巨龙还是向一旁倒去，连续撞倒了几棵大树。

第二名龙人保持武士的姿态向格里芬猛冲过来，差一点就用剑刺穿了格里芬的身体。转眼间，二者进行了数次攻防交换。

那头受伤的巨龙用一只爪子捂住自己破裂的喉咙，还想要向格里芬发动攻击。

格里芬躲过了龙人武士的攻击，龙人武士的剑狠狠地砍在他左侧的树干上，而他的剑则刺穿了这名龙人武士的身体。随着这名龙人武士倒下，他转过身，用尽全力跳向那头鲜血淋漓的巨龙。

此时，他看到头顶上方的褐色巨龙把树冠撕开了一道裂口，要加入战斗之中。

受伤的褐色巨龙想要咬住格里芬，但是因为失血过多，速度减慢了。这一点在格里芬的预料之中。格里芬正好落到褐色巨龙的头顶，将剑收回剑鞘。褐色巨龙用力摆头，想把他从自己头上甩下去。格里芬就借着褐色巨龙的力道跳向旁边的树丛。

格里芬像猫科动物一样，指尖伸出爪子，抓住树干，飞快地爬到尽可能高的地方。他旁边的一棵树被猛地向上拽去，从他的视野中消失了。片刻之后，最早出现的褐色巨龙把头伸下来，查看地面上的情况。

"他在哪里？嗞嗞……"褐色巨龙向满身鲜血的同族问道。

不等受伤的巨龙回答，格里芬已经跳上了那颗探下来的龙头。

他的双脚刚站稳，褐色巨龙就怒吼一声，将头抽出了树林。

格里芬的爪子钩住了龙鳞，紧紧地趴在褐色巨龙的身上，随着褐色巨龙一起飞上了天空。褐色巨龙前后摇着头，却没办法把格里芬甩下去。

"肮脏的害虫！"褐色巨龙吼道，"你以为自己很聪明吗？嗞嗞，你实际上愚蠢透顶！"

褐色巨龙朝与格里芬逃亡的方向相反的地方飞去。

格里芬抬起头，看到褐龙君王的军队正有条不紊地砍伐这片丘陵中的树木。他知道，逃走的最后机会转瞬即逝。

格里芬努力顶住强风，费力地向前爬过去，而后举起一只爪子，刺进了褐色巨龙的眼睛里。

褐色巨龙痛苦得咆哮起来，无法再保持直线飞行，转向西方。虽然格里芬暂时不必担心自己会被俘虏，但是西方也不是他要去的方向。

他又费力地爬到了褐色巨龙的另一只眼睛附近。

"你想要留下你的最后一只眼睛吗？"格里芬喊道，"龙人武士没有眼睛，剩下的就只有耻辱了。"

这不是格里芬想要的结果，但他知道，被认定为过于软弱的龙人武士会被处决。失去一只眼睛是沙场老兵的标志，但失去两只眼睛的龙人武士还不如一只新生的龙崽。

褐色巨龙的飞行高度开始下降。

格里芬抓紧龙鳞，做好准备，同时将一只爪子按在褐色巨龙唯一的眼珠上。

褐色巨龙猛地翻转身体，保持背朝地面的姿势飞行了几秒钟。

格里芬紧咬住自己的喙，等待褐色巨龙屈服。

终于，褐色巨龙又翻过身来。

格里芬向前俯过身，让褐色巨龙能够更清楚地看到他的利爪。

"它们足够长，足够锋利，就算你闭上眼睛也能刺穿你的眼皮，戳爆你的眼珠！"格里芬喊道，"如果你再耍花招，我可就不客气了。"

褐色巨龙有些惊慌。

格里芬朝自己想去的地方一指："那边！"

褐色巨龙只得服从命令。

格里芬依旧伸着爪子，朝下方瞥了一眼。之前受伤的那头巨龙还躺在树林里，它受了重伤，无法再对格里芬构成任何威胁。

格里芬又回头瞥了一眼，褐龙君王的军队看上去还不知道这里发生了什么。他知道，到现在为止，自己运气很好，但厄运随时可能降临在自己头上。

褐色巨龙回到了格里芬最初跳到其头上的地方。

看到身下的褐色巨龙飞快地接近能够施展传送法术的地点，格里芬的心跳逐渐加快。

不甘心的褐色巨龙突然猛地向下一甩头。尽管一直在提防褐色巨龙做出这种举动，格里芬还是没办法稳住身形，他不得不将另一只爪子收回来防止自己跌落下去。

褐色巨龙再次翻转了身体。

格里芬没能抓住龙鳞，掉了下去。

他的身下是虚空，还有褐色巨龙合拢的双颚。他绷紧手脚，让身体像石头一样掉落，巨大锋利的牙齿在距离他头顶几寸远的地方狠狠地咬合在一起。

他集中精神，很清楚死亡近在眼前，但他还是成功地克制住了本能的恐惧。

就在树梢上方，他消失了。

片刻之后，他撞上了一个柔软却冰冷的东西。

很长一段时间里，他只能躺在原地，等待身上的疼痛减弱到可以忍受的程度。强风在耳边呼啸，他努力用自己的力量进行治疗。南森那样的法师擅长此道，但无论格里芬拥有什么样的能力，在这方面仍然常常会感到力不从心。

格里芬擅长制造传送门或者传送自己，这是非常有用的能力，这意味着他有办法从险境中逃走。他还能完成一些相对来说比较简单的法术，但他毕竟不是魔法大师，尽管他的敌人和追随者都以为他是。在这个世界上，比他更强的施法者实在是太多了。

"啊，你在这里。"

这里就有一个真正的魔法大师。

格里芬在心中骂了一句，勉强翻过身，看着全身被黑袍包裹的暗影。

暗影向躺在地上的格里芬伸出了戴着手套的手。

格里芬努力地想要抓住那只手，他不确定暗影是否真心想救他，不过，他感觉暗影露出了同情的神色。

"握着我的手就好。"暗影告诉他。

他一握住暗影的手，就感觉有一股能量流入自己的身体，减轻了伤痛。尽管他很是感激，但是一想到暗影的魔法力量留在了自己的体内，还是禁不住在冷风中打了个哆嗦。于是，他不假思索地抽出了自己的手。

暗影被遮住的脸上当然没有显露出任何表情，但格里芬觉得自己似乎看到这位高深莫测的巫师的肩膀稍稍垂了下来。

"我一直在找你。"暗影缓缓地说道，"你被屏蔽在我的感知以外。我觉得这很有趣，也很令人困扰。"

格里芬没有理会暗影的话，从地上站起来："北方废土?! 我没有想要来这里。"

"你的确没有，是我做的。我一注意到你在施法，就改变了你的目的地，把你带到了这里。"

格里芬露出爪子，没好气地道："你不知道这有多危险吗？"

"我做的事情没有任何危险。"暗影用毫无感情的声音做了回答，同时，他转过身，背对着格里芬，"不过，正从西边向我们靠近的东西也许很危险。"

格里芬立刻朝那个方向望去。

一开始，他什么都没看到，但很快就发现冰雪中有一样东西在移动，仿佛是某种巨大的东西正在雪地下不断地掘进。

"那是什么？"

"我真的不知道。我们是不是应该去查看一下？"

格里芬摇摇头："我可不想惹事，除非那和我们的反抗战争有关。"

暗影歪头想了一下："不，我不认为那和我们有关。好吧，我们按照我最初的计划行动吧。"

"我们……"没等格里芬把话说完，他们周围的环境就发生了微小的变化，更多冰雪出现在眼前。

如果不是北边出现了连绵起伏的山丘，格里芬一定会认为暗影只将他传送了几米远。

"狼血啊！你以为你在做什么？"

"这可真是一句有趣的脏话。你是从哪里学到的？"

格里芬伸出爪子顶住他认为是暗影的下巴的地方："停止你疯狂的游戏！许多人为解放这片大陆而牺牲了，你至少应该了解一下我们的斗争有多么重要吧！"

"当然。"暗影依旧用那种毫无感情的声音说道，"我见过的死亡远远超出你的想象，而且其中一些就是我造成的，这让我感到非常遗憾。"

说完，暗影迈开了脚步，又道："不然我为什么要带你到这里来？"

格里芬别无他法，只能跟在暗影身后，但他的怒气依然无法平息。

"那么我们在这里又要做什么？这片名副其实的废土上能有什么东西可以影响到南方正在进行的战争？冰龙君王完全不愿意与其他王国产生任何联系，他比莱加半岛上的水晶龙君土还要孤僻。"

暗影转过身，"面"对格里芬："你不要以为冰龙君王不愿与外界有联系，就会放弃对其他地方的监视。"

暗影抬手指向一片被寒风吹袭的山坡，道："就是那边。我们最好还是传送到那里，可以吗？"

一想到又要将命交到暗影的手里，格里芬颈后的羽毛就直立起来了，却还是点点头："只要我们最后能够离开这个会把人冻死的地方就行。"

格里芬的话以一声狮吼结束，但他完全没感觉到暗影的法术。不过，当他看到眼前的景象时，很快就把自己生气的事情忘了。

他们站在一座浅山谷的底部，这里明显存在大规模采矿的痕迹。

格里芬从没有想过北方废土中还有值得开采的矿藏。这个荒无人烟的地方根本不需要任何产业，而且在这里进行任何经济活动肯定都要付出高昂的成本，耗费大量物资和魔法资源。这种买卖是不划算的。

一个笨重的身影突然向他们靠近。

格里芬准备作战，但暗影摇了摇头。

"它看不见我们。"

"是你做的？"

"是的。"暗影平静地看着那个身影转身看向他们，"我们只会在这里停留几分钟，冰龙君王不会注意到我们的。"

格里芬正要质疑暗影的话，那个身影已经来到了他们近前。

格里芬借助废土昏暗的天光看清了那个身影。

那是一个精灵，一个被冰封住的正在尖叫的精灵。

格里芬又花了一点时间才意识到，这个精灵在很久以前就停止了尖叫，而且是在尖叫时死去的。他能看出来，寒冰不仅将精灵完全包裹住了，切断了精灵的呼吸，甚至穿过精灵的嘴进入了精灵体内。实际上，移动的并不是精灵的身体，而是包裹着精灵尸体的寒冰。

"这具尸体是骨架，让没有生命的构造体能够活起来，为它的主人服务。"暗影悄声告诉格里芬。

"这太邪恶了！"

暗影耸了耸肩，又道："我见识过更加邪恶的。没错，这不是什么好东西。"

这个邪异的冰龙奴仆从暗影和格里芬的身边走过。

格里芬看见它身后还有两具类似的冰尸，那两具冰尸正在用斧头一样的工具凿开冰冻的地面。

暗影毫不犹豫地从那两具冰尸中间走过去。

格里芬则小心地看着那两具冰尸，跟在暗影的身边。

其中一具冰尸也是精灵，一个年轻的女精灵，身穿适合北方荒原气候的厚重衣服。和之前的男精灵不同，她看上去似乎是死在睡梦中，至少格里芬希望如此。

另外一具冰尸则让格里芬大吃一惊。

那是一个龙人，属于绿龙部族。就像男精灵一样，他在死前承受了残暴的攻击。实际上，他的躯体被某种强横的力量完全撕裂了。与那种力量相比，格里芬的爪子的威力完全不值一提。

"这边！"暗影的声音中第一次流露出了兴奋，"赶快！这正是我一直希望的。我甚至不敢相信我们能有这样的好运。可惜只有一点，不过应该足够了，你拿到它的时候，我必须强化我的法术。"

这个命令来得如此突然。

然而，格里芬只能信任暗影并服从命令。随着暗影的手掌对准那两具冰尸，格里芬则冲向暗影指给他看的东西。

当他看清楚那东西的时候，差点踉跄了一下。从不同的角度看过去，那东西既像是水晶，又像是珍珠。

"就是那个！"暗影疾声喝令，声音显示出从未有过的紧张。

格里芬抓住那个差不多有核桃大小的东西，手心立刻传来一股热量。

他站起身来，刚好看见绿龙人冰尸向他转过了脸。

暗影抓住格里芬的肩膀，他们都从冰谷消失了，格里芬最后见到的情景是绿龙人冰尸向他扑了过来。

片刻之后，他们出现在一片森林中。

格里芬知道，不远处就是他和图斯约好会合的反抗军哨所。

"比我希望的要近。"暗影的声音恢复了平静，"你拿到了？"

格里芬将那让他感到不安的东西举到暗影面前："我从没有见过这种东西。你知道这是什么吗？"

"我有一点概念，不过现在这个不重要，重要的是，你拿到了它。"

"为何你不用一个简单的法术把它弄到手？"

"它不能被法术直接碰触。我需要一个可以信任又身手敏捷的人帮忙，同时我要让北方废土的主人完全看不见我们的行动，这可比你想象的难多了。"

"那么，影驹呢？影驹肯定可以帮你。"

"影驹在别的地方，而且，尽管那匹黑马很有能力，但是缺乏一定的灵活性，尤其是在一些关键时刻。"暗影看向格里芬身后，"好好守住它。我必须走了，这里有一些人并不喜欢我。"

格里芬拦住暗影："这是做什么用的？它到底……"

然而，话还没说完，他发现暗影已经消失了。

一句脏话还没有骂出口，一个细微的声音就引起了他的注意。

他躲到一棵树后，朝声音传来的方向望去。

图斯和另外三名反抗者神情警惕，朝格里芬躲藏的方向走过来，他们显然不知道格里芬就在这里。

不过，图斯还是朝格里芬藏身的大树连续瞥了几眼。

"他说我们会在这里找到格里芬。"其中一名反抗者嘟囔道，"他错了。"

"他一般都是正确的，"图斯说道，"格里芬应该就在这里。"

"是的。"格里芬低声说道，从树后走了出来。

"格里芬！"图斯跑过来抱住了格里芬的双肩，"太好了！他说我们会在这里找到你的时候，我还在想你为什么不直接回营地。到底发生了什么事？"

"是暗影带我过来的。"格里芬告诉图斯，"也是他告诉你我在这里的吧？他一直和我在一起，也只有他能告诉你这个消息了。"

"不，赫斯提亚保佑我们。不是！不是那个被诅咒的巫师暗影告诉我的，而是那位贤者。那位贤者还说除非有你在，否则他不敢向我们透露任何事。"

"贤者？他要告诉我们什么？"

"一件我们也许都会为之后悔的事情。"身披长袍的秃顶法师雅拉克突然出现在他们身边，把他们吓了一跳。

雅拉克的臂弯中依旧抱着闪烁着微弱金光的预示蛋。

格里芬的目光立刻被预示蛋吸引了，而雅拉克的注意力集中在了格里芬紧紧攥住的拳头上。

"有些事，我们别无选择，只能去做……"

雅拉克一句话还没说完就没了声音，他的目光一直没有离开格里芬的拳头。

格里芬张开手掌，露出手心中的矿石。

雅拉克叹了口气："是的，这正是我所恐惧的。"

第 17 章
囚犯

　　暗影坐在一座嶙峋陡峭的高山的顶端，这里是齐万·格拉斯险恶巅峰的北边。此刻，他无聊地端详着最高也最荒凉的岩石巢穴，他知道龙皇的这座巢穴中隐藏着一些足以让巨龙君王们震惊的阴谋，一些他只是有一点模糊线索的黑暗计划。但就算他只有一点了解，也足以带领格里芬去查看冰龙君王正在开掘的矿物。暴露这些阴谋，早已成为他一种特有的兴趣。

　　彭纳瑟斯的君主紫龙君王是如何发现北方荒原冻土下深藏的秘密的？暗影相信这个答案就藏在大图书馆里。漫长的时间让他的记忆出现了许多空白，但那个传奇的大图书馆里收藏的强大魔法是他永远无法忘记的。

　　"又是这里？"这个声音来自唯一可能比他更神秘的影驹。

　　暗影保持稳定的坐姿，回过头看了影驹一眼，只见影驹站在崖壁外突起的一块岩石上，看上去摇摇欲坠。如果影驹真是一匹马，那块岩石肯定承受不住其重量。猛烈的山风也丝毫吹不到影驹的身上，同样碰不到无脸的巫师暗影。

　　"我发现这个地方有助于我厘清思路。"

　　影驹哼了一声："是厘清思路，还是让你更清楚地记住她？"

　　尽管暗影的五官一片模糊，但是他的身体毫无疑问地绷紧了一下。

影骑后退了几步，轻松地落在地上。自始至终他都没有回头看一眼，冰蓝色的眼睛始终紧盯着暗影。

"我现在应该叫你什么？"影骑冷冷地问道。

"这一次，叫我瓦季姆。"暗影用同样冰冷的声音回答，随后他的声音中流露出一丝情绪，或者说是一丝疲惫，"实际上，这件事并不重要，对不对？"

影骑哼了一声："如果你说出了别的名字，那就很重要了。我很清楚，你的每一个化身都坚持其所选择的名字，无论名字透露的真实情况对你而言是好还是坏。"

暗影将目光转回齐万·格拉斯。齐万·格拉斯是个寻觅者的词汇，意思是"众神"。

"从我们上次见面到现在，我还没有被杀死过。"

"这一点我也是到现在才能确认。"影骑悄无声息地从一块岩石跳到另一块岩石上，最终落在暗影的面前。

现在就算暗影只是盯着禽鸟一族的众神之地，也没办法不去看他。

影骑向那座巍峨的山峰瞥了一眼，问道："那座藏着地狱的山能联系上什么样的众神？我在龙界走了这么久，除了那些包裹在铁皮里的家伙和变成了传说的人物外，从没有遇到过什么神。人们又想在这座山上找到什么神？"

暗影侧过头："也许就是创世族群想要效仿的那些。"

但他并没有继续这个话题，转而问影骑："你有没有找到让我们担心的东西？"

"有。"影骑粗大的尾巴前后甩动了两下，仿佛要驱赶看不见的蚊虫，"有三支军队正在行进，一支进入另一位巨龙君王的王国；另外两支则前往褐龙君王、铁龙君王和青铜龙君王的王国。"

"那就是说，现在三支军队全都在西边。谁在向歌达格埃进军？"

"铁龙君王。"

暗影似乎点了一下头。

当然，就算是拥有非凡视力的影驹也不可能确定他的疑虑。

"铁龙君王?! 他确实比青铜龙君王更受信任，而青铜龙君王一直跟随铁龙君王。褐龙君王在矮人一族所在的丘陵，我说得对吗？"

"你的意思应该是他们已经摧毁了那个地方，他们的武士和猛兽经过的地方不会保留完好的东西。"

"我们需要盯住褐龙君王。"暗影站起身来，"如果紫龙君王是操纵者，那么褐龙君王就是拳头。"

影驹笑了："那么龙皇又是什么？"

暗影用黑袍裹紧身子："危险就在于它是不可预知的。"

"在这一切开始之前，你这样说过另一个人——南森·拜德兰。"

"那是另一种不可预知。"暗影模糊的面孔面向影驹，"你像我一样了解拜德兰家族，而且你的记忆肯定比我的清晰。他们的高贵品性是完全可以预见的，尽管其中有少数是例外。"

影驹打了个哆嗦："德米东·拜德兰。"

"是的。幸好这样的例外在大多数家族中都很罕见，尤其是在拜德兰家族。"暗影揉搓着下巴，"实际上，如果南森倒下了，我们可以期待另一个继承了其血脉的人担负起反抗龙皇的使命，而且还有成功的希望。"

暗影准备离开了，而后又道："说到这个，我很想知道亚泽兰此时在哪里。"

亚泽兰……戴恩……

儿子们的面孔不断地出现在南森的意识里，而且每一次都是毫无预兆地闪现，又立刻消失。对儿子们的担心如同一只锚，让他免于滑入无意识的黑暗中。

绿龙君王对他造成的痛苦终于渐渐消散。他咒骂了绿龙君王上千遍，并且上千次发誓如果能活下来，一定要让绿龙君王付出代价。可现在他怀疑自己没有力气向绿龙君王抬起一根手指，但是内心的怒火不是那么容易平息的。

一阵呻吟声在南森的耳边响起，随后他才意识到那是自己的呻吟声。

他抬起手，才想起自己的确有一只手可以举起来，实际上是两只。随后，他用了很大力气才将双眼睁开，但充盈在眼眶里的泪水让他什么都看不清楚。

眨了几次眼睛后，他才看清楚周围的一切。

他躺在一个洞穴房间中。如果说这是一间牢房，那一定是一间镀金的牢房。墙壁上不仅有可以发光的苔藓，还有精致的壁挂毯，上面绣着各种森林生物。一套样式美观的桌椅摆放在岩石墙壁旁边，有人在桌上放了一瓶酒和一只高脚杯。他仔细地打量了一番，才发现那些桌椅其实都是硕大的蘑菇。

他躺的床就像那套桌椅一样别致。毫无疑问，这是他见过的最大的蘑菇。至于它是如何被培育成一张舒适的床的，这是一门值得研究的学问。

但所处环境的舒适并不能让南森感到安心，他吃力地撑起身体，又感到一阵头晕目眩。他再次躺下去，虚弱无力地盯着洞顶。

"你醒了。"一个充满女性魅力的声音响起。

南森立刻再次坐了起来。他的身体欲倒回床上，但他努力控制住了。

那个名叫玛歌达的女龙人向他走了过来，手中捧着一小碗深红色的水果。她像南森上一次见到她时那样靓丽动人，这让南森对她提高了警惕。

"我正要把这个放到桌上的酒瓶旁边。"玛歌达解释说，"我们本以为你还会昏迷一天，不过，我们也为你现在就醒过来做好了准备。"

如果南森有足够的力气，一定会愤怒地抓住玛歌达的肩膀，但他现在只能对她怒目而视。

"那该死的绿龙君王在哪里？他在哪里？"

"你应该吃些……"

"他在哪里？"

玛歌达放下水果，脸上没了笑容："陛下在自己的房间里。你只知道自己现在很痛苦，可是，你的痛苦完全无法和他承受的痛苦相比。"

"胡说！他到底对我做了什么？"

玛歌达低下头："我来这里，只是想看看你的状况。"

然后，她抬起头，注视着南森："如果你不需要食物，那我还能为你做什么吗？"

暗示非常明显，但南森不会吞下这种诱饵。他在龙人身边生活得够久了，知道无论从龙人那里得到什么，都必须付出沉重的代价。

南森为自己的想法感到惊讶，他竟然这么快就对统治这片大陆的龙族充满了敌意与反感。最近发生的这些事应该是导火索，但龙人绝不是他的心态发生转变的唯一原因。

不等南森回答，另一名龙人走了进来。

南森认出了其华丽的龙首头冠。

"拜德兰大师还很虚弱，玛歌达。"斯兰用责备的口吻说道，"你可以离开了。"

玛歌达迅速向斯兰鞠躬："是，殿下。"

将水果放好后，玛歌达就离开了房间。

斯兰走到桌子旁，没有碰桌子上的水果，而是倒了一杯酒。

"她和她的妹妹……她们的名字都很奇怪。"

"这里面有个有趣的故事，哟哟……"不过，斯兰马上转换了话题，"我可以将这杯酒给你，但我相信你不会碰它，是不是，拜德兰大师？"

"不会。"

斯兰举起斟满了酒的酒杯喝了一大口，又道："你的决定不算愚蠢，我如果处在你的位置，也会这样做，只是现在这样做毫无必要。我非常尊敬你，拜德兰大师。"

他放下酒杯继续说道："因为尊敬你，所以我会在极其危险的时刻帮助你。"

南森把双腿从床沿放下去，努力想要站起来。虽然他的腿很不听话，但他没有让自己倒下去。

"你的努力令人钦佩。"斯兰伸手来扶他，但他摇了摇头。

斯兰露出欣赏的神情："你只依靠自己的力量，只相信自己，哟哟，非常好。你很了解我们，哟哟……"

"你为什么要来这里？"

斯兰拍了一下胸口："告诉我，你这里有什么感觉？"

南森皱着眉把手放到胸膛上，但并没有感觉到什么。他知道，斯兰并不想让他轻易就得出结论。他集中精神，这时才发现某样东西不见了。

他一开始还没搞清楚不见的是什么东西，而在他感到若有所失时，这种缺失感实实在在地以一种他之前从没有感受过的方式填满了他的心。实际上，他查看得越仔细，就越能确定填满他的心的是他的一部分，而且是他失去很久的一部分。

"这是什么？"南森悄声问道。

斯兰靠近他，但并没有直接回答这个问题，而是说道："小心，哟哟！他在那上面布置了一个非常精妙的伪装，就算是你也会被愚弄。"

"谁？绿龙君王？"

"是的，我的父王。"斯兰攥紧双拳，"他之前加诸你身上的痛苦，和今后将发生的事情相比，根本算不了什么，他与紫龙君王合谋要控制所有人。"

南森感到头晕，挥手示意斯兰退开，同时，他竭力让自己的呼吸保持平稳。

眩晕感慢慢消退，但没有完全消失，不过，南森还是能够保持清醒，并没有真正相信斯兰的话。

"那么，他们的阴谋已经开始了吗？"

"我对此不是完全了解。我只知道，如果那个阴谋成功了，我们都逃不掉，嗞嗞，所以我才会来找你，趁我父亲还在恢复的时候跟你把事情说清楚，并帮助你逃走。"

斯兰的最后这句话引起了南森的注意。

"逃走？我的确很想离开这里。你能为我带路吗？"

"我们首先需要谈一谈，嗞嗞……"斯兰坚持道，他的视线一直没有离开房门，"父亲很快就会恢复，然后他会立刻来找你，到那时就晚了。"

看到斯兰突然变得焦虑的神情，南森更想赶快逃走了。他集中精神，却感觉某种无形的屏障让他无法离开绿龙君王的巢穴。

"我该怎么离开这个地方？你告诉我这个就好。"南森说道。

斯兰恼怒地吁了一口气，分叉的舌头从嘴里伸了出来："好吧，跟我来。嗞嗞，我们应该先谈一谈，不过我也理解你想离开的迫切心情。跟我来吧。"

在斯兰的带领下，南森离开了房间。看到走廊里没有卫兵，他有些犹豫了。

"我早就把卫兵支开了，嗞嗞。"气恼的斯兰对南森说道，"为了我们这场毫无结果的对话。"

他朝右边一指："这边，嗞嗞，不是很远了。"

他们快步经过走廊，墙壁上的苔藓随着他们的脚步声而迅速波动。一路上，他们没有遇到任何人，南森相信这也是斯兰的安排。随着离自由越来越近，南森后悔没能给斯兰一个机会，让他解释一下他们到底正面临着什么样的危险。

"在我离开之前，你能告诉我一些什么？"

"你感兴趣了？"斯兰停顿了一下，向四周扫视一圈，然后才嘶声说道，"我的父亲与紫龙君王合谋，要处死所有法师。他们计划联合起来夺取龙皇的权力，然后血洗整个龙界。"

这听起来很像是吟游诗人的故事。南森表面很是平静，心里却无法完全相信斯兰的话。斯兰一定有自己的计划，而那个计划是否和其父亲有关，南森还无法确定。此时此刻，对南森而言，最重要的是确保斯兰信守承诺，送他去安全的地方。

"这边，这个是我的房间，嗞嗞……去找你之前，我已经削弱了这里阻拦你的法术的力量。像你这样强大的法师，应该能穿过去。"

南森开始勘察这个空房间。他还是无法完全相信斯兰的话，所以要亲自确认斯兰是否在这里设了陷阱。他不知道斯兰说的话有多少是真的，他必须谨慎地迈出每一步，直到完全获得自由。

"快进去吧！"斯兰催促道，"可能你才是对的！我觉得我的父亲已经醒过来了，嗞嗞，赶快走吧，否则我们就全完了。"

南森觉得斯兰声音中的焦急是真的，于是快步走进空房间，将精神集中在自己周围的法术上，寻找斯兰所说的法术弱点。很快，他就找到了那个位置。

他再次集中精神，抓住了斯兰的胳膊。他们从地下的洞厅中消失了，然后出现在南森记忆中府邸所在的森林里。

"你在发什么疯?!"斯兰嘶吼道。他想要甩掉南森的手,但是南森施展的第二个法术迫使他跪在了地上。

"现在我们离你的父亲已经有一定的距离,我想我们可以好好谈一谈何为事实了。"

斯兰露出尖牙:"事实就是,你是一个傻瓜!"

南森感觉到斯兰在施展法术,不过,他早就预料到了。不等斯兰完成施法,他的手掌已经按在了斯兰的额头上。强光在南森的手掌和斯兰的额头之间爆发,斯兰倒在地上,晕了过去。

南森向失去知觉的斯兰俯下身,再一次用手掌按住斯兰的额头。这一次,他将精神集中在斯兰的意识上,各种画面在他的眼前闪过——

斯兰与玛歌达姐妹说话;斯兰看着绿龙君王将南森带进绿龙圣所;南森第一次和绿龙君王一同出现的时候,斯兰装作不知道南森是谁……

斯兰在和乌恩说话?南森迅速将自己和斯兰的意识分开,并强化了自己的保护法术。但还没等他把法术完成,他的身体就彻底僵住了。

无论多么用力,他都无法移动分毫,也无法再集中精神施展法术。

沉重的脚步声预示着追捕他的人正在逼近,一动也不能动的他瞥到了一道紫色身影,所以他已经不感到惊讶了。

"这真是一把有趣的匕首。"乌恩来到南森面前,"我从没有信任过杰克里斯·特林,不过他这一次倒是信守承诺了。"

乌恩将匕首放在南森的眼前。

南森仔细地端详了一下匕首,突然感觉到自己体内发生了变化。这和绿龙君王对他施行法术之后他所感受到的那种变化完全不同。

乌恩用匕首划过南森的脖子,在上面留下了一道细小的伤口,一滴血落在了地上。

"我相信取下你的脑袋足够了,不过,以防万一,我觉得最好还是把你整个人带回去。"

乌恩后退一步，瞥了一眼被击晕的斯兰，而后笑着踢了斯兰一脚。

斯兰呻吟一声，却没有任何动作。

"蠢货！你真应该更小心一点。"乌恩说完，又转过头看着南森，"我们是不是该回去见我父亲了，哑哑？"

南森再一次努力集中精神，但什么都没有发生。

乌恩将匕首披回腰带里。

就在他这样做的时候，南森周围的景物发生了变化。森林像水一样消融不见，取而代之的是南森再熟悉不过的一个房间。

一股强大的力量将南森推倒在地，南森无法保护自己，鼻梁被撞断了。对随之而来的剧痛他无能为力，身体仍然完全不受控制。

"对待拜德兰大师应该多一些尊敬。"杰克里斯·特林那空洞的声音从南森左侧的某个地方传来。

"呸！我父亲在哪里？我要让他看看我的收获。我要让他知道，抓住他看重的拜德兰法师对我来说是多么轻而易举的事情，哑哑。"

南森看不见杰克里斯·特林，但他能感觉到那个裹在黑袍中的影子正渐渐地向他飘来。

"紫龙君王在大图书馆里，正在寻找编织这个法术的关键步骤。他应该很快就会过来。"

杰克里斯·特林说话时，南森感觉一阵轻松，僵硬的身体软化了一些。他的心中又有了希望，努力想要找出这种变化的原因。他的寻找比预想中更快有了结果，对他产生影响的力量应该来自上方，他怀疑就在大殿顶部水晶阵列中的某处。不幸的是，他现在没办法查看那个地方，只得专心对付困住自己的法术，将全部意念集中在找到的法术弱点上，如果能将这个法术进一步削弱……

听到杰克里斯·特林的回答后，乌恩发出急躁的嘶吼声。就算是等待觐见他那高贵的父亲，他也没有耐心。

"你说我父亲在大图书馆里？"

一阵沉默之后，杰克里斯·特林才道："是的，陛下在那里已经有一段时间了。"

"有一段时间了？"乌恩又道，"每次他去那个地方，都会待一段时间吗？"

"是的，殿下。"

南森的身子突然竖了起来。

乌恩冷笑着向南森招招手，南森便向俘获他的乌恩飘了过去。此时，南森还在全力以赴对付禁锢他的法术的弱点，只能祈祷自己还有时间挣脱这个禁锢法术，以免乌恩对他使用更加可怕的手段。

就在这时，南森眼角的余光看见杰克里斯·特林向乌恩伸出一只被黑袍包裹的手："殿下，如果我猜得没错，我建议您不要按照您想的去做。"

"你猜到我会做什么了吗，可怜的鬼魂？"

杰克里斯·特林迅速地鞠了一躬："请允许我说一句，陛下肯定不希望冒任何风险。若是南森挣脱了束缚，甚至破坏大图书馆……"

乌恩犹豫了片刻，嘶声说道："咝咝，你说得有道理。也许我应该先把这可怜虫杀了。"

"我非常确定，对拜德兰大师，陛下自有惩处，只是我不知道具体是什么。"

"呸！我应该在森林里就杀了你，咝咝，省得在这里束手束脚的！"乌恩向南森怒喝道，又龇出尖牙，"很好！我现在把他交给你，鬼魂。"

"殿下，我不建议您这样做，我不是您或者陛下。"

"的确，你不是，但我的法术会让他动弹不得，直到我带着父亲回到这里。"乌恩低头俯视着杰克里斯·特林，"这样你还不满意吗？"

杰克里斯·特林屈从地弯下腰，道："是，殿下，如您所愿。"

"很好，我很快就回来。"乌恩狞笑着看向南森，"我希望你也能够耐心一些。"

就在乌恩说话的时候，南森感觉到禁锢自己的法术变得更弱了。他暗自希望乌恩可以快点离开，不要注意到他正在做什么。

乌恩慢慢转过身，忽然又停下来，向南森俯过身，说道："你的脸上有一点血。"

毫无征兆之下，乌恩狠狠地抽了南森一巴掌。乌恩那被鳞甲包裹的手掌划破了南森面部的皮肤，新的剧痛差一点让南森又陷入昏迷。

乌恩笑了笑，迈步离开了。

如果没有乌恩的禁锢法术的束缚，南森早就倒在了地上。他的头感到一阵阵钝痛，鲜血从他的脸上滴落。

"殿下还在做这种幼稚的事情。"杰克里斯·特林一边做出这样的评价，一边来到南森身边。

杰克里斯·特林转过来，仔细审视着南森。即使距离这么近，南森还是看不清他的眼睛。

"陛下看见你这样会不高兴的，即使你难以逃脱被处决的命运。"

让南森感到惊讶的是，杰克里斯·特林扬起一只手，轻轻抚过他被撞断的鼻子和受伤的面颊。他的血弄脏了杰克里斯·特林的一大片袖子。

"这样珍贵的东西不应该浪费。"

如果南森能够随意睁大眼睛，一定会惊讶地瞪大双眼，因为杰克里斯·特林袖子上的血渍的面积在缩小，好像有什么东西在慢慢地吸收那些血渍。

只是几秒钟时间，那些鲜血就完全不见了。

杰克里斯·特林后退一步："好了，这样你应该会感觉好一些。"

的确，南森全身的疼痛减弱了，他没有再感觉到自己在流血。不过，他没有心情感谢杰克里斯·特林。杰克里斯·特林这样做，无非是想让他做好准备接受紫龙君王的处决。

"乌恩也许只会离开几分钟。"空洞的声音还在继续，杰克里斯·特林转过身，"我相信，你会充分利用这最后几分钟的自由时间。"

这真是一句奇怪的话，但南森没有兴趣去分析这句话，因为他一直以来的努力终于有了成果。

乌恩的法术消散了，南森的身体落下来，脚踩到了地面上，并且挺直了身子。

杰克里斯·特林转过身，发现南森光芒闪烁的手离其"面孔"只有几寸远。

"拜德兰大师，我有什么可以为你做的吗？"

无论杰克里斯·特林的声音来自哪里，南森可以确信他绝不是在用嘴巴说话，他的声音让南森精神紧张。尽管南森已经控制住了杰克里斯·特林，但他丝毫不觉得占优势的是自己。杰克里斯·特林总是一副胸有成竹的样子。

"这座宫殿的法术，"南森喝问道，"是不是被改变了？"

"完完全全改变了。"

"你确切地知道它们都有怎样的变化，对不对？"

杰克里斯·特林毫不犹豫地回道："是的，拜德兰大师。"

"告诉我，我要怎样才能离开这里？"

杰克里斯·特林歪过头："你真的想要如此吗？"

这个问题让南森迟疑了一下："你这是什么意思？"

杰克里斯·特林向旁边瞥了一眼："我们最好换个地方说话。"

南森想要说话，但是王座大厅消失了，他和杰克里斯·特林站在一个黑暗的房间里。这里的许多架子上陈列着数不清的罐子，看上去就让人脊背发凉。

他感知到了许多完全陌生的魔法能量，那些魔法能量并不只是来自那些险恶的罐子，还与他身体周围的一切，与杰克里斯·特林都有关系，甚至连摆放在他左手边的一副精致的象棋上也存在魔法。

"欢迎光临寒舍。"杰克里斯·特林略一欠身，"欢迎来到反抗军的核心。"

第 18 章
心之石

葛温多琳知道自己应该留在府邸。绿龙君王没有给她离开的命令，这就意味着绿龙君王想要她留下，直到他和南森回来。但随着时间流逝，她开始担心他们出了什么事情，最后，她决定走出府邸，去看看自己能感知到什么。

她刚进入森林，就被不止一种令人不安的感觉吓了一跳。这里留下了几个人的魔法痕迹。当然，她早就预料到其中会有乌恩的，但他的魔法痕迹实在是太新鲜了。

还有另一个人的魔法痕迹出乎她的预料，那来自一个她很熟悉的人——斯兰。

葛温多琳打了个哆嗦。斯兰很喜欢她，而她在离开达格拉森林后，就把关于斯兰的事情全部丢到了脑后。她不明白斯兰为什么突然来了府邸，如果是绿龙君王派他来的，那为什么他不曾进入府邸？

葛温多琳想退回到府邸内，就在这时，她听到森林深处传来一阵呻吟声。尽管心中惴惴不安，但她还是小心地朝着声音发出的地方走去。当然，以防万一，她准备好了防护法术。

呻吟声再次响起，最后还有一点吸气的声音。

她听出来了，那是一个龙人发出来的。

又走了几步，她看见了斯兰。斯兰躺在地上，一只手抽搐着，仿佛还想要施展法术。

葛温多琳在这里察觉到了南森的气息，很是欣喜，她觉得南森应该就在附近，但她很快就察觉到这里还有乌恩的气息。

"不！"她僵在原地，很想去追赶乌恩。

南森一定是被乌恩抓走了，但她又觉得自己应该先回去搬救兵。

"嗯，斯兰喜欢的小人类。"

葛温多琳转过头，发现玛歌达不知何时来到了她的右手旁。她立刻向左边转过头。正如她猜测的那样，卡蜜拉在她的左边，像一头蜷伏在树上的豹子。

她心里很清楚，玛歌达三姐妹绝不像表面看上去那样柔弱温和。

"泰甘在哪里？"葛温多琳问道。

她没有听到警告性的嘶吼，但凭直觉猜到泰甘正从她背后扑向她。她一动不动地站在原地，只是让法术保护好自己。

转瞬间，她就听到了泰甘的指甲刮削魔法屏障的声音。

泰甘发出愤怒的嘶吼，一次又一次攻击那个看不见的魔法屏障，但没有取得什么成效。

葛温多琳想要转身，但她立刻意识到这正是泰甘想让她做的。她迅速集中精神。

玛歌达发出一声气恼的喘息。

葛温多琳的注意力转移到了玛歌达的身上。这时，玛歌达向葛温多琳扑过来，但她的双腿被突然飞速生长的鲜花藤蔓缠住了。

那是葛温多琳以她钢铁般强韧的意志催生出的植物。

葛温多琳看了卡蜜拉一眼，卡蜜拉明智地留在了原地。

于是，葛温多琳对玛歌达说道："我是绿龙君王的学生，就算是高等阶龙人也要听从我的驱使。你们对我如此无礼，陛下若是知道了，会不高兴的。"

"陛下若是知道你攻击他的儿子兼继承人，会更加生气。"玛歌达用嘲讽的口气说道，"而且有三名证人目睹了你的罪行，这是确定无疑的！"

听到这种荒谬的指控，葛温多琳仅仅愣了一下。她早就知道玛歌达有野心，玛歌达一直将斯兰视作自己获取更大权势的潜在跳板，但斯兰到现在为止都不曾像她希望的那样对她表现出兴趣。斯兰最多只会在登上王位之后让她成为他的配偶之一，而且还要等几十年，而她不是一个只会等待的人。

葛温多琳一直很清楚玛歌达对她心存敌意，因为斯兰对她有一种让她感到不安的欲望，但她不理解为什么玛歌达对她的敌意会如此强烈。是的，斯兰可以让她成为他的情妇，但绝不可能让她成为他的配偶，更不要说让她当王后了。

"我和他没有发生任何争执，"葛温多琳说道，这已经不是她第一次对玛歌达这样说了，"这一点你很清楚。"

鲜花藤蔓松开了，玛歌达站起身，脸上带着笑容。那笑容太狰狞了，尽管她表面伪装成精灵的样子，但她露出的尖牙实在是太多了。

"我只知道我的妹妹们和我看见的事实。你和你的同伙将拜德兰大师从绿龙君主的圣所中偷出来，现在你又打倒了斯兰公爵。除非是被允许进入圣所的人，否则还有谁能够穿过圣所的防护法术？"

"这根本就是胡说！绿龙君王是绝对不会相信的。"

"他……他会的。"一个沙哑的男声响起，"因为我将亲自去告诉他，嗞嗞。"

葛温多琳难以置信地看向斯兰。

他刚从地上坐起来，时而看向葛温多琳，时而看向玛歌达。

葛温多琳从那双眼睛里看出了斯兰心中的算计，一下子感到非常害怕。她不知道斯兰最终会怎么做，但斯兰显然是认为玛歌达的话很有利用价值。

"斯兰，你不可能……"葛温多琳的声音戛然而止，因为她呼吸不到空气了，一种难以忍受的高热紧紧地包裹住了她。

"我们没办法活捉你，这让我感到非常痛心。"斯兰继续说道，"请相信我真的感到很痛心，我的小火玫瑰。"

斯兰私下里想要讨好葛温多琳的时候经常会这样称呼她，而让葛温多琳最感到恐惧的是，即使现在斯兰想要杀她，但他的声音中仍然带着某种真诚。

葛温多琳努力强化自己的护盾，但已经没有任何效果了，无法呼吸让她失去了施法的力量。

惊呼声从四面八方响起。尽管葛温多琳陷入了眩晕的状态，但她知道，发出惊呼声的不仅是那三姐妹，还有斯兰。

突然间，有什么东西将她高高地举起，带着她飞速离开了。

片刻之后，她的呼吸恢复了，她立刻集中精神，终于能看见到底发生了什么。

大树们正在带她远离危险，她被一棵树传递给另外一棵树。这些树就像父母在小心翼翼地传递一个新生儿一般传递她。它们的目标很明确，就是要将她送到西北方向的更远处。

而最让葛温多琳惊讶的是，她能感觉到这些树这样做不是因为某位法师的法术，而是出于它们自己的心意。

南森盯着眼前这个被黑袍包裹的身影，无法也不愿接受他刚刚告诉自己的事。

"这里是反抗军活动开始的地方？"

"不是在这个房间里，而是现在反抗军活动的核心与这个地方有着非常紧密的联系。"

南森周围有着各种交汇、冲突的魔法能量，他很难集中精神，脑海中充满了耳语声。

他知道这些都不是人类的声音，大部分耳语声来自那些罐子。那副象棋也发出了许多声音，争夺他的注意力。现在他能感觉到那些黑暗而诡异的棋子具有某种令人吃惊的、近似于生命的气息。

南森摇摇头，整理了一下思绪，然后看着杰克里斯·特林："你想让我相信你一直都在背叛紫龙君王？你可是紫龙君王最倚重的管家啊！"

"实际上，紫龙君王一直最倚重的是你，他对你充满了期待。"

"什么期待？"

"你或许会成为巨龙君王们永远统治这片土地的关键，又或许会成为他们毁灭的肇因。"

"我不明白。"

杰克里斯·特林举起一只被黑袍包裹的手。随着他这个动作，一幅图景出现在两个人中间。

南森看到了一片辽阔的荒野，一开始，他没有认出这是哪里，但他很快就意识到自己是从一个非常高的视角俯瞰那座传奇的圣山——齐万·格拉斯。审视片刻后，他注意到齐万·格拉斯不过是图景中无数高山峻岭之一。现在他能看到整个龙界，在此之前他没能找到办法这样欣赏龙界。

当然，他看到过许多由技艺高超的制图人制作的详细地图，但他知道，那些地图中的大部分内容来源于精细、冗长的计算。而现在，他看到了只有鸟和龙才能看见的景象。

为什么会这样？南森心中感到惊奇。为什么我会对如此壮观而宏伟的景象一无所知？

"巨龙君主们总是竭尽全力防止我们的思想突破他们所掌控的范围。"杰克里斯·特林说道，"但正是这些思想，为他们提供了无数好处，让他们的王国能够繁荣昌盛，至少在一定程度上是如此。"

南森气恼地将目光从龙界全景中转回来："不要再这么阴阳怪气了，把你想说的明明白白地告诉我，快点！"

杰克里斯·特林似乎对南森的愤怒无动于衷："如你所愿，拜德兰大师。不过，首先请告诉我这片被你称作龙界的大陆有着怎样的历史。"

南森不耐烦地皱紧眉头："你想听什么？在巨龙君王实行统治之前，奎尔和寻觅者为了争夺统治权，几乎彻底摧毁了这片大陆。如果不是巨龙君王们，那些掘地兽和鸟人很可能会把一切都毁掉。"

杰克里斯·特林阴森的笑声就像他的话音一样空洞："巨龙君王们的每一位法师、每一名仆人都会这样说，是巨龙君王们训练你们相信这些事情的。不过，你肯定也知道，这片大陆的历史不会这样简单，对不对？"

"你这是什么意思？"

"你知道在寻觅者和奎尔之前，还有其他族群统治过这片大陆。你还知道那些已经失去了名字的人，那些最早居住在这里，统治这里的人，那时还没有其他族群。"

创世族群，这就是杰克里斯·特林所说的。

至今都没有人找到过这个族群的名字，如果真有名字的话。这个族群最初不仅居住在这片大陆上，而且在其他地方也有分布。但奇怪的是，后世没有人找一个名字来称呼这个族群，通常只是称其为"创世族群"，或者有时简称其为"创世者"，但人们都不认为这是其真正的名号。

南森摇摇头，他并不想否认杰克里斯·特林所说的话，实际上，他反而觉得奇怪，为什么自己一直对龙界的神秘历史毫不在意，就算是偶尔想起来也会立刻将其抛诸脑后？葛温多琳不久之前让他见到了那座府邸，而那样神奇的建筑也很快在他的意识中变得模糊了。他觉得那只不过是绿龙君王的王国中一处奇异的景致。直到此时，他才再次为那座建筑的非同寻常而惊叹。

"你的感觉很矛盾。这是一个好迹象，表明绿龙君王成功了，至少是取得了部分成功。"

"绿龙君王……你怎么知道的？他对我做了什么？"

就在南森说话的时候，这个房间中的嘈杂絮语在他的脑海中变得越来越响亮，尤其是那个从棋盘上传来的声音。

这些声音中有男声、女声，还有一些听不出性别的。不过，它们全都想要一样东西，南森知道那是什么。

他的力量。

"不要听它们说话！"杰克里斯·特林命令道，他那空洞的声音终于流露出了一丝忧虑。

他愤怒地向周围一挥手，那些声音立刻戛然而止。

"这些声音是什么？它们是从哪里来的？"

"它们是我为自己得到的一切而付出的代价。"杰克里斯·特林走到南森和象棋中间，"时间是一切的关键。全都是因为紫龙君王和那座肮脏的图书馆，这片大陆的历史才会被不断遗弃。"

杰克里斯·特林挡住了那副象棋，这反而让南森对它更感兴趣了："他做了什么？他现在又在做什么？"

"他束缚了你的生命，甚至是所有施法者的生命，他将你们紧紧地攥在手心。如果他继续这样肆意妄为，很快，所有人都会向他和龙皇俯首称臣，就算是其他巨龙君王也不例外。"杰克里斯·特林走上前，将包裹在黑袍中的"手"伸向南森的胸口，那个被绿龙君王按过的地方。

南森下意识地后退了一步。

杰克里斯·特林停下脚步，反转被黑袍包裹的上肢。那算得上是手掌的部位捧着一颗眼眸大小的奇异石头，看上去既像水晶又像珍珠。不知道为什么，南森看见它的时候非常想要后退。

"你感觉到它了？"

南森皱着眉，摇了摇头。

杰克里斯·特林空洞的声音再次响起："那么，深植在你体内的那一颗呢？"

"我……"南森心中一惊，"你的意思不会是……"

"每一位法师的体内都有一颗这样的石头，它们经过魔法调谐，与王座大厅顶上那个总是让你赞叹有加的水晶阵列有着同样的节律。"

南森在脑海中勾画那些结构复杂的精巧水晶，他一直觉得那个水晶阵列的结构是特意设计的，但是他愚蠢地选择相信那只是某种防御手段。

"毫无疑问，你一直以为那个水晶阵列存在的意义，是为了保护我们伟大的紫龙君王。"杰克里斯·特林没有等待南森回话，"是的，就算是这个小念头，也是那个水晶阵列植入你脑子里的。这是紫龙君王在大图书馆里长期研究出来的成果。透过这种阵列，他将一代又一代人类改造成巨龙君王们的奴仆。同时，这种魔法也能给巨龙君王们招来毁灭。一些法师就拥有此种能力，其中最典型的代表就是拜德兰家族的血脉。"

"拜德兰家族的血脉？！"南森立刻想到了一件事，"深渊巨龙啊！伊萨斯……"

"是的，他和你非常像，我对他有很深的印象。"

依照杰克里斯·特林的暗示，伊萨斯应该是个古老、可怕的人物，甚至很可能根本就不是人。但南森并没有因此而感到惊讶，因为杰克里斯·特林居室的环境让他清楚地感觉到，其钻研的知识的古老程度，早已远远超越任何人类甚至是法师的寿命。

耳语声再一次开始喧嚣，其中有一个声音格外突出，那是一个充满诱惑力的女声。如果不是杰克里斯·特林突然又有了动作，南森知道自己一定会完全迷失在那个诱人的女声中。

"坚定心志，南森·拜德兰！"杰克里斯·特林喊道。

他逼近到离南森只有几寸远的地方，让南森意识到他实际上比南森想象的还要高很多。

"我们正处在毁灭的边缘！时间不多了，你必须了解这一切，做出你必须做的决定！如果你失败了，你就会让我们所有人永远变成奴隶！"

南森努力赶走了那些耳语声："和我说清楚一些，快点！"

"那我就简单明了地告诉你。一代代人类法师的坚定忠诚是受到控制，是被有意放大的。操纵你们的首先是法术，然后是王座大厅中的水晶阵列。法师们不仅要在那个下面向巨龙君王宣誓效忠，还必须一次次回来重复自己的誓言。但是，这个手段最近出现了问题，有一位法师总是找理由不回来……"

"我体内的石头，其他人的体内也有，巨龙君王们就是用这种石头让我们保持忠诚？"

"是的，不过我的体内已经没有了。"杰克里斯·特林又亮出了那颗石头。

"绿龙君王也取走了我体内的石头，但他是怎么做到的呢？"

杰克里斯·特林摇摇头。

"至今为止，我们都认为想要从你们的体内取出石头是不可能的，我的身体和你们不同。"杰克里斯·特林转过身，迅速看了一眼象棋，然后快速向一个架子走去，"就算是有水晶阵列，紫龙君王也需要定时强化他的法术。之后，他研究出了一种更为持久的新手段，这就需要往水晶阵列中添加一种新的成分。它类似于你体内的石头，但又有所不同。紫龙君王耗费了一些时间才找到一个合适的样品，由龙皇的使者送到了这里。"

"那个用精灵木制成的盒子？"

"是的，精灵木盒。"杰克里斯·特林飘入其居室的阴影中。

不等南森跟上去，杰克里斯·特林已经从黑暗中走了出来，臂弯里抱着精灵木盒。

他把它放在南森面前的木桌上，道："打开吧。"

南森犹豫了片刻后才按照杰克里斯·特林说的话做。

精灵木盒里放着许多石头碎片，它们的质地和杰克里斯·特林给南森看的那颗石头一样。

"法师们的体内被植入石头，他们被操控永远效忠于巨龙君王。这就是从那些石头上取下的碎片。紫龙君王得到那颗新石头后，就不再需要这个精灵木盒了，于是它成了我存放这些旧物的理想容器。"

南森几乎没有在听杰克里斯·特林说话，他一打开精灵木盒，就有数百个声音向他传来。但和刚才的耳语声不同，这一次，他立刻就认出了其中几个声音。

亚当、韦德、德西雷、克劳修斯……更多的名字掠过南森的脑海，但奇怪的是，他没有听到自己期待的声音。

他抬起头，看向杰克里斯·特林，道："我的儿子们，还有雅拉克、萨米尔……"

听到南森说出的名字，杰克里斯·特林似乎觉得满意："你没有感知到发出声音的那些人的石头碎片已经被移走了。"

"他们参与了反抗行动……"

南森想到了雅拉克，心中暗道：你成为反抗者多久了，我的朋友？

"不是所有人都与反抗行动有关。有些人的石头碎片被另外放置了，还没有用到。"

"戴恩的？亚泽兰的？"

杰克里斯·特林点点头，但没有做出回答。

南森的思绪飞速转动："那么，我们可以利用这些石头碎片来解放自己吗？"

说到这里，他摇摇头："不，这不可能，只要石头还在我们体内，只要水晶阵列还存在，我们就有可能重新被控制，而且紫龙君王一定会将我们抓回水晶阵列下面……不，他不用这样做了，对不对？"

南森明白了，又问道："现在就连这件事也没有必要做了，对不对？我们不用站在水晶阵列下面就会受到它的影响，对不对？"

杰克里斯·特林空洞的声音中流露出一丝担忧："整个龙界中将再没有任何角落能够让我们避开那种影响，无论是在苍穹之上还是在地面以下。"

"巨龙君王们将永远统治这里。"曾经，南森会因为此事而欢欣鼓舞，而现在，这成了他最害怕的噩梦。

"巨龙君王们将永远统治这里。"杰克里斯·特林重复了南森的话，"除非……"

"除非什么？"南森努力克制自己，才没有将那一盒石头碎片掀到桌子下面去。

无论它们多么珍贵，都只会让南森感到厌恶。另外，尽管杰克里斯·特林看起来像是南森的盟友，但是他隐瞒了太多秘密，这一点让南森无法完全信任他。

"特林管家，如果你有全部的答案，那就在我们还有一点时间的时候赶快向我明示，用不了多久，乌恩和紫龙君王就会发现我逃走了。"

"他们已经知道了。至少在两分钟之前，他们就知道了。"

"他们……"南森惊讶地说道。

周围的架子开始颤抖。

杰克里斯·特林迅速瞥了一眼那些抖动的罐子，南森从他的姿态中看出了焦虑和不安。

这时，杰克里斯·特林将视线转回到南森身上。

震动停止了，南森呼出一口气。这场震动是他刚刚失去对自己的控制，下意识地施展法术造成的。他很少会这样，而且在这个时候失去自控能力更让他觉得自己格外愚蠢。紫龙君王和乌恩很有可能会感应到他的魔法力量。

看样子，杰克里斯·特林也有同样的想法。他快速走过南森身边，关上精灵木盒。

让南森惊讶的是，杰克里斯·特林将精灵木盒塞进了他的怀里。

"拿上它！如果他们刚才还没想到你在这里，现在肯定想到了，这要归咎于你不受控制的情绪。去找雅拉克，他很久以前就预见到了你在此事中会起到的作用。只是，我们直到最近才明白你如何走到了今天这一步。无论你是否愿意，现在你已经无法脱身了。好好使用这些石头碎片，找到让我们获得自由的秘密，而且速度一定要快。紫龙君王的新水晶阵列快完成了，现在你赶快离开这里。我只能让出口敞开几秒钟，不可能再多了，不要等到他们查清楚我们的具体位置……"

架子再一次摇晃起来，但这次不是南森造成的。杰克里斯·特林向后退去，努力撑住置物架，不让上面的罐子掉下来。

南森向雅拉克集中精神。雅拉克知道该怎么做，因为雅拉克一直都会为他提供很好的建议。

怀抱着可能是全部法师甚至整个龙界的最后希望，南森消失了。很快，他出现在一片森林中。几米之外，双眉紧蹙的雅拉克正盯着他，仿佛早就在等他出现。也许，雅拉克就是在这里等他。

但是，南森没有看雅拉克，他的目光越过了雅拉克，也越过了那个被称为格里芬的反抗军首领。

此刻，格里芬亮出一双利爪，显然是准备好和突然传送过来的人进行战斗，而突然传送过来的南森只是盯着格里芬背后躺着的那个人。

精灵木盒从南森的怀中掉落，却没有引起他的注意。刚才他对杰克里斯·特林的愤怒远远无法和他现在胸中的怒火相比。这股怒火指向的不是格里芬，而是他一直以来当作亲兄弟一样信任的雅拉克。

"你对我的儿子做了什么，雅拉克？你都做了什么？"

当置物架停止晃动的时候，南森消失了，杰克里斯·特林的恐惧和担心也随之不复存在。

他站直身子，发出一阵笑声。

他从厚重的黑袍中取出那颗曾经被植入他体内的石头，一道微弱的光从石头中射出来。

刚刚他一直遮掩着这道光，不让南森看见。

而后，他转身看向那副象棋。

"很快，它就能合为一体。"他向棋盘上的棋子宣布道。

第 19 章
碎片

　　紫龙君王审视着王座大厅，眼中凶光毕露。在他身旁，乌恩努力压抑着自己的嘶吼声。

　　"找到他！"紫龙君王低声命令，"抓活的回来更好。"

　　乌恩兴致高昂地用拳头捶了一下胸膛，而后消失不见了。

　　紫龙君王踱步到水晶阵列下，水晶阵列自动下降到他的面前。他张开左手，手心中出现了一颗闪光的球形石头。

　　这就是龙皇使者送来的石头，它在紫龙君王这里经过数次变形，与它刚刚从北方废土的永冻岩层下被挖出来时的样子完全不同了。现在它成了一个完美的球体，原始的珍珠和水晶棱面已经通过魔法完全融合在一起。这个球体不停地脉动着，水晶和珍珠的光泽随着脉动的节律不停地交换主导地位。

　　紫龙君王高高地举起左手，光芒闪烁的球体从他的掌心升起来，飞向水晶阵列。与此同时，阵列中的水晶开始调整自身的位置，以便接纳这个光球。

　　"那么，我的管家，"紫龙君王一边看着水晶阵列的变化，一边悄声说道，"你还没有死吗？"

被黑袍包裹的影子匍匐着向紫龙君王靠近："我在拜德兰大师面前完全无能为力。他非常强大，是一位绝对不能低估的法师。"

"我没有低估任何人。"紫龙君王朝杰克里斯·特林瞥了一眼。

杰克里斯·特林的身体扭曲着，仿佛没有一根骨头。不过，明显的骨骼碎裂声从他那幽灵一样的躯体中传出。尽管他没有发出呼喊，但是他正承受着痛苦是毋庸置疑的。片刻之后，他像破布娃娃一样瘫软在地上。

紫龙君王俯视着遭受重创，全身都在颤抖的杰克里斯·特林。

此时，水晶阵列还在持续进行调整。

紫龙君王说道："我一直容忍你的冒犯，因为你证明了自己的价值远远超过给我造成的麻烦，但是我不会永远容忍你。"

杰克里斯·特林抽搐了一下。

紫龙君王看见了一条从黑袍中露出来的手臂。尽管手上只有四根爪子一样的手指，但那并不是让紫龙君王感兴趣的地方。

"一只用精灵木做的盒子已经非常罕见了，而一条用精灵木制成的手臂更是一生中难得有机会见到的奇迹。"

紫龙君王一脚踩到那条手臂上，手臂"喀嚓"一声断为两截。

杰克里斯·特林没有发出任何声音，只不过身体又抽搐了一下。

"两条手臂都是精灵木制成的，更是令人惊叹。"紫龙君王又踩到另一条被黑袍裹住的手臂上，轻易地踩断了这条手臂。

紫龙君王后退一步，观察自己造成的结果。

杰克里斯·特林翻过身，看向紫龙君王，但依旧保持沉默。

"我应该同样踩断你的假腿，不过我觉得你已经得到了教训，对吗？"

"是的，陛下。"

紫龙君王将视线转回水晶阵列，不动声色地吩咐道："那么，起来吧，至少现在你还有利用价值。这个水晶阵列必须得到持续的观察。"

杰克里斯·特林残破的身躯剧烈地晃动，散发出微弱的光。被踩断的手臂向他移动过去，当它接回断口上时，两截手臂迅速接合到了一起。

在厚重的黑袍下面，另一条手臂也做着同样的接合动作。杰克里斯·特林身体的颤抖逐渐缓慢下来，最终停止，他的两条手臂显然完好如初了。

杰克里斯·特林轻松地站起身来，走到紫龙君王身边，和紫龙君王一同静静地观察水晶阵列的变化。

那个光球在寻觅最佳的模式，以实现紫龙君王的目标。

紫龙君王兴致盎然地等待着水晶阵列呈现最终的形态，而杰克里斯·特林似乎比他更期待。

"他没事，南森。"雅拉克向南森保证。

"没事？"南森看着戴恩，"真的没事吗？"

戴恩躺在地上，双臂在身体两侧张开，五官显得松弛，但让南森害怕的并不是这一点。戴恩的皮肤白得吓人，不只是缺乏血色，而是彻底变成了纯白色，就算是最干净的白雪也没办法和他现在的脸色相比。实际上，如果不是看到他的胸口还在微微起伏，南森一定会认为他已经死了。

即便如此，南森还是无法相信雅拉克没有对戴恩造成伤害。就算雅拉克有预见能力，有足够的理由这样做，但南森很清楚，他的预见能力很可能会出错，至少会造成严重的误解。

南森的目光从戴恩的脸看向其胸口处的那样东西。那是一颗石头，质地很像是杰克里斯·特林给他看的那些石头碎片。和那些石头碎片不同的是，这颗石头更大，而且闪烁着刺眼的光芒。随着光芒闪烁，戴恩的呼吸越来越急促。

"格里芬！"雅拉克喊道。

格里芬突然挡在南森面前，还用一只手掐住了南森的喉咙。

"我可以让你在瞬间就昏过去。"格里芬向南森保证，"你还是听雅拉克……"

尽管听到了格里芬的警告，但南森还是开始集中精神，随后他就昏了过去。

不过，失去意识只是片刻的事情。南森刚向后栽倒，雅拉克就抱住了他，这一点并没有让他感到意外。

随着南森的视野恢复清晰，他没有再看到格里芬。不过，格里芬手下的几个人围着他和雅拉克，愤怒的表情清楚地表明了他们的意图。

"他没事！"雅拉克对那些人喊道，同时伸手指向他们身后的树梢，"看，他回来了！"

大多数人都转过了头。

他们的领头人是一个身材纤瘦，面孔有些像狐狸的红发年轻人。只有他迟疑了一下，但他依然紧紧地盯着南森，手中的剑也对准了南森。

"怎么样，杰布？"他问道。

"我没事，图斯。"格里芬代替那个叫杰布的人做了回答。

南森和图斯同时向近前的树抬起头，只见格里芬从树上轻松地跳到了地上。

"我估计拜德兰大师虽然非常生气，但是仍然留了余地，否则我可能会被击飞到树林的另一边去。"

南森没有再看格里芬，目光回到戴恩的身上，说道："告诉我，雅拉克，为什么我不应该把那颗石头从戴恩的体内取走？你一定要给我一个充分的理由。"

"当然是因为过早拿走它可能会要了戴恩的命，你应该能看得出来。南森，我难道会伤害这个孩子吗？好好想一想，南森，想一想！"

"那么，你想要干什么？"南森没有给雅拉克回答的机会，"你要移除戴恩体内的那颗石头，或者至少要让戴恩免于受到水晶阵列的影响？"

雅拉克呼出一口气，激动地道："是的，而我现在能做到的只有你说的第二点。"

"你是在哪里找到这颗大石头的？"

雅拉克犹豫了一下才回道："是格里芬找到的。"

"实际上，是暗影……"格里芬话说到一半就闭嘴了，显然是因为雅拉克在南森没看见的地方向他做了什么手势。

"暗影？"南森再一次盯着雅拉克，"那个被诅咒之人？雅拉克，你到底参加了一场怎样的反抗活动？暗影和杰克里斯·特林是你们的幕后主谋吗？你还用自己的灵魂交换了什么？"

"杰克里斯·特林？"听到这个名字，格里芬震惊了，"我们怎么会和紫龙君王的管家做交易？南森，你一定是疯了。就像你说的，我愿意冒险和暗影以及影驹合作，但紫龙君王最信任的管家怎么可能是反抗者？我宁可把自己的命交到暗影的手上，也不会信任杰克里斯·特林。"

雅拉克竟然决定将恐怖的影驹招进反抗军的行列，南森只有先将自己的谴责压在心底。雅拉克比南森年长三十岁，自南森少年时代起，雅拉克就是南森最信任的朋友。那时南森刚刚成为施法者，而雅拉克是他父亲的学生中最有才华的。尽管后来南森因为力量更强，技巧更加高超，成为他们之中的主导者，但他一直非常倚重雅拉克，不仅是因为雅拉克有预见能力，更因为雅拉克有头脑，遇事冷静。而现在，他怀疑雅拉克已经失去了理智。

"如果你们认为我信任杰克里斯·特林超过暗影和影驹，或者说，你们觉得我对那两个恶魔有太多信任，那你们是真的不了解我。"雅拉克反驳道，"不管怎样，可能我会更相信暗影的话，而不是杰克里斯·特林的。"他神色凝重，又说道，"但很不幸，我们更需要杰克里斯·特林的帮助。"

雅拉克跪到精灵木盒旁边，打开它，仔细看了看里面的东西，又合上盒盖。

南森紧张地问道："雅拉克，戴恩……"

雅拉克抬头瞥了南森一眼："是的，当然。"

他们来到脸色苍白的戴恩身边，只见戴恩纹丝不动，呼吸却显得非常急促。

南森有些担心他们是不是耽搁太久，来不及救治戴恩了。

雅拉克跪在戴恩身边，缓慢而仔细地将其胸口处的石头转了半圈。

石头的光芒减弱，戴恩的呼吸随之减缓，接近正常。

"现在还算简单。"雅拉克说道，"艰难的部分在于切断连接，同时保持住我在这颗石头周围施展的法术。"

"这件事……绿龙君王也有参与吗？"

雅拉克看了南森一眼："为什么这样问？"

南森将自己的经历告诉了雅拉克。他尽量让自己的陈述简洁，同时不遗漏必要的细节。

只听了几句话，向来镇定自若的雅拉克就震惊了。

"我们和绿龙君王达成了协议，听上去，他已经向你透露了一些情况。我们当然不会完全信任他，但他到现在为止为我们做的事情的确出乎我们的预料。"雅拉克将左手按在南森的胸膛上，"他已经对你做了我正在尝试为戴恩做的事，只不过他的手段有一些微妙的不同，我还没能完全理解。"

南森没有太注意听雅拉克说话，他现在想的是如何完成雅拉克对戴恩进行的治疗。

"你有戴恩那颗石头的碎片吗？"

"没有。"

这话让南森大吃一惊："那你知道它在哪里吗？"

"我本以为杰克里斯·特林把它和其他石头碎片放在一起了。请原谅我这么说，我觉得这些石头碎片是杰克里斯·特林最大的筹码。说实话，看到他把石头碎片都交给了你，我的确感到很惊讶。"

"雅拉克，你有你的石头碎片吗？"

"没有，我本来也以为……"雅拉克皱了皱眉，"但它也不在精灵木盒里，否则我应该能感应到它。那么，你的石头碎片呢？"

南森这才意识到，他不记得如何与杰克里斯·特林谈论自己的石头碎片了。不过现在的情况很清楚，就像雅拉克、戴恩和其他人一样，他的石头碎片也不在精灵木盒里。

"该死的杰克里斯·特林！"格里芬在他们身后嘟囔道，"这算什么反抗活动？有这么多不确定的因素，这么多无法信任的盟友。巨龙君干们到现在还没有把我们全部消灭，这才是最奇怪的事。"

南森的注意力回到了戴恩的身上，他将左手悬浮在戴恩胸口处的石头上方，试图理解这颗石头天然的魔法构造。他还观察了雅拉克是如何将这颗石头的魔法构造与戴恩胸腔内的那颗石头和法术连接在一起的。

看到雅拉克如此努力，南森深为钦佩，因为他没有看到任何明显的错误。实际上，他甚至注意到其中一些技巧是他一时无法想到的。

但是，有两处，南森对雅拉克的最终决定不太认同。这两处直接连到了戴恩的心脏内部，南森能感觉到控制戴恩的石头就在那里。他也不可能想出万无一失的办法从戴恩胸腔中把石头取出来，但是，他的确看出有一种方式也许能削弱石头禁锢在戴恩体内的力量。

南森将自己的意识伸展过去，小心地解开他认为可以改进的能量丝线。他感觉到了来自石头的阻力，这颗石头仿佛有自主意识。

他加强了力量，石头的抵抗力量瞬间消退了。

变化随即发生。

南森直起身子，长吁一口气，直接将石头从戴恩的胸膛中取了出来。

戴恩猛吸一口气，睁大眼睛，坐起身，仿佛突然从睡梦中惊醒。随后，他愣愣地盯着正前方，眼神茫然。

而后，他眨了眨眼，目光才恢复聚焦。他看向雅拉克，脸上满是怒意，但还没等他说话，南森已经向他俯过身。

"父亲？"戴恩又眨了眨眼，"父亲，我们需要返回……不，我们需要……我不知道我们应该做什么了。"

"深呼吸，儿子。"南森又转身看向雅拉克，说道，"有多少法师加入了反抗军？"

"明确加入反抗军的法师，算上我，一共有六名，除了巴兹尔、蒂尔、萨米尔，还有赛丽希亚，我肯定不会丢下她，还有就是特拉加罗。我一直想要解救另外几个人，比如亚当·韦德·阿肯森和米凯亚，他们都是值得信任的人。还有你的儿子戴恩，不过，我没想到要以这种方式来解救戴恩。"

"解救我？"戴恩紧张地问道，"雅拉克，你对我做了什么？"

"这是他必须做的。"南森插话，然后又对雅拉克说，"看看精灵木盒，我知道亚当和韦德的石头碎片在里面。再看看有没有其他你认为需要立刻解救的人的石头碎片。"

雅拉克感激地点点头，去拿精灵木盒了。

南森向戴恩伸出手。

戴恩的身体摇晃了一下，不过，他还是努力地站了起来。

"父亲，我觉得……我差一点……"

"忘了刚才的事吧。确切地告诉我现在你有什么感觉，还有你是怎么想的。"

戴恩低下头，认真思索，而后说道："我觉得自己失去了平衡，好像有什么东西丢失了，不过我重新发现了别的东西。我说'重新发现'，合适吗？"

南森回忆绿龙君王为自己取出石头后的感觉，道："很正确。还有什么吗？"

"我……我觉得我应该带您回去见紫龙君王，但是，我不知道为什么要这样做。我似乎应该这样做，但是……他也许……也许……"

"不要再想这件事了。戴恩，我们不会回彭纳瑟斯，我们承受不起这个代价。"

"不，父亲，刚刚发生了什么？"

南森深吸一口气，开始向戴恩解释。

戴恩睁大眼睛，不停地摇头。

待南森说完，戴恩问道："这件事多久了？有多少年？"

"许多代的人都是如此，也许自从有人类施法者以来就是如此。"

"您刚刚提到了我们的一位先辈——伊萨斯。"

"这件事先放一放。你的身体还好吗？现在能够进行传送吗？"

戴恩点点头。

南森转身看向格里芬："雅拉克信任你，虽然我对他处理这件事的方式有些疑虑，但我相信他没有看错你。"

格里芬点点头，只是看着南森。南森当即仔细打量格里芬，发现格里芬有一双几乎和人类一样的眼睛。

没有了水晶阵列的影响，南森第一次在这双眼睛里看到了过人的聪慧，还有更重要的东西——他一生中很少见到的高尚与真诚。

"我们的朋友一直对你有很高的评价，拜德兰大师。"这时，格里芬开口了，"他坚持说，我们赢得胜利的唯一希望，就是让你成为我们中的一员。"

南森拍了拍胸口："可以说，你对我做了和绿龙君王同样的事情。正是因为你，我才开始对巨龙君王的统治产生怀疑。"

"这只会对你造成短暂的刺激。我们都知道，你的所有怀疑会迅速被抹除。"格里芬耸了耸肩，"我的魔法能力非常有限，如果没有雅拉克的指引，我恐怕根本做不了什么。"

南森皱起眉头，他在格里芬身上感觉到的魔法气息不仅独一无二，而且要比格里芬自己所说的强大得多。

他猜测也许是格里芬不想暴露自己的力量，但看情形，更大的可能是格里芬不知道自己具有多大的潜力。

"这件事要问问雅拉克，不过以后再说吧。"南森现在还有很多事情要做，有太多重要的问题必须和他的朋友讨论，"无论你的魔法能力如何，你的战场作战技艺很高超，这是毋庸置疑的。在未来一段时间里，我们会更需要你的这个能力。"

"我已经从精灵木盒里选出了一些石头碎片。"雅拉克说道，"不过，还有很多重要的石头碎片不在里面。"

"尽力去做吧。我和戴恩要走了，不过，我很快就会回来。"

"照你的想法行动就好。不过，恐怕我们只有一两天的时间，也许只剩几个小时了，紫龙君王应该很快就会摘下胜利的果实。"

"我知道。"南森搀住还很虚弱的戴恩，说道，"我们可能连这点时间都没有。"

就在雅拉克和格里芬交换忧虑的眼神时，南森和戴恩消失不见了。下一刻，这对父子出现在南森集中意识想象的小屋中。

哈蒂恩抽出了匕首，作势要抛向他们。

南森明白，如果不是哈蒂恩认出了他和戴恩，并且以半精灵的敏锐反应收住了动作，那把匕首可能已经向他们飞过来了。

哈蒂恩将匕首收回鞘内，跑过来帮南森扶住戴恩。戴恩显得有些窘迫，不过，他还是顺从地由两位长辈搀扶着坐到一把木椅子上。

"那么，你们都得到解救了吗？"哈蒂恩问道。

他的话证实了南森的怀疑。

"雅拉克没有告诉我你是不是反抗者，不过我应该想到的。你加入反抗军多久了？"

"是我解救了雅拉克，其中也有绿龙君王的帮助。"

"我们已经看到了绿龙君王援助的结果。"

南森想要回达格拉森林，把一些事情搞清楚，但他又怕自己会横生枝节。另外，还有一件事让他很担心——直到现在，他都不知道葛温多琳是否安全。葛温多琳深受绿龙君王喜爱，应该不会有事，但……

"哈蒂恩，戴恩需要休养一段时间，但我没有时间陪他，我还要去做一件事……"他忽然停住话头，因为他感觉到有人正靠近小屋，"哈蒂恩，你在等什么人吗？"

"实际上，你说得没错。"哈蒂恩这样回答，但还是再次抽出了匕首，悄然移动到门口，仔细地聆听门外的动静。

半精灵灵敏的听觉足以让哈蒂恩听到靠近的人轻微的呼吸声。

哈蒂恩后退一步，打开门，等在门口，几乎就像是看见了某种南森完全无从察觉的东西。

门外的空气开始波动，突然，一个人影站在哈蒂恩的面前。那人的一只手里握着一件森绿色的斗篷。这正是他刚才能够隐去身形的原因。

"弟弟。"哈蒂恩严肃地打了个招呼。

"哥哥。"哈达林以同样严肃的口吻做出回应，而后向哈蒂恩身后望了一眼，"我还以为我们是单独见面呢。"

"我们来这里之前并没有告诉哈蒂恩。"南森主动解释道。

哈达林身后传来一阵微弱的咕哝声，他回头瞥了一眼，说道："好了，出来吧。"

一个娇小的身影从哈达林背后走了出来。尽管有着精灵血统的一些特征，但是这名留着黑色长发的女子显然比她的父亲哈达林更像人类。

"哈德瑞拉，"哈蒂恩说道，"你长得越来越漂亮了！"

"也越来越像她的母亲，无论是脸蛋还是倔强的脾气。"哈达林为难地看着自己的女儿，"她这次坚持要过来，说她很久没有见过自己亲爱的伯父了，就好像这是一次家庭聚会。"

"我很清楚正在发生的事情，父亲。"哈德瑞拉以精灵的优雅姿态从哈蒂恩身边走过，走到南森和戴恩的面前。

她穿着干练的褐色旅行衣裤，不过，她还是向南森行了一个屈膝礼，仿佛自己穿的是典雅的舞会长裙。

"拜德兰大师，很荣幸见到你。"然后她微微转过身，"这位是……戴恩？我上次见到他和亚泽兰的时候，他们还很小。戴恩，你还好吗？"

戴恩没有回答。

南森不由得转过头去看戴恩，只见戴恩坐着，微闭双眼，呼吸缓慢而有规律。

"他……他生病了吗？"哈德瑞拉又问道。

戴恩毫无反应，显然让她有些不知所措。

"他刚刚经历了很多事，现在需要休息。这是我带他来这里的主要原因。"哈蒂恩和哈达林也走了过来，端详着戴恩。

哈达林俯下身，问道："是因为那颗石头吗？"

南森挑了挑眉："你也知道？"

哈达林直起身子，脸色变得阴沉："是的。我的山谷刚刚差一点遭到毁灭，继续保守这个秘密没那么容易了。我用尽计谋才让托马公爵相信我对你的突然出现和你在彭纳瑟斯遇到的麻烦一无所知。如果不是我长期以来对巨龙君王们勤谨侍奉，我怀疑现在我已经跪在龙皇面前，等待最终的判决了。"

"抱歉，给你添麻烦了。戴恩……"

"不需要道歉，现在重要的是巨龙君王们依然认为我是忠诚的。尽管就像大多数同族一样，我没有魔法能力接受这种被诅咒的石头。"

"那么他们就是低估了精灵。"南森说道。

哈蒂恩摇摇头："不，他们没有低估精灵。我们的人居住在这片土地上的历史几乎像矮人一样长久，至少长老是这样说的。尽管如此，我们一直在侍奉这片土地的主人，从没有统治过这片土地，哪怕有一天……"

"我们不能只做仆人。"哈达林反驳道，"我们绝对不是只有仆人的命运。"

兄弟俩相互瞪视，这让南森意识到他们一定早就讨论过这个问题。

"父亲，也许我们应该带戴恩回山谷。"

三个人一同向哈德瑞拉看过去，她将一只手按在戴恩低垂的肩膀上。尽管她明显是在关心戴恩，但南森怀疑她这样做是为了阻止她父亲和伯父争吵。

"可是，在这个时候这样做是很不明智的。"哈达林说道，"托马公爵也许还会突然造访，他是个狡猾的龙人。"

"可以把戴恩留在这里，我相信南森一开始也是这样想的。"哈蒂恩看向南森。

南森点了点头，道："那么，这件事就这么说定了。"

"那么，父亲，我至少可以在你和伯父说话的时候照看他一下。"

南森觉得哈蒂恩兄弟俩似乎想要避开他，他们要讨论的肯定是私人的事情。南森觉得这没什么不好，毕竟他在这里耽搁很久了。

"哈蒂恩，告诉戴恩他得留在这里，直到我回来，或者，你认为他可以独自离开时，就告诉他我去找雅拉克了，不过，我需要他尽快找到他的弟弟。"

"亚泽兰有什么事让你担心吗？"哈达林问道，"我还记得那个孩子，他很聪明，却沉默寡言。我记得上次见到他的时候，还是你带着他和戴恩来参加阿丝丽雅母亲的葬礼……"

哈达林说着，声音一顿，又道："请原谅，我不是要……"

"没关系。"

尽管嘴上这样说，但南森还是不禁想起了妻子娘家的最后一位成员过世时的样子。

维伦妮公爵夫人在生下女儿阿丝丽雅之前还有过两个儿子，但是，其中一个在婴儿时期就夭折了。另一个名叫贾库恩，在南森和阿丝丽雅结婚后不久就从马背上掉了下去，那时他还很年轻，也没有结婚。

阿丝丽雅出身的家族非常古老，但现在这个家族终结了。在此之前，阿丝丽雅生下了两个天才施法者，这似乎不是巧合。要知道，绝大多数王国的巨龙君王都禁止本国贵族拥有兼为法师的统治者。

南森从没有想过为什么这会是一个问题，但现在他猜测，任何能使用魔法的国王和公爵都有可能受到那些想要摆脱龙皇控制的人的拥戴，成为反抗者的领袖。

他将这些令人烦恼的记忆推到一旁，对哈蒂恩道："再次感谢你。"

"南森，阿丝丽雅……"

南森装作没有听到哈蒂恩的话，意念一转，他从这幢小屋中消失了。

当他感觉到有什么人或者什么东西侵占了自己的法术时，一切已经太晚了。他在混沌中飘浮了片刻，就重重地摔在一个坚硬的东西上。

他立刻强迫自己跪立起来。

一个黑暗凶险的洞穴出现在他的眼前，但这不是让他感到困扰的原因，让他心神不宁的是围绕着他的一团雾气。

他很清楚，这团雾气是有知觉的。

"镇定，嗞嗞，施法者……"雾气在告诫他。

随后，雾气凝聚成一个具体的形态，一个此刻被南森认为是敌人的巨龙形态。

"镇定，嗞嗞，赶快听我说，"迷雾巨龙在催促他，"我们不是缺乏时间，嗞嗞，而是我们已经没有时间了。"

第 20 章
汇聚的力量

将葛温多琳传递出去的大树终于放慢了节奏。

她注意到前方的树林中出现了一个开阔的地方。正如她所料，大树将她送到这个开阔地方后，就轻轻地把她放到了地上。

她在被大树传递的过程中，曾经不止一次尝试将自己传送离开，却没有任何效果。尽管大树不断地将她送往远离危险的地方，但是另一股力量让她什么也做不了，她只能无可奈何地等着看有什么在这段旅程的尽头等着她。

但奇怪的是，她一点也不为这段莫名其妙的旅程担心。这不是因为大树将她从斯兰和那三姐妹的手中救了出来，而是因为她和这些大树的灵魂有着足够强的联系。她清楚地感觉到它们对她毫无恶意，也不会与任何对她有恶意的力量合作。

不过，当她察觉到正在开阔地方等待她的三个生物时，她的心情就没有那么轻松了。

那三个生物个子很高，外形和人类相似，不过更像是禽鸟。他们全身生着猛禽的羽毛，双眼看上去比龙人更显狡诈，肩膀上有着强有力的翅膀。此刻，那些翅膀正在慢慢收拢。羽毛是深棕色的，不过葛温多琳知道，那些羽毛也有可能是黑色、灰色、蓝色或其他颜色，这取决于他们是从哪个巢中孵化出来的。

寻觅者们举起右手，掌心朝向葛温多琳，同时向她聚拢过来。

葛温多琳向后退去，却发现第四个寻觅者站在了她的身后。

第四个寻觅者生满羽毛的手碰触她的前额，各种影像在她的意识中骤然爆发——行进中的龙人大军；无可抵御的褐龙部族；寻觅者飞上天空，在山麓间开凿的巢穴被一场大雪埋没；一个幽魂般的身影挥舞着巨剑；一个毫无戒心的寻觅者被砍掉了头；几名人类法师合力对抗一头紫色巨龙……

"太快了！太多了！"葛温多琳仓皇地说着，将寻觅者的手推开。

她早就听说过寻觅者有能够与其他族群沟通的手段，却从没有想到过自己会亲身体验这种手段。

充满她脑海的影像迅速被新的影像所覆盖，其中一些应该是真实发生过的事情，另外一些则是寻觅者想要传达给她的想法。

可是，她没办法对这二者做出区分。

"我警告过他们，他们将自己的想法强加在你的意识中不是一件容易的事。你有着坚定的心志和很强的抵抗力。"

葛温多琳打了个哆嗦。

在这个声音响起时，她感觉到那个没有寿命期限，不会死亡的恶魔出现在离她只有几米的地方。她早就听说过这个恶魔的故事，不过，在此之前，她都还算幸运，并没有遇到过这个恶魔。

寻觅者们振翅飞上了树梢。

此时，葛温多琳向暗影施展了攻击法术。暗影不在她的视野中，但她清楚地知道他站在哪里。

暗影脚下的地面裂开了，似乎要将他吞入地底，但让葛温多琳感到失望的是，她感觉到大地什么都没有吞噬。

"你有着令人惊叹的潜能。"暗影在葛温多琳的另一侧悠然说道，"如果我有机会……"

他的话还没说完，一阵强猛的旋风将他从草地上吹起来，掷向高空。

葛温多琳转过身，满意地看到暗影挣扎着想要控制住自己的身体。

葛温多琳知道暗影遭受的诅咒，她虽然有些同情他的永恒困苦，但也很清楚他过去犯下了什么样的罪行。巨龙君王们只想让他彻底毁灭，尽管他们到现在都没有找到处决他的方法。

葛温多琳无法确定此时此刻的暗影处于怎样的状态，如果暗影陷入了黑暗一面，那么她可能连活下去的机会都没有。

"呃！"又一个声音向葛温多琳传来。

但和暗影的声音不同，葛温多琳这次根本无法确定这声音来自哪个方向，更糟糕的是，和这个声音一同袭来的，还有一股强大而诡异的魔法气息。与之相比，就算是暗影也和凡人差不多了。

葛温多琳发现自己被封闭在一片黑暗中，尽管她用尽了全力，却连眼皮都无法抬一下。她什么都看不见，什么都感觉不到。

黑暗……

那很可能是影驹。

"难道只有我注意到了这位年轻女士的警告吗？"影驹在葛温多琳周围嚷嚷着，"还是，你在故意逗弄她？"

"我干吗要做这种事？"

影驹打了个响鼻，这个声音同样回荡在被"囚禁"的葛温多琳周围："哦，我可不知道，也许，你想看看她是不是那个会彻底杀死你的人。如果她只是杀死了你现在的化身，你觉得会发生什么？那样会导致什么样的灾难？"

葛温多琳几乎没有仔细去听这场奇怪的对话，她猜测自己被包裹在了影驹的身体里，心中的惊恐和慌乱越来越强烈。她从没有想过自己会有幽闭恐惧症，但她知道抓住自己的是一个什么样的恶魔——就算是巨龙君王，也会被影驹纯黑色的身体彻底吞没，再也无法出来。

葛温多琳发出了一声声尖叫。

她被甩到半空，什么都看不清楚，只觉得自己再次撞上地面一定会死，但是有两只爪子抓住她的手臂，将她挂在了半空，又有一只爪子掐住了她的脖颈。不过，这三只爪子都小心翼翼的。

她感觉到了锋利的爪尖，但她的皮肤显然没有被爪子划破。

"把她放到这里。"她听见了暗影模糊的声音，仿佛他在很远的地方说话。

片刻之后，暗影又说了一句："我来吧。"

一只戴着手套的手触碰了葛温多琳的左侧额角。

她还处于半昏迷的状态，不过还是努力集中精神施展了一个法术。法术很简单，她只希望这个法术能保护她。

暗影却"嘿嘿"笑了两声："都能和拜德兰家族的人相比了。想象一下，如果这两条血脉汇聚在一起……"

"你谈论她的口气就像是在谈论良种母马。"影驹嘟囔着，"我还没有见过能这样挣脱出去的人。这位有着火焰色头发的人类法师应当得到尊敬，还有你得小心提防她。"

"我一直都很小心。如果她能保持冷静，认真听我说话，事情会简单得多。"

那只戴着手套的手更加用力地按压葛温多琳的额角。

葛温多琳在心中暗骂捉住她的这两个恶魔和软弱无力的自己，自己实在是太无能了。

就在这时，暗影的声音触及了她的思维。

褐龙君王大步行进在龙人武士队伍中，用凶恶的目光将恐惧植入龙人和人类的心中。其实，单单他的存在就足以令人畏惧。

士兵们心惊胆战，不是因为犯了什么错，而是深知那些让褐龙君王失望的人都成了他的龙兽坐骑的食物，而他现在显然心情很不好。

褐龙君王的竞争者紫龙君王警告过他，信号要再过几天才会传来。而他之所以会接受这种说法，只是因为龙皇也说必然如此。但他还是不懂他们为什么要等待，他们明明知道目标在哪里，而且这一次，他们知道会有什么事发生。

那些叛匪，嗞嗞，他们将会被彻底碾碎！褐龙君王向自己承诺，无论有没有龙皇的宠臣紫龙君王的指引。

巨龙君王之间没有友情可言，褐龙君王和紫龙君王之间更是如此，他们一直在争夺龙皇的信任。不幸的是，龙皇更多时候都会听紫龙君王的。

这种情况持续了多个世纪，甚至在褐龙君王和紫龙君王的先辈在世时就是如此了。褐龙君王一直在和紫龙君王竞争，用武士的力量对抗魔法大师的手腕。

但到最后，他们还是只能依靠我。嗞嗞，一直都是如此。褐龙君王在心中想。

就算紫龙君王平时总是吹嘘他的那些知识，但是如果要让敌人流血，还是需要褐龙君王那些技艺超群的战士。

褐龙君王已经在期待大规模的战争和食腐乌鸦饥渴的叫声了，而最让他期待的，不仅是将把格里芬的脑袋插在长矛上，还有灭了紫龙君王这个曾经深受龙皇宠信的贤者。

天空中，他最信任的一些斥候正在监视周围数里范围内的情况。褐色巨龙们掠过丘陵，猎捕那些躲藏起来的矮人，因为他们都是援助反抗军的嫌疑犯。矮人们自然都躲进了地底，那些地方就连魔法也很难进行探测。单单把他们从地底赶出来，就需要一场漫长的战役。

褐龙君王冷哼一声：就让那些在暗中偷窥我们的敌人得意去吧。我不在乎那些矮人，他们自以为躲进地底就高枕无忧了，实际上绝非如此。巨龙君王们能够容忍他们的存在，只是因为他们能够铸造精良的武器。随着叛乱被镇压，矮人们迟早会发现能与他们进行贸易的，只有他们真正的主人，到那时，他们就会明白，他们那所谓的自治权是多么可笑。

一股微弱的暖流出现在胸口，褐龙君王低下头，看向挂在胸前的那枚三角徽章。三角徽章的中心处有三枚宝石，分别是翡翠、红宝石和蓝宝石，而这三枚宝石正是那股微弱暖流的源头。

褐龙君王将手放在宝石上，集中意念。

"褐龙兄弟。"一个粗犷的声音传来。

"铁龙兄弟。"褐龙君王回应道，他的意识中出现了一名身材魁梧，满身鳞甲呈灰蓝色调的龙人武士，"有消息吗？"

和铁龙君王相比，褐龙君王很有耐心。铁龙君王早就提议让他的军队进入歌达格埃，彻底摧毁这座人类城市，以此警告反抗军。歌达格埃还是许多人类法师的家，在铁龙君王和褐龙君王看来，这是毁灭那里的另一个好理由。

但紫龙君王的计划并不包括摧毁歌达格埃，所以那里暂时还算平安。而若铁龙君王的军队出现在歌达格埃附近，那里的人类恐怕会被吓得魂飞胆破。

"快了。"褐龙君王回答，"就快了。"

"总是说快了！"铁龙君王不满地嘟囔着，"龙皇应该统率我们做出行动，而不是听只会读书的紫龙君王不停地唠叨。如果我是龙皇……"

"但你的鳞不是金色的。"褐龙君王低声提醒铁龙君王。

"为什么这一点会成为龙皇统治所有巨龙君王的理由？"

褐龙君王下意识地露出牙齿："小心！不要乱说话！"

沉默了片刻之后，铁龙君王又继续说道："那么我们还要等下去吗？嗞嗞……"

"嗯！但不会太久了……"

铁龙君王断开了联系，褐龙君王则放开手中的徽章，看向天空中的斥候。

"最好快一点！"褐龙君王冲着他想象中的紫龙君王狠狠地说道，"否则，也许被烧成灰烬的将不只是歌达格埃！"

"你是谁？"南森问道。

"我在这个世界上见过太多愚蠢的，却还是必须侍奉蠢货和恶魔的……"迷雾巨龙回道，"这就是我，嗞嗞，是我现在沦落成的样子，是我们现在沦落成的样子……"

它在南森的周围盘旋，让南森觉得它更像是一条大蛇，而不是巨龙。

南森试图挥手赶走它，但这虚无缥缈的迷雾巨龙根本不在意他徒劳的尝试。

"你想要什么？"南森终于气恼地问道，"到底要什么？"

"我要将黑袍者的东西带给你。"

在南森看来，"黑袍者"这个称谓只能代表一个人。

"杰克里斯·特林？"

迷雾巨龙用愤怒的语气回答了南森的问题："仔细听我说，南森！杰克里斯·特林让我别无选择，嗞嗞，我只能执行他的命令。但我要告诉你，嗞嗞，如果你自以为知道如何控制操控者，那么你就犯了最可悲的错误。他的阴谋之中还有阴谋，而且他的卑鄙毫无……"

"我不会……"

一阵风突然裹挟住迷雾巨龙，将那由稀薄雾气形成的躯体撕碎，只留下一片雾气围绕着南森。随后，突然出现的风又毫无预兆地停止，迷雾巨龙重新出现了。

刚才的风显然对这个神秘的生物造成了可怕的冲击，它静静地盘旋片刻，缓慢地凝聚着自己的身体。

"我说得太多了，嗞嗞……"迷雾巨龙的尾巴伸向南森，停在距离南森只有几寸远的地方，"你要拿上这个。"

一块石头碎片出现在它的尾尖上，南森根本不需要别人告诉他这是属于谁的。

"这是怎么回事？"

"你认识杰克里斯·特林，你了解他，你知道不要多问。"

南森摇摇头："但这个……"

"我在这里的时间结束了，"迷雾巨龙的龙尾在南森的面前盘旋，"而你必须去你要去的地方，嗞嗞……"

"如果你可以……"

没等南森把话说完，周围的景象就发生了变化。

雅拉克惊讶地退了一步："南森，我没想到你会回来得这么快。"

就是说，雅拉克对南森的行动毫无感知，他很少会这样猝不及防。

南森露出抱歉的表情："我这阵子遇到了不少怪事。"

"戴恩怎么样了？"

"有人在照顾他。我离开以后，你有什么行动吗？"

雅拉克吮了一下嘴唇："实际上，我很高兴你能回来。大家要齐心协力做好这件事，速度要快，不能出任何差错。"

"大家？"

"嗯！我让赛丽希亚和其他人都藏起来了。我选了韦德作为第一个。"雅拉克眨了眨眼，"实际上，他早些时候……"

南森刚将迷雾巨龙给他的石头碎片藏起来，韦德就出现在他和雅拉克中间。

南森从没有见过韦德的父亲阿肯，只是在萨米尔的编年史中读到过那位年长贤者的事迹。其实，韦德对自己父亲的了解比南森还少。阿肯在一次途经安德洛玛克海的航行中失踪了，南森从那时起就察觉到大多数法师都无法活到天年，无论他们拥有多么强大的力量，侍奉巨龙君王的他们几乎在退休之前都会发生意外。

韦德差不多有六十岁，但就像南森一样，他看上去只有二十几岁。尽管拥有年轻的外表，但只要仔细看看他那双湛蓝色的眼睛，就知道他一定经历过一些痛苦。实际上，他不仅没了父亲，六年前还失去了弟弟乔·阿肯森。

乔·阿肯森天生就是一名驭风者，没有半点夸张，他在这方面有着超强的魔法天赋。而这也是他死亡的原因，他牺牲之前，正在云层中刺探寻觅者的行踪。

韦德认为是寻觅者导致他弟弟的飞行法术突然失效，从那时起，他就不放过任何一个与寻觅者为敌的机会。

"拜德兰大师，雅拉克大师没有说你也在。很荣幸能够与你并肩作战，尤其是和那些猛禽战斗，这可比在地面上四处搜寻反抗者要强多了。"韦德露出开心的笑容，这是他常常会有的表情。

他极具幽默感，在法师中很有名，而南森觉得他只是以此来掩饰自己心中的痛楚。

马背上的祖乌人喜欢称寻觅者为猛禽，而韦德沙金色的头发显示了其母亲一族有祖乌血统。如果不是他的沙金色长发中有那一缕银色的条纹，人们多半只会把他当作技艺娴熟的骑手。如果说乔·阿肯森的热情在于飞翔，那么韦德最喜爱做的事情莫过于和其年轻的妻子一同纵马驰骋。说实话，有时候很难说得清他更在意的到底是他的妻子还是他的爱马。

"是的，我也很高兴。"南森谨慎地回道，他注意到雅拉克开始向韦德的左手边移动。

韦德同样察觉到了雅拉克的行动，他向雅拉克转过身。

"丝塔娅还好吗？"南森立刻问道。

韦德又向南森转过身来。

南森清楚地看到了他的短胡子，还有无法被胡子完全覆盖的锯齿状深红色伤疤，从他的右眉毛处一直延伸到鼻子，在鼻子上分叉，一道延伸过嘴巴，另一道延伸到下巴。他的脖子和喉咙上还有其他伤疤，都是近几年来被寻觅者那加强了魔力的爪子造成的。法师们不止一次尝试修复这些伤疤，但至今为止没有好的效果。

"她很好。我们有了一匹新马驹，她正在照顾它。"

在韦德看不见的角度，雅拉克扬起了右手。

韦德身子一僵。

与此同时，其他法师聚集到雅拉克的周围，将一动不动的韦德围在了中央。

"让他保持稳定。"雅拉克一边命令，一边拿出了韦德的石头碎片。

但还没等雅拉克开始下一步行动，一声咆哮从他的身后传来。一个黑色的小怪物跳起来，想要咬雅拉克的手腕。

雅拉克伸出另一只手，那个小怪物却消失不见了。片刻之后，它出现在了雅拉克的另一边。

南森已经做好了准备，一个银色光球包裹住了那个灵动的小怪物。

小怪物用尖牙疯狂却又徒劳地啃咬着光球，不停地扭动身体。它有些像小狗，但是任何犬类都不可能有它这样的动作。

南森对魔宠不是很熟，不过有些法师很喜欢它们。它们并不会一直陪在主人身边，尤其是在主人与其他人见面的时候。

不过，显然韦德总是带着这只魔宠。现在，让南森担心的是，雅拉克和其他人都受到了干扰。

尽管这只魔宠只有小狗那么大，但是它的利齿能造成非常可怕的伤害。它是魔法能量的产物，还能帮助韦德强化自己的法术，它的牙齿可以同时对雅拉克造成物理伤害和更严重的魔法伤害。

"看好他！"雅拉克命令道。

南森明白雅拉克说的是韦德，而不是魔宠。

韦德的左手正在抖动，这本来是不可能的，现在束缚住他的法术正被迅速破解。

南森注意到魔宠变得非常安静，它正注视着它的主人的眼睛。

"是魔宠，是它在给韦德能量。"南森将精神集中在银色光球上。

银色光球应该消失，而后重新出现在韦德家附近，但它没有。南森调整了自己的视觉感知，立刻看见了韦德和魔宠之间的能量丝线。

他不能轻易地斩断这根能量丝线，因为魔宠已经将自己和韦德紧紧地连在了一起。但是，时间耽搁得越久，韦德就越有可能摆脱束缚，现在他仍然全心全意地效忠龙皇，这会导致异常大的灾难。

南森跪在银色光球前面，消除了封锢魔宠的银色光球。

魔宠立刻有了反应，但是南森的速度更快，他伸手抓住了魔宠。

灼热的痛楚传遍南森全身，魔宠在用魔法攻击他。他也为这一步做好了准备，利用自己的力量抵消了这股魔法热能。

与此同时，南森将注意力集中在魔宠和韦德的连接上。就像他所希望的那样，魔宠在与他搏斗的时候，削弱了和韦德的魔法联系。

　　南森将这只魔宠送回了韦德家，同时又重新制造出了一个银色光球。

　　雅拉克不需要催促，就已经重新控制住了韦德，并将石头碎片放在了韦德的胸口上。

　　韦德接触到石头碎片的时候哼了一声。

　　赛丽希亚和其他人继续汇集力量，确保他无法动弹，雅拉克则拼尽全力开始拆解缠绕他心脏的法术。

　　南森注意到雅拉克使用了自己在救治戴恩时所用的方式，只不过，这次运用得更加流畅，但整个过程还是持续了好几分钟。

　　时间太久了，南森心中想。

　　当雅拉克终于完成的时候，赛丽希亚和蒂尔抱住了韦德。

　　韦德瘫软在他们的臂弯里，不过，他的呼吸显得很有规律。

　　"他需要几个小时才能恢复。"雅拉克收起石头碎片，说道。

　　"这样耗时太久。"巴兹尔说，"就算到时我们一方的人多了，能够一次治疗两三个人，也肯定来不及。"

　　"同意。"雅拉克眉头紧皱，"我本来希望这样能够更快一点，看样子，无论如何，这种方式都需要一定时间，但是我们没有时间了，是不是，南森？"

　　"确实没有时间了。"南森也皱起眉头，他想起了杰克里斯·特林命令迷雾巨龙交给他的石头碎片，"不，我们不应该这样。"

　　他的话引起了所有人的注意。

　　雅拉克当即问道："你有别的计划？"

　　"不，是杰克里斯·特林想到了别的计划。我们别无选择，只能按照他的办法去做。"南森拿出了迷雾巨龙给他的石头碎片。

雅拉克神色凝重，道："我在预示蛋里看见过一个景象，那本来很不清晰，但现在……"

"我肯定是猜错了。"赛丽希亚的语气反映了法师们的惊愕，"这肯定不行！"

"不，这样是有可能的，只是我们从没有想过他会做这种事。"南森紧紧地攥住手心的石头碎片，不知道这到底是一个能够让他们甚至整个龙界夺回自由的钥匙，还是一个让他们别无选择而只能踏进去的陷阱。

这块石头碎片不属于任何施法者，或者说，不属于任何人类施法者。尽管南森依然很难相信，但是它很可能属于彭纳瑟斯的君主紫龙君王。

哈德瑞拉用一块湿布擦拭戴恩的额头。

戴恩依然处于怪异的且伴随着神经紧张的昏沉睡眠状态。

这让她开始担心，她想要问问父亲或者伯父戴恩到底出了什么事，但他们正在进行一场严肃的讨论，她已经被警告过不要打扰他们。

哈德瑞拉回到水桶旁，又往布上倒了一点水。

就在这时，她听见戴恩嘟囔了什么。想到戴恩也许终于醒过来了，她急忙回到了他身边。

戴恩睁开眼睛，盯着哈德瑞拉，或者是哈德瑞拉身后的某个地方。

"是，主人。"戴恩不知道在和谁说话，然后他就消失了。

哈德瑞拉转过身，大叫起来："父亲，伯父！"

戴恩跪倒下去，恭敬地向他的主人低垂下头。

"是时候出卖反抗军了。"杰克里斯·特林命令道，"还有你的父亲南森。"

第 21 章
不断消失的时间和希望

　　紫龙君王坐在王座上，如痴如醉地看着水晶阵列进行着仿佛永不休止的自我调整。他知道，一些竞争者急着释放自己的力量，但是他比他们更有耐心，因为时间站在他这边。至今为止，他的大计划中的每一环都得到了完美的实施。

　　是的，南森依然是个问题，但是南森可能造成的威胁随着时间的流逝而变得越来越小。

　　经过多个世纪的研究，神秘而令人恼恨的大图书馆终于带他来到了先辈们都无法抵达的巅峰，龙界即将发生无人能够想象的转变。

　　最重要的是，龙界很快将迎来一位新的统治者。

　　紫龙君王微微一笑，露出了尖牙。

　　不，不是新的统治者，而是真正的统治者终将得到公开的承认。

　　金龙是龙皇，就像龙族传统规定的那样，但是其他巨龙君王几乎都明白，真正的权柄早已落到了紫龙部族的君主的手中。无人知晓到底是哪一代紫龙君王发现了这座魔法知识的宝藏。现在，世人只知道无论是龙皇还是巨龙君王们，都必须向大图书馆的主人寻求指引。数个世代以来，彭纳瑟斯的君主们成了龙皇背后的操控者，通过越来越软弱的龙皇指引龙界的未来。

"而现在，我们终于可以把那个傀儡丢到一旁了。"

水晶阵列和光球继续着它们的"舞蹈"，紫龙君王早就耗尽了力气，本应该沉沉睡去，但正在完成转变的水晶阵列比其他东西更加让他迷恋。

"很快，我就不再需要大图书馆了，一切将对我俯首称臣，无论我想怎样。"

"舞蹈"停止了，水晶阵列光芒闪耀，仿佛活了过来。

葛温多琳醒过来，发现森林中只剩下自己一个人，恐惧的感觉让她全身发抖。她立刻向四周看去，寻找恐惧的源头。

暗影和影驹已经不见了踪影，只剩下暗影那令人不安的魔法痕迹还留在这里。她随后才意识到，正是这个魔法痕迹和她最后的记忆搅和在一起，才让她如此心惊胆战。

"总有一天，我会找到你。"葛温多琳不知道暗影到底想从她这里得到什么，但那肯定不是好事。她迅速将自己从头到脚检查了一遍，她虽然有敏锐的知觉，却依然没有找出自己被施法的任何迹象。当然，她不会因此就彻底放下心来。暗影的法术和其他生物都不一样，他很有可能将某种邪恶手段藏在了她的身上，直到需要的时候才会显露出来。

想到这里，葛温多琳又打了个哆嗦。

为了让自己平静下来，葛温多琳又集中精神去搜寻那几个寻觅者。但就像暗影一样，他们只留下一点微弱的魔法痕迹。不过，这足以让她跟踪他们了。

就在葛温多琳这样想的时候，一个特殊的画面闪过她的脑海，其中全都是寻觅者，死亡的寻觅者。更可怕的是，他们的头突然消失了，只留下遭到烧灼的断颈，仿佛有一股猛烈的火焰烧毁了他们的头。

葛温多琳想要甩掉这个可怕的画面，却又看到了另一个令人不安的画面。这次出现在她脑海中的是一个幽灵——由一团迷雾和阴影构成的东西。它召唤出了上一个画面中不复存在的那些头，每一颗头上的鸟喙都不停地一张一合，仿佛正在说话。

幽灵转过身，面对着另一样东西。

葛温多琳观察一番之后才确认那是一副象棋。一只无形的手挪动了一枚棋子，那棋子很像是纵跃向前的猎犬或狼。

就在这时，第二个画面消失了。

葛温多琳放松下来，因为她没有看到第三个画面出现。

她深吸了一口气。

无论那些画面代表什么，或有没有任何真实的意义，她现在最关心的还是南森，她确信南森已经不在府邸和绿龙君王的地下圣所附近了。

她也知道，南森现在很有可能尽全力屏蔽了自己，以免被巨龙君王们侦测到，甚至他还要防止自己被儿子戴恩找到。但她还是决定先寻找南森的魔法痕迹。只要魔法痕迹足够新，就有可能让她找到南森。

她很快有了发现，让她吃惊的是，她不仅找到了南森的魔法痕迹，还清晰地感知到了南森本人。南森根本没有躲藏起来。

葛温多琳非常敬重南森，对这位贤者有着一种远超敬重的感情，但她现在认为南森的决定并不正确。

等我找到他，再和他讨论这件事。

葛温多琳集中精神，随后就消失了。

她出现在森林中的另一个地方。

她向周围看了一眼，却没有发现南森的影子。南森的魔法痕迹距离她非常近，她觉得自己好像一迈步就会踩到南森的身上。

葛温多琳的确踩到了东西。她弯腰细看，发现泥土中有一支握柄。

这是一把匕首的握柄。她从没有见过这样的匕首握柄，它不仅仅是一件武器，还在不断地释放出魔法能量——一种结构复杂得令人吃惊的魔法能量。

葛温多琳终于注意到这种魔法辐射出的部分能量显然和南森有着某种联系。

她不知道这把匕首为什么会出现在这里，她又将周围仔细地查看了一遍，但就连她的魔法感知也没有找到任何线索。她困惑地将匕首插到腰带上，又想到可以利用匕首和南森的联系找到他。

她将匕首尖举到眼前，将匕首和南森之间的联系与自己和南森的联系融合在一起。随着魔法丝线编织完成，她终于感应到了南森的具体位置。

宽慰的笑容洋溢在她的脸上，她一下子就消失不见了。

就在她消失的同时，她刚刚所在的地方有一棵大树发生了变化，一大片粗糙的树皮变成了鳞甲，色泽从暗褐色变成了深紫色。

变成深紫色的那一部分从树干上脱落，随即显现出手臂和腿，然后是一顶精致的头盔。头盔里，两只仿佛在冒火的眼睛紧盯着葛温多琳离开的方向，眼中充满了期待。

随着一声低沉得意的嘶吼，乌恩也消失了。

韦德躺在地上，仍然人事不省。

南森和雅拉克不禁担心起来。尽管格里芬从北方废土带回来的石头的确有特别的效果，但这两名法师很清楚，他们不能完全依靠这一样东西，现在，他们只剩下一个办法了。

"我们必须直接攻击水晶阵列。"南森突然说道。

雅拉克没有表现出惊讶，道："预示蛋也有这个景象——它曾经显示一股魔法旋风袭击了彭纳瑟斯，我觉得自己也是这股旋风的一部分。当时，我就猜到了它的意思，尽管我还是祈祷自己猜错了。"

"攻击彭纳瑟斯？这实在是太疯狂了！"赛丽希亚表示反对，她还在照顾昏迷的韦德。

"是很疯狂，但有必要。"南森朝彭纳瑟斯的方向望了一眼，从这里到彭纳瑟斯，就算骑马也要连续跑几个星期，但他还是能够感觉到彭纳瑟斯蕴含的巨大能量，"我不觉得这会……等等，有人在靠近！"

其他人立刻紧张起来。

不过，就在南森向众人发出警告的时候，他已经发现了来找他们的人是谁，确切地说，那个人只是来找他的。

南森挥手示意众人安静，此时，葛温多琳熟悉的倩影已经出现在了他的眼前。

葛温多琳一看到南森，就心中大喜，大声地说道："真是太好了！你没事！"

她差一点就抱住了南森，直到最后一秒她才注意到周围的其他人，只好退了回去。

南森拍了拍她的肩膀，看到她平安无事，也很高兴："葛温多琳，非常抱歉！我应该回去找你……"

"不，没事！我在府邸很安全。不过，我当时犯了个错误，离开了府邸。"她迅速解释了斯兰的事情。

"那我们不能在这里逗留太久。"雅拉克说，"就算是在达格拉森林的边缘，我们还是在绿龙君王的势力范围之内。如果绿龙君王听信了斯兰的话……"

南森点点头："我们需要立刻警告格里芬。"

他回来后，就没有见过格里芬。他当即问道："格里芬去哪里了？"

"他在不远的地方。"雅拉克眯了眯眼睛，看向南森，"他已经知道了，开始召集这里的反抗军准备转移到远处的营地，至少他们不会有什么麻烦了。"

"他们需要一道相当大的传送门。格里芬能打开传送门吗？"

雅拉克耸耸肩："谁都能看出格里芬有非常大的潜能，但好像有什么东西把他的潜能给深深地埋住了，而且还让他完全不想去发掘自己的潜能。除非他有所改变，否则我们至少要派两个人帮助他打开能送走那么多人的传送门。"

说到这里，雅拉克的神情显得凝重："我告诉过你，我们有六个人，实际上，我们曾经有更多同伴。"

"我知道。"南森宽慰雅拉克，"但他们也知道这项事业伴随着怎样的风险，对不对？我们可以等到以后再哀悼他们，现在，我们需要确保他们和每一位牺牲的反抗者都不是白白死去。"

巴兹尔走上前："格里芬和蒂尔以及我很熟，我们会负责打开和维持传送门。"

南森身边就剩下雅拉克、赛丽希亚和特拉加罗了。他不愿意让缺乏经验的葛温多琳参与袭击彭纳瑟斯的行动，同时也不能就这样丢下昏迷的韦德。赛丽希亚需要照顾韦德，这样南森就有理由让她不跟着他们去冒险。

于是，此次行动，他们只有三个人能参与。

不，是四个，萨米尔已经在彭纳瑟斯城内了。萨米尔还能为他们提供一个可能的行动方案，前提是紫龙君王依然不知道他也是叛乱分子。既然杰克里斯·特林早就深深地卷入了反抗行动，南森现在完全无法确定谁是安全的。如果杰克里斯·特林找到理由将萨米尔出卖给紫龙君王……

他没办法让自己去想这种事，现在他必须假设萨米尔还是自由的。不过，他也必须确保还有另一个行动方案，以防万一。

但是，首先他必须确认他们团队中最年轻的成员留在安全的地方。尽管葛温多琳一直以来都没有受到水晶阵列的影响，但是她和其他人一样体内有的石头。南森希望她能够尽量远离彭纳瑟斯。

"葛温多琳，我需要你去看看戴恩的情况。"

"戴恩？"葛温多琳这时才察觉到戴恩没和他们在一起，"他在哪里？他受伤了吗？"

"他正在一个安全的地方恢复身体。"南森没有透露更多的信息，因为现在他没有时间回答葛温多琳的任何问题，"就是这里。"

他显示出密托·派卡中那幢半精灵小屋的影像。法师只要看到目的地的影像，就能够将自己准确地传送过去。

"我知道了。"葛温多琳说道，但她的表情似乎在说她想留下来。

南森很是惊讶，他本以为葛温多琳会迫不及待地去和戴恩重聚。不过，他很快就将这个困惑抛到了脑后，毕竟他和另外两名法师还有很多问题要解决。

"告诉戴恩，我希望他先留在那里。等到时机合适的时候，我会召唤你们两个。"

"好吧。"葛温多琳回应道，而后就消失了。

"她很有能力。"雅拉克喃喃道。

不过，雅拉克没有再多说什么，南森也略过了这个话题，向特拉加罗招了招手。

特拉加罗看上去比南森和雅拉克年长许多，事实上，他也的确比雅拉克早出生近一个世纪。不过，巨龙君王们看重的不是年龄，而是实力，所以他的地位还不如比他年轻的这两名法师。作为在世最年长的法师之一，特拉加罗从没有对此有过不满或抱怨，不过，现在的他显得相当沮丧。

特拉加罗比南森矮半尺，身材要消瘦一些，深褐色的法师长袍外面披了一件厚实的绿斗篷。斗篷的兜帽刚好遮到他那双犀利的灰色眼睛上面。

就像许多男法师一样，他留着胡子，修剪整齐的黑色胡须更加凸显了他苍白的皮肤。

"特拉加罗，你最后在彭纳瑟斯是什么时候？"

"三个月之前。"

南森估计也是如此，说道："那么你离开彭纳瑟斯的时间最久，雅拉克和我最近还去过那里。如果水晶阵列在我们摧毁它之前活过来了，那时你对它的抵抗能力可能会更强，当然，我们首先必须考虑如何越过彭纳瑟斯的城墙。"

"你认为紫龙君王已经改变了入城法术？"雅拉克问道。

"是的，但他也许不知道有一扇门可能还开着，萨米尔应该还在彭纳瑟斯。"

特拉加罗笑了笑，道："萨米尔什么时候离开过彭纳瑟斯？他虽然被禁止进入大图书馆，但是他肯定只想待在尽量靠近大图书馆的地方。"

"萨米尔对我们的事业有着不可估量的价值。"雅拉克的语气中带着责备。

"我不是不尊重他，只是他实在太学究气了，就算是法师，也不应该像他那样。他什么时候和我们一起完成过任务？"

南森为萨米尔辩解："可我们哪次任务不需要他搜集的知识和情报呢？几乎每次都需要。特拉加罗，这一点你很清楚。在每一次执行任务时，萨米尔和我们之中的任何一个人同样重要。他在书房里为我们提供的帮助是我们绝对不能缺少的。"

特拉加罗还想争辩，南森抬手阻止了他，道："萨米尔是我们能够潜入彭纳瑟斯最大的机会，这才是最重要的。"

特拉加罗仍然很不服气，不过，他还是闭上了嘴。

"我们必须尽可能地靠近彭纳瑟斯，然后再联系他。"雅拉克说，

"这本身就意味着很大的风险。"

南森已经考虑过这件事："我们以前总是分别屏蔽自己，如果这次把我们的力量融合成一个法术，那么就算是紫龙君王也有可能会认错，至少这可以让我们有足够的时间摧毁水晶阵列。"

"那么我们就算成功了，也很有可能难以活命。"特拉加罗说道。

"如果我们的牺牲能够解放其他人，那么这片大陆就还有希望。"

雅拉克闭了一下眼睛，而后将眼睛睁开，道："如果你们愿意，我可以向预示蛋询问一下这件事。不过，我觉得南森的建议是最可行的，至少能够让紫龙君王不注意到我们。"

"我相信你的感觉。那么，特拉加罗，你觉得呢？"

"你是我们的首脑。"

这个回答和南森预料中的不同，南森也不能读懂特拉加罗真正的意思。不过，特拉加罗并没有露出挑衅的神情，看上去，他准备好去做他们必须做的事情了。

三个人没有再多说什么，只是盯住了面前的虚空。

在普通人看来，他们除了身体过于僵硬，什么事情都没有发生，但赛丽希亚清楚地看到魔法能量丝线环绕在他们周围，突然开始闪耀明亮的光芒，并迅速地交织在一起。

赛丽希亚用肉眼已经看不见他们三个了，不过，她长久以来和雅拉克共同生活，仍然能感觉到雅拉克的存在，这种感觉很近，又很遥远。

一次呼吸之后，连这一点感觉也消失了。她知道，这三个人已经离开了这里，现在应该到了彭纳瑟斯的管辖范围。

"每一步都要小心。"赛丽希亚悄声祈求，"每一步都要小心……"

法术看样子应该是有效的，但南森很清楚，只有当他们到达水晶阵列前面的时候，才能确认他们是成功了。但首先，他们必须越过城墙。现在那城墙距离他们只有几米远，不过，站在城头的哨兵完全看不见他们。

萨米尔……南森发出无声的呼唤。

没有得到回应，不过南森没有失去信心。屏蔽了法术能够让紫龙君王不知道他们在靠近，同样也会让其他人无法察觉到他们的存在，其中当然包括萨米尔。

南森继续向萨米尔集中精神，希望通过对萨米尔的想象联系到他。

片刻之后。

"南森？"

"萨米尔，我们需要进入彭纳瑟斯，但现在只凭我们自己根本做不到。我们需要你为我们打开一条通道，同时不能被紫龙君王察觉到。"

之后是很长一段时间的沉默，忧虑占据了南森的心。

"我觉得我能做到。谁和你在一起？"

南森在心中描绘出雅拉克和特拉加罗的样子。

"我们将力量融合在一起，制造了一个护盾来隐蔽我们。但是，当你打开通道的时候，那个护盾会让你更难将注意力集中在我们的身上，你要记住这一点。"

"啊，对了，就像祖乌族的格雷戈里安和布雷托在海盗浪潮一样……"

南森不知道萨米尔说的是什么，那肯定是记录在编年史上的某段古老的历史，现在大概只有萨米尔记得了。

南森希望他们的计划能够成功，否则的话，他们会有大麻烦。

"准备好。"萨米尔继续说道，"彭纳瑟斯已经进入高度戒备状态，不过紫龙君王一直没有告诉我们具体原因。就像你推测的那样，所有法术都被改变了，不过我已经找到了办法。准备好。"

"他要进行尝试了。"南森悄声对两名同伴说。

他的话刚说完，他们身边的景象就开始消散，一个更阴暗的空间开始在他们周围成形，不过速度要比正常情况下慢许多。

就在这个地方的诸多细节还很模糊的时候，南森已经能够确认这里正是萨米尔的书房。终于，萨米尔的轮廓也在他们面前显现出来。

有人惊呼了一声。

南森意识到发出惊呼的正是自己，他感觉自己从雅拉克和特拉加罗身边被拽走了。萨米尔的书房眨眼间就消失不见了，取而代之的是一个异常黑暗的地方，他在这里什么都看不见。

一股沉重的力量击中了他的胸口。尽管他已经为自己施加了保护法术，但是不仅肺中的空气被挤了出来，甚至连肋骨也差一点被压断。

"父亲一定更想看到被活捉的你。"乌恩嘶声说道，"不过我相信这样他也应该满意了。"

南森晃晃头，向上望去。他看见的不是一名爬虫武士，而是乌恩真正的形态——一头丑恶的巨型猛兽。

"那个愚蠢的女法师直接带我找到了你，咝咝……南森，我早就知道她对你很是迷恋，再加上特林管家给我的匕首，咝咝，足以突破你的藏身法术。"

南森从乌恩的话中猜出了事情的大概。乌恩欺骗了葛温多琳，引诱葛温多琳找到了一直小心隐藏自己的南森。

葛温多琳能够找到南森，说明她很有能力，但她找南森的动机让南森感到不安。

南森扬起手臂及时加强了自己的护盾，但是，乌恩此时向他喷出了炽烈的火焰。

不可思议的高温让南森汗如雨下，他竭力观察着这个昏暗的地方。

乌恩肯定是把他带到了传闻中著名的乌恩公爵的"狩猎场"。

又有一股烈火向南森袭来。

当他竭力抵挡住乌恩的攻击时，脚下的地面突然搅动起来，他的小腿一下子插进了地里。

"无知的人类！我父王竟然那样宠爱你，把你当作他的猎犬，咝咝，现在，至少他知道了你和你的同类都是一群奸诈、叛逆的害虫！"

南森没有忘记雅拉克他们，他很担心那三个人陷入了怎样的处境。他一边阻止自己被大地吞没，一边努力将自己传送到他们身边去。

"不要进行无聊的尝试了，咝咝！"乌恩咆哮道，一双冒火的眼睛是此刻南森面前最耀眼的存在，"我的仆人们会对付你的那些朋友，咝咝，而我要和你玩一会儿。"

有什么东西从南森的左边甩了过来，他进一步强化了自己的防御，但他的护盾仍然不足以抵挡突然抽过来的粗大龙尾。

转眼间，他就被远远地抛向右侧。

南森总算保持了魔法护盾的完整，他感觉自己撞上了一块岩石。幸好，被撞碎的是那块岩石，而不是他的骨头。随后，他在地上一路翻滚，最后才单膝跪倒在潮湿的洞穴地面上。

他摆了一下左手。

一般情况下，他的光球只会照亮周围的一小片地方。不过，这次他尽可能地强化了这个法术，同时将自己的双眼转到了一旁。

本来应该只释放柔和光芒的蓝色光球骤然爆发出刺眼的白色强光。

乌恩发出愤怒的咆哮。

南森感觉身体承受的压力一下子减轻了，他之前甚至没有来得及察觉到乌恩一直在对他施加巨大的压力。

他立刻就明白了，这正是乌恩将他束缚在这个地方的法术。

他还明白了一点——现在就是他逃跑的机会，也许是唯一的机会。

南森没有打算逃到龙界的其他地方去，他将注意力集中在雅拉克、特拉加罗和萨米尔身上。他的目的地是萨米尔的书房，他希望自己能够来得及……

但是，一道无形的屏障阻挡了他的传送，这与乌恩无关。

南森暗中责骂自己愚蠢。覆盖彭纳瑟斯的防卫法术已经更改了，如果联系不上萨米尔，他不可能穿透新的防卫法术。

乌恩发出震耳欲聋的吼声，吼声中充满了嘲讽的意味。

山洞不停地抖动，又有一股烈火喷向南森。南森怀疑乌恩是故意忘了紫龙君王下达的活捉他的命令。

乌恩施加的压力还没有恢复到之前的程度，南森还有机会再试一次。这一次，他将精神集中在另一个地方。

哈蒂恩的小屋出现了，他静静地盯着南森，表情格外阴沉。或者，他只是恰巧在盯着南森出现的方向。

"哈蒂恩！"南森冲哈蒂恩打招呼，但是，哈蒂恩依旧僵立在原地。

这时，南森才注意到哈蒂恩的一只手正伸向腰间的匕首，却被人施法定住了身体，眼睛眯成了一条细线。

南森觉得哈蒂恩应该是在掩饰惊讶的表情，而且，哈蒂恩知道是谁施法定住了他。

南森没有感觉到身边存在威胁，但他还是感觉某些事情出了错。

他回头瞥了一眼，发现小屋里除了他和哈蒂恩以外，并没有别人。

直到这时，他才意识到自己犯了一个可怕的错误。他迅速向哈蒂恩转过身，却发现站在自己面前的不是哈蒂恩，而是戴恩。

戴恩面无表情地伸手按住了南森的胸口。随着他的手掌接触南森的肋骨，南森立刻感觉到某个温热的东西烙印进了自己的灵魂。

南森的身体当即变得僵硬，只有意识还是自由的，而身体仿佛已经不再是自己的了。

戴恩把手抽了回来。

南森凭借自己有限的视野看见戴恩的手中拿着一块石头碎片。

那是南森的石头碎片。

杰克里斯·特林空洞的声音回荡在南森的脑海中："好了，现在是时候完成我的复仇，夺取我赢得的权力，还有我的王国……"

第 22 章
活的阵列

　　紫龙君王站在闪闪发光的水晶阵列下方，他不仅在享受自己的荣耀，还在享受水晶阵列中循环的能量。他的脸上露出了得意的笑容，在他之前的巨龙君王都没能赢得这个胜利。现在，大图书馆浩瀚而神秘的知识终于让他能够向其他巨龙君王证明知识之城的价值，也终于实现了那些家伙一直在担心的事——他不再像他的先辈们一样躲在幕后，装出一副听任差遣的样子了。

　　他向齐万·格拉斯延伸出自己的意识：是时候了，龙皇陛下。是时候了，哐哐……

　　龙皇的意识被惊动了："是吗？终于开始了吗？"

　　"是的，我应该告知褐龙君王吗？"

　　"马上，哐哐！"龙皇显然无法抑制内心的激动。

　　这让紫龙君王感到很是有趣。龙皇如果知道了水晶阵列最终的目的，那么他激动的心情很可能要被恐惧代替了。

　　紫龙君王隐藏起心中的快意，用意识接触处于西方的褐龙君王："我的褐龙兄弟……"

　　他立刻就得到了回应。

"已经准备好了吗？嗞嗞，我们要进军了？"

"我即将开始，你做好准备吧。"

"我已经准备很长时间了。"褐龙君王的语气中带着嘲讽。

紫龙君王知道褐龙君王现在一定是一副嘲讽的表情。不过，用不了多久，褐龙君王同样会知道自己不应该如此期盼水晶阵列完成。

联系中断，紫龙君王高举双手，召唤出了他的管家。

杰克里斯·特林那奇异的身躯以微微鞠躬的形态，出现在紫龙君王的面前。

"是，陛下。"

"我已经观察过水晶阵列，它的功能非常完美，我没有在其中找到任何瑕疵，无论是可能的意外还是其他问题。你做得很好，现在，我要奖励你，让你亲眼见证它的威力。"

"同时也把我留在您身边，如果您发现了任何问题，就能轻易将我杀死。"杰克里斯·特林平静地回应道。

紫龙君王没有再说话，这意味着他没有否认。他将注意力放在水晶阵列中的那颗石头上，现在那颗石头正闪耀着和水晶一样的光芒。

"一切就要开始了，嗞嗞……"他喃喃道。

雅拉克恼恨地呼出一口气："到处都找不到他。"

"我们正在这里浪费宝贵的时间。你只是一次又一次徒劳地想要找到他，但我们现在应该完成我们要完成的任务！"特拉加罗斥责道，"南森不是我们取得胜利的唯一希望。"

"事实恰恰相反。"雅拉克坚持道，然后看向萨米尔，"至少你有认真听过我说的话吧？"

萨米尔郑重地点点头："特拉加罗，南森是我们取得胜利的唯一希望。预示蛋不止一次向雅拉克表明了这一点，而且你也看到过预示蛋中的景象……"

"我只看到一个模糊的影子，那可能是南森，也……"

话刚说到一半，特拉加罗忽然惊呼一声，向前踉跄一步，撞上了书架，在挣扎中将几本珍贵的典籍打落在地上。

如果萨米尔平时看到这种情形，一定会着急地跑过去抢救他的宝贝，但现在他不比特拉加罗好多少，他一头撞在书桌上，咧着嘴，向雅拉克寻求援助。

雅拉克同样什么都做不了，他的手臂软软地垂在身侧，唯一能做的只剩下呼吸了。

"好了，我的仆人们。"紫龙君王在他们的意识中发出了号令，"现在应该让这个世界得到真正的秩序。"

雅拉克感觉自己在施展一个法术，他徒劳地想要停止自己的动作，但身体不再服从于他。更糟糕的是，他感觉到自己的意识越来越顺从紫龙君王不容反抗的命令。难道他和人类施法者都摆脱不了生来就得侍奉主人的命运吗？

不！雅拉克看到萨米尔和特拉加罗都意识到了他们自己身上正在发生什么，不管他们怎样反抗，最终仍然只能服从。

而且，就在这时，完全违背他们意志的事情发生了——他们从彭纳瑟斯消失了。

格里芬的心中产生了一种奇异的紧迫感，平时他指挥部下转移营地时绝对不会有这种感觉。

从一个地方迅速转移到另一个地方，当然不是他们喜欢做的事情，但这已经成为他们的一种常规行动。这不是让他感到惴惴不安的原因。

不!

格里芬看到图斯准备率领第一队战士走过两名法师刚刚打开的传送门，心中想着：一定是别的地方出错了！

看到自己的部下向传送门行进，他感到一阵宽慰，但是这种宽慰很快就消失得无影无踪，因为他清楚地察觉到另一股力量正从传送门对面逼近过来。

那是一支军队，高举着褐龙部族旗帜的军队。

"关闭传送门！"格里芬向两名法师大声喊道，"关闭传送门！"

尽管他声嘶力竭地呼喊，巴兹尔和蒂尔却完全没有执行他的命令，只是平静地注视着传送门，而越来越多的褐甲武士正从传送门中鱼贯而出。

图斯处变不惊，已经指挥部队重新组成战斗队形。即便如此，仍然有几名战士倒在敌人呼啸而来的箭雨之下。

格里芬想要加入自己的部下，但他知道自己首先必须查清楚巴兹尔和蒂尔出了什么问题。

他以人类无法企及的速度冲向他们。

"巴兹尔！蒂尔！"

巴兹尔终于转过头看向格里芬。

格里芬此时也看清了巴兹尔呆滞的面容，立刻闪到了一旁。

一棵树从地面飞起，砸落在格里芬刚才所在的地方。

如果不是格里芬像猫一样灵巧地躲开了，现在他可能已经死了。他站起身来，将一把匕首射向巴兹尔，不过他没有下杀手，而是让匕首柄朝向巴兹尔。

很不幸，匕首撞上巴兹尔身体周围无形的护盾，被弹飞了。更糟糕的是，匕首反向朝格里芬射来，利刃朝前。

格里芬注视着那把匕首。他的法术能力和法师们相比，也许微不足道，但是挡开一把匕首还是足够的。为了安全起见，他让匕首射向那棵倒下的大树，最终，匕首深深地插进了树干。

一阵咆哮声在森林中回荡。

格里芬朝传送门的方向瞥了一眼，心中感到惊慌——第一头褐色巨龙展开双翼，从传送门中飞了过来。

一直以来，褐龙君王不过是派一些被当作炮灰的人类和低阶龙人战士与反抗军作战，而现在，他展现出了自己真正的力量——能够化成真形的褐色巨龙。

但这头褐色巨龙刚刚进入森林，就被一支装有钢制箭镞的巨型木箭射中了。

遭受重创的褐色巨龙疯狂地转着圈，撞进了距离传送门不远的树林。

格里芬没有看错图斯，图斯在仓促间竟然准备好了至少一台巨弩。反抗军必须随时做好受到袭击的准备，但是，在此之前从没有遭遇过如此危急的情况。

格里芬很清楚，能够使用一台巨弩已经是他们能力的极限了，他们没有足够的人力和时间再使用第二件重型武器。

又有一头褐色巨龙飞过了传送门。在它的身下，褐甲武士们正源源不断地拥进森林。

格里芬估计得没错，反抗军没能再射出一支弩箭。而褐色巨龙毫无阻碍地扑向反抗军，向数名反抗军战士喷出了烈火。

惨叫声回荡在格里芬的耳边。格里芬是一名久经沙场的战士，见过太多这样的惨象，但他现在只能将注意力转回那两名法师的身上。他要想办法干扰他们的精神，至少是让他们关闭传送门。他不想伤害他们，但如果不尽快阻止他们，会有越来越多立誓要从巨龙君王们手中解放这片大陆的战士毫无意义地死去。

武器的撞击声越来越响亮，交战双方都在奋力地拼杀。人类反抗者在体能方面本来就不占优势，而现在敌人的数量迅速超过了他们。

巴兹尔依然面对着格里芬，但他并没有任何动作，他和蒂尔接收到的命令似乎只是维持住传送门。

格里芬感到庆幸，他们并没有接收到立刻杀死他的命令。如果他是龙皇，肯定首先会让他们做这件事。当然，现在反抗军正遭受屠戮，他的反抗事业眼看就要化为泡影了。

他一边想办法，一边围绕两名法师迅速移动。很不幸，他发现尽管两名法师实际上看不见他，也不会有任何动作，但并不意味着没有能力保护他们自己。

格里芬的指尖伸出爪子，如果他能够突破这两名法师的防护法术……

就在这时，让他大惊的是，一股强风裹挟住蒂尔和巴兹尔，把他们抛到了大树上，就像断了线的木偶一样悬在风中。

格里芬的魔法能力让他感觉到他们正在施展全部力量对抗那股绝非自然产生的强风。

对格里芬来说，此刻重要的是这股不知从何而来的强风干扰了这两位法师，让传送门的法术被削弱了。

他听见那该死的传送门中传来了巨龙的号叫，随即号叫声戛然而止。他不知道那里发生了什么，但他现在需要先照顾好战士们。

那一声号叫到底意味着什么，只能等以后再去查证。

强风差不多停了，巴兹尔和蒂尔缓缓地降落下来。

格里芬发出一声低沉的狮吼。刚刚困住这两位法师的法术应该已经彻底消散了。他知道，这两位法师一旦站稳脚跟，将立刻重新打开传送门。

但这两位法师的脚刚碰到地面，就又有一股强风将他们卷了起来。这一次的风力更加集中，巴兹尔和蒂尔猛然撞在一起，同时晕了过去。

随着这两位法师倒在地上，一名女子喘息着喊道："格里芬大人，格里芬大人，帮帮我。"

格里芬急忙转过身，看见了一名和他有过一面之缘的年轻女法师。

"你是……葛温多琳，对吗？"

葛温多琳点点头："嗯！求你帮帮我！她已经尽了全力，但他还是在不停地反抗……"

不等葛温多琳把话说完，格里芬就向她跑了过去。

他看到葛温多琳的身边有两个人，一个人躺在地上，格里芬见过这个人；而另一个也是一名女子，看上去随时有可能瘫倒下去。

"他……这一切开始的时候，他刚刚醒来。"赛丽希亚看着韦德，"我在努力让他保持平静，但我还要用很大的力气阻止自己被控制。"

格里芬跪到赛丽希亚身旁，用眼睛的余光看向她："出什么事了？这就是雅拉克一直在害怕的事情吗？"

"更……更可怕……"赛丽希亚突然弯下身。

葛温多琳也来到他们身旁。

赛丽希亚抬头瞥了她一眼，道："葛温多琳，我很高兴你能来帮忙，但是，你怎么会在这里？你应该去……"

而后，赛丽希亚再次向前俯下身："呃！"

"很抱歉，实际上我根本没有走，我只是传送了很短的一段距离，然后我觉得……"葛温多琳的声音低了下去，现在任何解释都没有意义了。

格里芬不在乎葛温多琳为什么会违背命令，他从葛温多琳和赛丽希亚僵硬的身姿能看出来，她们正在努力地抵抗某种控制。

看到她们吃力的样子，格里芬知道，想要控制她们的力量显然是非常强大的。

"巴兹尔他们……他们已经受到了水晶阵列的影响，对不对？紫龙君王已经激活了水晶阵列，速度比我们想象的更快。"

"是的。"赛丽希亚努力地看向格里芬，"而且……而且情况比我们想象的更糟。我能感觉到它正渗透进我的灵魂，它想要……想要让我成为它的一部分……那个水晶阵列吞噬了一切……我的一切……"

格里芬迅速向葛温多琳瞥了一眼，确认了她同样有这种恐怖的感觉。

格里芬吼道："传送门！你们能不能先把它封上？"

"它已经被断开了……"

这时，躺在地上的韦德呻吟了一声。

赛丽希亚立即将注意力转到了他身上。

整个大地都在震颤。

格里芬也低头看向韦德，但韦德显然还不够清醒，不可能制造这样一场地震。

格里芬在心里骂了一句。

不需要葛温多琳向他说明，他已经知道发生了什么。

"又有一道传送门出现了！那是一道很大的传送门！"葛温多琳仓皇地说道，随后摇了摇头，声音中充满了恐惧，"不，是两道，有两道传送门出现了！"

格里芬低声骂着，站起身来向他的部下跑去。然后，他又想到这两位女法师至少能为他们增添一点魔法力量。

"我需要你们两个，快起来！"

"我不能……我不敢让韦德醒过来！"赛丽希亚坚持道。

格里芬亮出双爪，道："我有一个办法，可以让他再也不会对我们有威胁。"

"除非你杀了我们两个。"赛丽希亚挡在格里芬和韦德的中间。

"我的人正在被屠杀！"

葛温多琳突然站起身来，抓住了格里芬的爪子，将格里芬和自己传送走了。

他们出现在一片混乱之中，鲜血溅到了他们的身上。格里芬立刻将葛温多琳拽到自己身后，然后开始观察周围的局势。

他见到的情景只是在进一步撕碎他残存的希望。他面前的传送门不是两道，而是三道。

战士们被包围了。

当看着自己的军队不断冲进传送门，一切都完美无缺时，褐龙君王也不得不对自己那个身处彭纳瑟斯的对手夸上两句，紫龙君王的战略的确很成功。

敌人被死死地困住了，他的武士们在尽情杀戮。他联系了青铜龙君王和铁龙君王，他们都迫不及待地和他分享了自己迅速取得的胜利。

"你们可以把那些杂碎都消灭掉。"褐龙君王下达了命令，同时享受着取得胜利的喜悦，"什么都不要留下。"

他其实不需要说最后这句话。不仅龙皇希望杀光叛逆者，其他巨龙君王早就迫不及待要毁灭不知谦卑的人类了。

今天要流很多血，很多早就应该流淌的血。

褐龙君王期待着让自己的双手也沾满鲜血。

在齐万·格拉斯所属的山脉最西端一座山峰的阴影中，两名反抗者正在站岗。他们守卫的反抗军营地隐藏在几个偏僻的山洞中，而这座营地最为隐蔽，因此也是最安全的。

就在这个与世隔绝，不应该有任何意外发生的地方，空间突然被撕裂了。这让刚刚还百无聊赖的两名反抗者感到格外吃惊，也格外恐惧。

铁青色巨龙冲过传送门，张开巨大的龙嘴，喷出烈焰。

已经将羊角号举到嘴边的那名反抗者没有来得及向战友们发出警告，就被烈焰吞噬了，他身边的同伴则终于在被烈焰吞噬之前吹响了号角。

但这一声警号对其他反抗者来说几乎没有什么帮助，因为第一头铁青色巨龙刚刚飞出传送门，第二头铁青色巨龙就跟了上来，铁龙部落的大量武士随之冲向反抗军营地……

在东方大海的岸边，蓝龙君王王国南部边缘的一个小海湾里，一名哨兵正站在能够俯瞰水面和嶙峋山崖的岩台上举目四望。

突然，他面前的空间被撕成了两半，他被吓呆了。

从空间的裂隙中冲出来的龙人武士以他们高大身躯不应有的速度和敏捷度，飞快地爬上悬崖。

当哨兵站立的悬崖下方出现第二道传送门的时候，已经有数十名龙人武士出现在哨兵周围了。从第二道传送门中冲出来的是青铜龙君王的人类士兵，他们迅速将长长的云梯搭在石壁上，紧跟着龙人武士向上攀爬。

悬崖上方的哨兵吹响了号角，随即又有另外四只号角被吹响了。

驻扎在悬崖上的反抗军迅速集结起来，准备抗敌。他们发出的第一轮箭雨转眼间就射杀了崖壁上超过三分之一的敌人。

就在反抗军全部加入战斗的时候，第三道传送门出其不意地在他们头顶上方打开了。三头飞龙出现在天空中，并立刻扑向反抗军。但直到飞龙们喷出烈焰，反抗军才察觉到它们的存在。

第一股烈焰引发了一阵凄厉的惨叫声，随后惨叫声变得越来越多……

紫龙君王等着其他巨龙君王的捷报，他知道，龙人大军正完美地一步步实现他的高明战略。褐龙君王、铁龙君王和青铜龙君王的军队并没有一开始就布置在敌军堡垒附近。紫龙君王一开始将军队投到其他方向上，甚至从表面上看来，仿佛是受到了错误情报的迷惑。而真正被迷惑的是那些反抗者，直到法师们打开巨型传送门，他们才会知道末日已经降临。

很快，那些人类施法者将亲自加入战斗，为彻底剿灭反抗军添上最后一把火——那同时还会是紫龙君王登上皇位的第一个信号。

想到那个即将被推翻的众王之王，那个所谓的龙皇，紫龙君王便将注意力集中到了齐万·格拉斯的方向。

"陛下！"紫龙君王期待自己这是最后一次用这个头衔称呼那头金龙，而他的计划正式开始了，"现在褐龙兄弟和其他兄弟正在剿灭那些胆敢对我们的统治进行挑衅的害虫……"

"是我的统治！"龙皇几乎立刻向紫龙君王咆哮道，"我的！"

"当然，这正是我的意思，陛下。"紫龙君王隐藏了自己对龙皇的厌恶，此时他任由龙皇对他大吼大叫，装出一副掌控一切的样子，直到最后一刻，那样他获得的胜利果实才会更加甜美，"我会及时告知您事态的发展，嘭嘭……"

龙皇一言未发，而后便断了与紫龙君王的联系，但是紫龙君王一点也不在意，他将注意力转回到水晶阵列上，开始了下一个阶段的计划。

"听我说，我的仆人们。"紫龙君王在自己的意识中召唤分散于龙界各处的人类施法者，"听从我，服从我！你们要明白我说的每一个字，实现我的每一个意志！我……"

"不知现在打扰您是否合适，陛下？"杰克里斯·特林空洞的声音响起，连紫龙君王一时也无法判断这个声音来自何方，"但我有事情要向您禀报。"

"你在消磨我的耐心！"紫龙君王怒吼道。

他向周围看了一眼，才感知到杰克里斯·特林躲藏在一个法术后面，而这个法术会让观察者无法看到正确的地方。

“而你使用的伎俩又太低级。我给了你任务，现在我只能相信你是自作聪明，不屑于去做你该做的那些事。这是你得到的最后一次忠诚测试！”紫龙君王道，“可我觉得你可能是活腻了，叛徒！咝咝，也许我应该把你交还给那些长久以来想要为他们的祖先弥补错误的人，不过，你首先要从我这里得到应有的惩罚。”

紫龙君王决定暂时放下对胜利的期待，先破除杰克里斯·特林的隐身法术。

当藏在黑袍中的杰克里斯·特林即将现出原形的时候，紫龙君王冷笑道：“至少你不必再使用……”

紫龙君王的话突然停了下来，因为出现在他眼前的不是一个人影，而是三个。

杰克里斯·特林身边站着南森和其长子戴恩。

“我们有客人，陛下。”杰克里斯·特林那令人毛骨悚然的声音中带着一丝嘲讽。

紫龙君王指了一下南森，道：“把这个……咝咝，这个不受欢迎的人先送到别的地方去，不要让他惹麻烦，我马上就会处理他。”

但是，王座前的三个人都没有服从命令的意思，南森和戴恩只是盯着紫龙君王，而紫龙君王突然觉得自己的喉咙仿佛被什么东西卡住了。

“恐怕你一直搞错了是谁在控制这里。”杰克里斯·特林平静地说道，“我来这里，就是要纠正这个错误，当然，还有别的事情……”

紫龙君王念头一转，急忙抓住水晶阵列的能量，但他立刻又惊呼出声，因为强大的能量完全倾泻到了他的身上。

紫龙君王，彭纳瑟斯的统治者，大图书馆的拥有者，此刻竟然瘫软在地上，不再动弹一下。

杰克里斯·特林笑了起来："很好，南森。现在我要拿回那块石头碎片了。"

南森张开手掌，一团黑光散发出来，那是紫龙君王体内石头的碎片。

杰克里斯·特林满意地哼了一声，向那块石头碎片挥动被包裹在黑袍中的手臂，石头碎片上的光芒顿时消散了。

"她说要选择你，她的选择非常明智。你的力量果然强大，在这个至关重要的时刻，尽管处在我和水晶阵列的控制之下，你仍然能够屏蔽他的目光，让他看不见自己的石头碎片。"杰克里斯·特林又笑了一声，"真是愚蠢！他竟然以这种方法将自己绑在水晶阵列上，甚至没有在那之前将我处死。"

杰克里斯·特林拿过石头碎片，把它收进厚重的长袍里，随后向水晶阵列走去。

南森和戴恩跟在他的身后，如同被缰绳系住的牲畜。

"当然，他以为我像你们两个，还有你们的同类那样，被他在体内植入了石头，就永远是他的傀儡。"杰克里斯·特林不屑地瞥了紫龙君王瘫软的身躯一眼，"如果不是她告诉了我移除这块石头同时又能免于痛苦和死亡的办法，那么他的想法的确没错。"

杰克里斯·特林站在紫龙君王刚刚站立的地方，大声说道："现在，我们应该开始重塑这个世界！"

他高高地举起被黑袍遮住的一双手臂。

南森发出令人窒息的呼喊，向杰克里斯·特林释放出了一团能量。

第 23 章
不稳定的联盟

就像其他人类施法者一样，亚泽兰的心中涌起了强烈的欲望，他现在只想打开自己这座不合时宜的堡垒，跪倒在紫龙君王面前，服从紫龙君王的一切命令。

他竭尽全力压下这股欲望，同时在心中抱怨杰克里斯·特林对他的承诺根本就是谎言，因为他终究还是没能摆脱那个险恶的水晶阵列的影响。

亚泽兰努力争夺着对自己身体的控制权，撞在石墙上，又跪倒下去。当他站起身时，发现自己正在施展向彭纳瑟斯传送的法术。他奋力截断了这个法术，却又感觉到那股欲望再次出现了。

不！我不会屈服的！亚泽兰拼命想要找到某样东西帮自己打破水晶阵列的控制。他的目光落在承载了自己最大希望的那柄剑上，他蹒跚着朝它走去，但他和它之间的距离仿佛在随着他迈出每一步而拉远。

终于，亚泽兰越过这段距离，用最后的力气抓住了它的握柄。

新的力量汇入他的身体，他站起身来，惊叹于这急剧发生的变化。

想要侍奉紫龙君王的想法从他的心中消失了。

片刻之后，另外一个异常熟悉的声音在命令他，而他只是以同样的轻蔑态度回应。

"听我说，我的傀儡们，我的猎犬们，我是你们的主人。"杰克里斯·特林发出了宣告。

亚泽兰将那空洞的声音赶出脑海，脸上露出了冷酷的笑容。

杰克里斯·特林想要成为所有人的主人，这并没有让亚泽兰感到惊讶，他与表面上对紫龙君王忠心耿耿的杰克里斯·特林合作了很长时间，知道没有哪种约束，无论是力量的还是魔法的，能够抑制住杰克里斯·特林的野心和对复仇的渴望。而杰克里斯·特林最大的仇人就是这么久以来一直强迫他戴着镣铐的紫龙君王。

亚泽兰知道杰克里斯·特林是什么，所以一点也不感到惊讶。

他看着手中的剑，尤其是握柄上那对像公牛角的弧形尖端，感到神奇。它们不只是装饰品，还能够让这柄剑的能量凝聚在一个焦点上，发挥出独特而强大的作用。

亚泽兰相信，施法者们制造的器物很少能像这柄剑一样精巧而强大。

他的笑容变得更加得意了：也许这一次，我会让所有人知道它的作用，尤其是父亲……

杰克里斯·特林的声音再一次闯入他的脑海。

毫无疑问，其他法师，包括亚泽兰的家人，都接收到了这个声音。

亚泽兰倾听了片刻，最终做出决定，随后便回应了杰克里斯·特林的召唤。

南森没有时间去思考杰克里斯·特林为什么放松了对他的控制，实际上，他已经不在意这件事了。他只知道自己还有一次也是唯一一次机会，能够打败这个奸诈怪物。

此刻他能做的，只是向杰克里斯·特林发射出一股能量。这种简单的施法就让他气喘吁吁了，但他看到自己成功地让杰克里斯·特林撞到了对面的墙上，很是高兴，而情况立刻就让他失望了。

杰克里斯·特林站起身来，发出一阵冷笑，黑色的长袍上甚至连一点焦痕都没有。

"真是令人惊叹啊，南森·拜德兰！她又说对了，你有一具很好的身体，唯一麻烦的地方是不能直接用水晶阵列霸占你的身体……"

南森发出的第二股能量比第一股要精准得多，把杰克里斯·特林紧紧地钉在了墙壁上。

杰克里斯·特林四肢摊开，就像是一名囚犯，不过，南森在向他靠近时仍然保持着高度警惕。

"结束了，你的阴谋，巨龙君王们的统治，一切的一切！"南森道。

"你是有多大的野心啊！"杰克里斯·特林的声音依旧空洞又阴森，"你又是多么天真啊！"

南森犹豫了一下，因为杰克里斯·特林实在是太冷静了。杰克里斯·特林不可能这样束手就擒，一定还有别的诡计。

南森迅速向戴恩瞥了一眼，只见戴恩依然站在原地一动不动，于是他抬头看向水晶阵列。

面对那错综复杂的水晶阵列，他迅速做出了一个决定。水晶阵列开始颤抖，嵌在其中的那颗石头闪耀夺目的金光。

"真是太惊人了！"杰克里斯·特林说道。

随着杰克里斯·特林的话音，戴恩有了动作。

南森尽量集中精神继续攻击水晶阵列，同时做好了抵挡戴恩的攻击的准备。

突然，戴恩的身边出现了别人，十二个穿长袍的人包围了南森。

他们有着南森熟悉的面孔，表情却是完全陌生的，站在最前面的就是雅拉克。

杰克里斯·特林说道："他们应该能抓住你，好让我妥善地使用你的身体。"

南森别无选择，他放弃了自己的计划，抢在那些法师发动攻击之前从王座大厅中消失了。

他的传送目的地是达格拉森林的府邸附近，但是他发现自己还在彭纳瑟斯的城墙内，四名卫兵正惊讶地盯着他。

"拜德兰大师！"领头的卫兵结巴地问道，"这是……"

南森脚下的地面忽然向上隆起，距离他们不远处的高大城墙出现了裂缝，卫兵们和周围的人都仓皇地向远处退去。

南森努力地保持平衡，看到两个穿长袍的人出现在他面前，其中一个是雅拉克，另外一个是亚当。

他脚下的石板路炸裂开来，许多粗壮的藤蔓迅速缠住了他。藤蔓上的叶片坚硬且锋利，无数花朵在瞬间绽放，向他喷射出一团团浓厚的花粉。

南森早就预料到了亚当的招数。他让一股强风卷起花粉，向亚当和雅拉克吹去。尽管亚当和雅拉克已经成为水晶阵列的傀儡，但他们的反应没有半点迟缓。花粉转而飞向高空，没有半点落在他们的身上。

藤蔓上锋利的叶片割裂了南森的长袍，向他的皮肉切割而去。他集中精神，一团高热的强光出现在周围，烧毁了那些可怕的植物。

他不想缠斗下去，只能先将自己传送到别的地方，哪怕那里只是彭纳瑟斯的另一个区域。这是一种非常冒险的行为。虽然他全力打开了自己的防护法术，但他知道，盲目传送有可能让自己出现在一根大理石柱内，或者是牲畜的体内。但现在他面临的危险太多了，而且他宁可自己冒生命危险也不愿意杀死同伴。他们现在的行为并非出于自己的选择，他有责任保护他们。

他再次消失了，而后出现在公会库房附近。

两名卫兵立刻将手中的长矛对准了他。

他们身上黑灰色的斗篷表明他们是公会的人，而他们手中的长矛闪耀着明亮的橙色光芒，表明公会花大价钱给这些武器附了魔法，让它们足以对付有魔法力量的入侵者。

公会库房的一侧发生了猛烈的爆炸。

大量砖石如同雨点般落向南森和两名卫兵。

南森竭力将自己的魔法护盾向两名被吓呆的卫兵伸展过去，却被两名卫兵那边产生的某种力量阻挡了，无法对他们进行保护。其中一名卫兵终于想到要向旁边闪避，但砖石已经砸落在了他的身上。

南森为自己的无能为力而感到懊恼，他不情愿地将自己又传送到别的地方。

他的身体刚刚重新凝聚起来，就要一只纤长的手掐住了他的喉咙。

萨米尔面对着南森，表情木然，眼神却仿佛在哀求南森原谅他。

"我知道。"南森说着，发动了攻击。

这是他早就准备好的特殊攻击法术，以防至少有一位被控制的法师出现在他的传送目的地。

一股能量流过萨米尔的身体，身不由己的萨米尔惊呼一声，随即瘫倒在地。

尽管感到遗憾，但是南森没办法不对萨米尔动手，他只希望这个法术对萨米尔的作用只是暂时的。但在萨米尔被水晶阵列控制之后，他无法估计萨米尔还剩下多少自保能力，以及自己的法术到底会对萨米尔造成怎样的伤害。

另外，萨米尔的出现证实了南森最担心的事情——现在没有人能帮助他逃出彭纳瑟斯了。他知道，自己唯一能做的就是立刻返回王座大厅，去打败杰克里斯·特林，于是，他重新集中精神……

就在他即将消失的时候，一只包裹在鳞甲中的手抓住了他的衣领。

这一次，南森出现的地方不在彭纳瑟斯城内。

他终于摆脱了知识之城的围困，但他并没有松口气，因为他清楚自己能够成功逃出来的真正原因。

"父亲的猎犬，咝咝……"乌恩嘶声说道，"我应该现在就剥了你的皮，咝咝，但你也许能先给我一个答案……"

"你要对付的是杰克里斯·特林，他控制了水晶阵列。"

听到南森的话，乌恩只是发出了一阵笑声："当然，咝咝，这个我早就料到了，我现在想知道的是，你为什么能抵抗水晶阵列的力量？你有什么办法能从那个该死的叛徒手中把水晶阵列的控制权夺过来？"

乌恩根本不关心自己父亲遭到背叛的事，实际上，他显然也打算背叛自己的父亲。对此，南森完全不感到惊讶，因为很少有巨龙君王能够自然离世，杀死他们的往往就是他们的继承人。

不过，南森怀疑乌恩严重低估了杰克里斯·特林。杰克里斯·特林在很久以前就计划了这一切，而且他在刚刚和南森的交谈中泄露了自己有个女性盟友。现在南森对那个女人的了解仅限于她应该是一名施法者，而且聪慧过人，但南森无法想象哪个人类女子会和杰克里斯·特林勾结，女龙人也不可能。

也许乌恩是一个巨大的危险，但是如果南森想要挽救这场灾难，乌恩可能是他最强有力的助手。这全都要看南森和乌恩谁会先背叛对方。

南森一边思考这些事，一边盘算该如何回答乌恩。他忽然想到一件事——乌恩在追捕他的这段时间里表现出了非凡的追踪技能，远超南森对他的了解。

"你是怎么能一直找到我的？"

"是杰克里斯·特林的匕首，我还利用了那个愚蠢的女人……"乌恩迅速向南森解释了他是如何通过杰克里斯·特林给他的匕首，以及如何利用葛温多琳找到隐藏的南森的。

"但这也非常不合理。"南森听了乌恩的解释之后说道，"既然他需要我完成他的计划，那么为什么还会派你来追杀我？"

"那个怪物疯了，哑哑，虽然他很聪明，但也是个疯子。"

南森摇摇头："无论他是什么，都不可能是疯子，只不过他不是人类，也不是龙人，他脑子里想的是和我们完全不同的事情。你知不知道他是什么？"

乌恩不耐烦地摇摇头："我也疑心过这件事，但找不到任何线索。猎犬，这是我听到过父亲对他的称呼，哑哑，有时父亲那样称呼他的时候不会在意我是否会听到。他似乎是一个流亡者，哑哑，有一些人很害怕他，我相信那些人曾经以为他死了。"

这些话没有让南森感到吃惊，毕竟这听起来很像是杰克里斯·特林曾经经历过的事情。

"你得到的命令是把我活着带回去？"

"是的，哑哑……"乌恩的回答显得非常不情愿。

"你会服从这个命令吗？"

乌恩犹豫了一下，点点头："是的，哑哑……"

这句话回答了南森的另外一个问题。

"那么，他早就知道你会带我回去，我可能会身受重伤，但应该活着。这似乎就是他所需要的——他要使用我的身体。一定是这样，他当时说的是……"

直到此刻，乌恩才放开南森："他为什么要使用你的身体？"

"我不知道。"虽然南森隐约猜到了，但是他不想将全部情况告诉乌恩，"这不重要。现在只有你和我能够阻止杰克里斯·特林想控制整个龙界的计划了。"

南森说这些话时，努力不去想他的同伴和格里芬带领的反抗军现在的情况。此刻，很可能有许多人死去了，但他只能将注意力集中在水晶阵列上。水晶阵列是挽回一切的关键。正因如此，他必须将乌恩拉到他这一边，哪怕只是暂时的。

乌恩喷出了一口气，眼睛里宛若燃烧着一团明亮的火焰："你有什么建议？"

南森还没有来得及回答，就感觉到其他施法者出现了。

乌恩显然也有所察觉，他伸出一只手，一把弯曲的利剑出现在了他的手中。

"不！"南森既害怕乌恩杀死他的朋友，也不希望自己和乌恩在阻止杰克里斯·特林之前就丢了性命，"你知不知道有什么他们无法到达的地方？现在就带我去那里！"

乌恩点点头，当即集中精神。

他们出现在不久前战斗过的那个黑暗洞窟里，一些淡紫色光球出现在乌恩身边，让他们能够看清周围的一切。但是，除了满地的石钟乳和石笋碎块以外，这里几乎看不出还有什么。

"你在这里使用了一个简单但很聪明的战术，嘶嘶……"乌恩用淡紫色光球照亮这个南森凭机智胜过他的地方，"不过下一次我就记住了。"

南森点点头，问道："你确定我们在这里是安全的吗？"

"不，但这是我唯一能想到的地方。"

这也许是南森能够期待乌恩给出的最诚实的答案了，尽管它并不是南森希望听到的答案。

"彭纳瑟斯所有防卫法术的设置，你都有参与吗？"

"当然，我可以随意出入彭纳瑟斯。实际上，也许我们可以直接出现在王座大厅里，砍掉那个杂种的头，结束这一切。"

"我觉得这并不可行。"南森怀疑乌恩并不知道紫龙君王设置的每一个防卫法术，他只希望乌恩掌握的情报能够满足他们现在的需要，"乌恩，我们之间有矛盾，但我们都想要阻止杰克里斯·特林。我知道，只要我们战胜了他，你的下一个敌人就是我，但我们想要取胜，在那之前就必须彼此信任。"

乌恩挥挥手，道："我对杀了他的兴趣超过摘下你的脑袋的，把他的头插在长矛上一定比摘下你的脑袋更有趣。这就是我能向你保证的。"

"我还要你保证不杀其他人类施法者，我们很有可能在最后一刻需要他们的力量。"南森在尽量向乌恩说实话。

如果他这个希望渺茫的计划想成功，就需要雅拉克和其他法师的帮助。实际上，如果他发生了不测，他希望会有奇迹发生，雅拉克或者其他法师能够恢复神志，摆脱控制，甚至解救其他人。虽然这是极不可能实现的，却是他这些天来唯一的希望了。

"你的要求太荒谬了，咝咝，我可不会……"

"那么你的王国就会毁在你手里。"

南森知道这是乌恩真正害怕的事情，不过，他还是没有把握凭这一点就左右乌恩的想法。

乌恩毕生的愿望就是成为统治者，尽管迄今为止，他表面上还在小心谨慎地服从其父亲的每一个命令。

虽然南森与乌恩赢得胜利的机会仍然很小，但是如果他们选择单打独斗，结果只会是一场灾难。

"好吧。"乌恩看上去一点儿也不高兴，但这也在南森的意料之中，"我们要怎么做？"

南森又仔细地想了想："这要看你……"

尽管心存疑虑，但格里芬还是收紧了右翼的兵力，这样一来，他们就能够更好地保护自己，但这也意味着他们杀出重围的机会更小了。

龙人会不断地削弱他们的力量，直到最终轻而易举地杀了他们。

收紧战线，和龙人近身搏杀，可能还会给他们带来一个好处。现在天空中的巨龙不再肆意喷出烈焰，它们是不想误伤同类还是在等待褐龙君王或者其他巨龙君王厌倦了屠杀，决定用火焰彻底结束这一切的命令，就不得而知了。

格里芬身边的葛温多琳施展了一个法术，附近残存的树木立刻随着她的法术向下弯曲，挥舞枝干，抽打附近的敌人。但是，就算是看到一排排褐甲武士被抽飞，格里芬也高兴不起来，因为己方只有葛温多琳这一位法师，敌方却有很多法师。

敌方的法师真的能战斗吗？格里芬心中突然生出了疑问。

除了巴兹尔和蒂尔之外，他没有看见敌方还有别的人类法师。他们有可能在保存实力，但他看不出他们为什么要这样做。

越来越多的敌人从传送门中冲出来。格里芬在心中咒骂自己连关闭传送门的能力都没有。如果能把传送门关掉，至少他们还有一点希望。

"葛温多琳，难道我们对那些该死的传送门一点办法都没有吗？"

葛温多琳的头发已经被汗水浸透，贴在脸上。她迅速地回答道："可能有办法，但我需要另一位施法者帮忙。如果能有……"

格里芬等着她继续说下去，但她只是饶有兴味地端详着他。

一种和眼前这场绝望的战争没有任何关系的不安从格里芬的心中冒了出来。

"你可以帮我。"葛温多琳自己似乎也觉得惊讶。

"我？我给你增加不了多少力量，女法师！我能施展一些小法术，但做不了这么大的事情。"格里芬又看向战场，"如果一切就这样结束了，我会和我的部下肩并肩地死在一起。"

"可你能救他们，为什么不试一试呢？"

格里芬摇摇头："我不是法师！"

"你有能力救他们。"葛温多琳坚持道，"而且，这有可能是我们唯一的机会，求你相信我！"

葛温多琳知道，不久之前她还只是一名法师学徒，不过她同样了解自己的实力，而且，她现在是格里芬唯一可以依靠的法师。

格里芬向葛温多琳伸出手："你想做什么就做吧，最好能够成功。"

葛温多琳抓住了格里芬的手。格里芬很担心她会直接将他们两个传送走，不过，她只是闭上了眼睛。

一阵刺麻感传遍格里芬的全身。

格里芬突然觉得仿佛有什么人就站在他身后，似乎又站在他所在的地方。只是一次呼吸之间，他就意识到是葛温多琳在他们之间制造了一种连接，为她即将施行的法术做准备。

一阵刺耳的尖叫声引起了他的注意。

一头褐色巨龙飞扑下来，抓住了三名反抗者，然后掉头飞向高空，将那三名不幸的反抗者丢到地上。

用不了多久，一切就都来不及了。

"快一点！"格里芬用命令的口吻说道。

葛温多琳睁开眼睛，盯着格里芬："你……这不可能！"

格里芬没有仔细去想葛温多琳在因为什么事情大惊小怪，他知道自己和这里的所有生物都不一样，他还知道自己的出身有许多不解之谜，可能永远都找不到答案，尤其是如果他今天就战死在这里的话。

"快救我的人！"格里芬继续命令道。

葛温多琳立刻恢复了冷静，脸上露出冷峻的表情，集中精神。

刺麻感再次出现，而且比刚刚要强烈得多。格里芬不由自主地闭上了眼睛，现在他的身体已经不受自己控制了。

不要抗拒！他告诫自己。

格里芬是个喜好行动的人，现在却只能站在这里一动不动，眼看着英勇的战士们纷纷死去，这种无力感在撕扯他的心，但他尽可能遵从了葛温多琳的要求，只是，在等待时不断地将利爪从指尖伸出再缩回去。

突然间，一切声音都停止了。

格里芬产生了一种错位的感觉。

巨大的爆炸声几乎把他震聋了，他的双腿在颤抖，几乎倒在地上。他再一次想要睁开眼睛，却还是失败了。

紧接着，又响起了震耳欲聋的爆炸声。

这一次，他单膝跪在地上，感觉葛温多琳几乎松开了他的手。不过，葛温多琳及时加强了手指的力量，没有让自己与格里芬失去连接。

格里芬明白，如果他们之间的连接断开了，那么法术也会失效。葛温多琳的法术一定需要他们尽可能保持牢固的连接。

但是，第三声爆炸对葛温多琳造成了太大的冲击，她的手指滑开了。

格里芬盲目地伸手去摸，却找不到葛温多琳，他下意识地睁开眼睛。

他第一眼看到的是葛温多琳倒在地上，脸色惨白，神色黯然。如果不是注意到她的胸膛还有一点起伏，他也许会以为她死了。

这时，他才意识到战场上的喧嚣停止了。

他抬起头，看见对阵鏖战的两支军队僵立在原地，不是暂时的停顿，而是彻底僵住了，就好像时间在此刻停止了一样。

葛温多琳呻吟了一声。

格里芬急忙跑到她身边。这位年轻的女法师竟然有如此惊人的力量，这一点让他又惊又喜。

"格里……格里芬……"葛温多琳嘟囔着，睁开眼睛，"我们……做到了……吗？"

"做到了！"格里芬敬佩地点点头，"你看。"

葛温多琳成功了，但是她一副瞠目结舌的样子，仿佛被自己的成就吓到了。

格里芬觉得这并不奇怪，她刚刚完成的法术，也许只有南森和雅拉克才有可能施展出来，其他人根本连想都不敢想。

"谢谢！"格里芬这时才想起来要道谢，"这会持续多久？"

"多久？"葛温多琳露出困惑的神情，她坐起身，迅速向周围扫了一眼，"传送门都没有了？太好了！"

"那也是你做的？"格里芬丝毫不掩饰自己的感激之情，"你关闭了传送门，还停止了战斗，葛温多琳女士，你太厉害了！"

"不，格里芬大人，我只是希望能够破坏一道传送门，然后再进行下一步，而这些只是我的一个希望，一个想法而已……"

"然后你就实现了它！"

葛温多琳用力地摇摇头："不，格里芬大人，这和我无关，这是你实现的。"

第 24 章
同羽之鸟

褐龙君王瞪着传送门曾经矗立的地方，火冒三丈，却又无可奈何。他竟然没办法重新打开传送门，甚至连为什么都搞不清楚，而且，当他尝试联系紫龙君王时，每一次得到的都是沉默。

"把图书馆的秘密攥在手心里的家伙，你跑到哪里去了？嗞嗞！"褐龙君王冷哼道。

他再一次向紫龙君王延伸出自己的意识，却又失败了。

褐龙君王发出越来越长的"嗞嗞"声，让他手下那些彪悍的军官不禁瑟瑟发抖。尽管他的怒火指向的是紫龙君王，但是，这并不意味着他身边的人是安全的。

不过，褐龙君王这一次抑制住了自己的怒火，他将意识延伸向铁龙君王和青铜龙君王："你们那里情况怎么样？"

"通道还封闭着，嗞嗞！"铁龙君王用沙哑的声音回应道。

"我们是不是要告诉龙皇？"青铜龙君王问道。

"不必！"褐龙君王不会给龙皇认为他们行事不利的机会，因为龙皇总是将错误推给他们，而不知道责怪自己所信任的紫龙君王。

想到这里，褐龙君王犹豫了一下："等等，我们犯了一个简单的错误。"另外两位巨龙君王都没有说话。

褐龙君王探查了一下抵抗他们的魔法力量,脸上露出了微笑。他证实了自己的猜测。

"我们一直在针对同一个目标分别行动,不如把魔法力量合在一起,看看会怎样。"他向铁龙君王和青铜龙君王说出了自己的计划。

尽管巨龙君王们哪怕是一同战斗也喜欢各自行动,但在这种情况下,另外两位巨龙君王立刻就同意了。

褐龙君王下达了新的攻击命令,同时将铁龙君王和青铜龙君王的魔法力量导入自己的法术,而后将全部魔法力量集中在那道看不见的屏障上。

此时,他识别出了那道屏障上独特的魔法痕迹,并追溯到了它唯一可能的源头——反抗军首领格里芬。

他大吃一惊。

格里芬的确是一个需要认真对付的施法者,他们首先必须把格里芬重新困住。

"集中魔法力量……"褐龙君王命令另外两位巨龙君王。

随着三位巨龙君王不断地把魔法力量融合在一起,褐龙君王感觉到阻挡他们的屏障慢慢被削弱了。他知道,自己的策略是正确的。

"就快了,嗞嗞……"他向另外两位巨龙君王保证,"就快了,我们就要尝到那个反抗军首领的血了。"

竟然让他费了这么大力气,他一定要亲手掐断那个格里芬的喉咙。

亚泽兰出现在彭纳瑟斯北方的一座山丘上。他打算在突入彭纳瑟斯之前,再探查一下这座城市的魔法屏障。他一直小心地搜索父亲和兄长的踪迹,尽管他能确定他们不久前来过这里,但是现在他们全都不在彭纳瑟斯城内或者附近。他估计他们的意志没有他这样强,现在他们应该已经成了杰克里斯·特林的仆人。他甚至觉得在和杰克里斯·特林对决之前，他很可能先要打败自己的一位或两位亲人。

那就这样吧！亚泽兰迅速做出了决定。如果他必须先打倒父亲和戴恩才能拯救所有人，他相信父兄最终一定能理解他。毕竟他的父亲一直都相信，为了更伟大的事业，做出一些牺牲是在所难免的。

"啊，你在这里啊！你的屏蔽法术的确很厉害，我用了不少时间才确认了你的位置。"

亚泽兰转过身，将手中的剑指向说话的无脸人。尽管这个无脸人显然没有任何武器，但亚泽兰的手还是不住地颤抖。他本以为要对付的敌人是杰克里斯·特林或者某位巨龙君王，却没有想到自己能有机会用这柄剑对抗龙界最令人胆战心惊的施法者。

而且……

"如果是我，可不会做这种蠢事。"另一个声音在他的左侧响起。

亚泽兰向后踉跄了一步，差一点从山丘顶上滚下去。

对他说话的是一匹高大的黑马。对付神秘莫测的巫师暗影就要冒巨大的风险，再加上影驹，就算是雄心勃勃的亚泽兰也感到有些吃不消。

"你们……你们想干什么？"

暗影耸耸肩："对你？没什么，不过的确有人可能对你有兴趣，只是那也许不是你喜欢的兴趣。"

亚泽兰继续用剑指着暗影和影驹："你们在说什么？"

"真应该把他丢给他们就算了！"影驹嘟囔着，"如果他父亲知道他做了什么邪恶的事情，一定会被气死。"

"他正走在一条通向灾难的路上，不过他现在回头还来得及。他应该得到一个警告。"暗影突然逼近亚泽兰，"虽然这把剑……"

不等暗影把话说完，影驹突然向天空望去，并且打了个响鼻。

亚泽兰觉得那很像是警告。

暗影的目光也看向影驹所看的地方，于是亚泽兰也不由自主地朝那里看了一眼，但就算他努力眯起眼睛，也只能隐约看到一团黑云正从西北方向飘过来。

那团黑云在逆着风飘动。

"那是什么？"亚泽兰问道，"是你们两个干的？"

暗影显然没有听他说话，只是对影驹说道："我本来希望那位女法师能够把消息传给拜德兰大师，不过看样子她没能及时完成任务。"

"我警告过你，那么做是没什么希望的！"

"谁把消息传给我？"亚泽兰大声问道。

现在他对这两个恐怖的家伙更多是感到气恼，而不再是畏惧。

影驹冲他吼了一句："不是你，是你父亲！"

"我父亲？"

不知道为什么，亚泽兰觉得自己受到了歧视。为什么每个人的眼里都只有他的父亲？

影驹不耐烦地一蹄子在地上踢出一道土沟："我们在这里根本就是浪费时间。我的朋友，对那些家伙，我们已经达成一致了。"

"是的。"暗影再次望向那团越来越近的黑云，"我警告过他们，这样做非常愚蠢，但我能理解他们的想法。"

然后，暗影对亚泽兰说道："我真心建议你留在这里。如果你像我猜测的那样，想要赢得伟大的胜利，那么你首先要和那些比你更有资格的人作战。"

亚泽兰瞪着暗影问道："能不能把话说清楚？"

暗影笑了起来，回答道："我建议你用心看看过来的是什么，不要只用你的眼睛。"

说完这句话，暗影和影驹都消失不见了。

亚泽兰皱起眉头，按照暗影的建议望向那团越来越大的黑云，同时还强化了自己的其他感官。不出所料，他立刻就侦测到了大量的魔法能量。

但让他惊讶的是，那团黑云并非因为某种法术而凝聚在一起，从而冲向彭纳瑟斯。实际上，他能确认黑云和法术没有任何关系。

飞向彭纳瑟斯的是他从未见过的一大群寻觅者，他没想到龙界竟然有这么多寻觅者。毫无疑问，寻觅者们的目标是杰克里斯·特林，因为杰克里斯·特林不断让他猎取寻觅者的头，并用各种物品和他进行交换。寻觅者们这次很可能是想要杰克里斯·特林的头，也许还知道他也是他们的死敌。

亚泽兰看了一眼手中的剑。他知道自己在这件武器中灌注了怎样的力量，更知道它能够发挥出多么不可思议的功效。

不过，他认为自己没必要挡在那些寻觅者和杰克里斯·特林之间。如果寻觅者们真的是去找杰克里斯·特林，他巴不得让他们打头阵，至少他们能够削弱杰克里斯·特林的力量，让他更容易得手。

但他突然又很想试试自己的剑，这把剑像他一样渴望一战。他的心在剧烈跳动，他重新考虑了一下是否就这样悄悄溜走。

这时，他忽然想起自己早就察觉到另外一场更大规模的战争即将爆发，他在那场战争中更能证明自己这把剑的价值。

"好吧。"他悄声对自己和手中的剑说道，"那样能够让世界更好地认识我们，不是吗？"

一片黑光从黑色的剑刃上释放出来，这正是亚泽兰所需要的答案。

这个神奇的法术给葛温多琳带来的惊喜很快就消散了。现在，一股巨大的魔法力量正冲击着她的法术屏障。这股魔法力量实在过于强大，不可能是一位巨龙君王释放出来的。那两位巨龙君王显然是在褐龙君王的主导下将魔法力量融合在了一起。

格里芬被激发出来的潜能所制造的时间停滞区域，缓慢却毫不停顿地崩塌着。

实际上，如果他仔细观察，就会看到那些战士多多少少有了一些微小的动作。每一秒钟过去，这些动作变得越来越明显。

"他们开始动了。"格里芬说道，"我们能做些什么？"

还没来得及回答，葛温多琳就忽然感觉到附近出现了一股熟悉的气息，距离是那样近，她甚至转过头想要看看是谁来到了她的身边。她没有看到任何人，但只是一眨眼的工夫，她就意识到了自己真正感觉到的是什么。

她攥住早些时候找到的匕首，忽然听到了南森的声音。南森急切地说着什么，但她不知道自己只是无意间听到了他的声音，还是他真的想要联系她。不管怎样，她越用力地握住匕首，就越能确定他对这里发生的事情至关重要。

之前充满她脑海的影像回来了，这一次，她没有赶走它们。让她感到庆幸的是，那些影像飞快地掠过她的意识，而且比上一次更加清晰，足以让她明白她将做一个异常残酷的决定。

"我必须离开了。"她仓促地向格里芬说道，"我必须去找南森，这对我们都很重要。"

"去吧，去做你必须做的事。"格里芬没有丝毫犹豫，而后握紧了手中的剑，"不管这个法术是不是因为我的力量而存在，在它崩塌之前，我打算做些事情，哪怕只是稍稍扭转战局，哪怕这意味着我将不再有战士的荣誉。"

虽然得到了格里芬的支持，但葛温多琳还是无法抛开心中的愧疚："我会尽快赶回来的，我保证。"

"你没必要保证任何事，葛温多琳女士。"格里芬从她面前转过身，将注意力转到这个超乎现实的战场上。

葛温多琳知道格里芬不是有意忽视她，她明白这位反抗军首领不仅是在最后一点时间里做他还能做的事情，他还希望她不要陷在负罪感中。

她深吸一口气，向南森集中精神。在眼角的余光中，她注意到战士们的动作开始变快了。

杰克里斯·特林透过水晶阵列的魔法观察整个龙界，看到了已经被水晶阵列控制的法师们。他和紫龙君王共同安排的新魔法能够完全控制住每一个人类施法者，而代价是让人类的自我意识更加清醒，不会再像以前那样打心底认为应该对巨龙君王们忠心耿耿。不过，只要被水晶阵列控制的时间足够久，这些施法者迟早会屈服。对杰克里斯·特林而言，人类现在的狂乱想法更像是小插曲，最终龙界的施法者都会变成他手中的棋子。

想到那些不可一世的巨龙君王也将任由自己摆布，杰克里斯·特林觉得很是讽刺。这时，他的思绪又回到一直被藏在他居所中的那副象棋上。用不了多久，他大胆的计划就要进入下一个阶段了，不，是他们的大胆计划，他们至少有了四个合适的躯壳，而现在最重要的就是……

"拜德兰大师。"杰克里斯·特林突然对空旷的王座大厅说道，"我预料到你会回来，只是没想到会这么快。"

杰克里斯·特林右侧的空气开始旋转，南森随即出现。

南森看着杰克里斯·特林，但什么话都没有说。

"还有乌恩殿下。"杰克里斯·特林稍稍转过身，"请不要以为我没有及时向您打招呼，就是对您不敬。"

乌恩的"嗞嗞"声在杰克里斯·特林的另一边响起："我只是需要看好我的王国……"

杰克里斯·特林回应着，却又转过身看向南森："一旦我实现了我的目标，彭纳瑟斯就是您的了，乌恩殿下。实际上，整个龙界在我的版图中不过是一样小东西，只不过……啊！他们来了，正好。"

南森和乌恩交换了一个眼神，他们无法看到水晶阵列到底向杰克里斯·特林展示了什么样的景象，但他们能感觉到无数能量凝聚在一起，正从西北方向往这里逼近。

南森最先想到了："寻觅者……"

"那么多寻觅者？"乌恩问道，"真的有那么多寻觅者吗？那些猛禽从来不会团结在一起，他们之间的敌意太强了，嗞嗞……"

"如果是为了杀我，再强的敌意也无法阻止他们联合起来。"杰克里斯·特林悠然说道，"毕竟我的巢中死过他们那么多同类。"

南森向杰克里斯·特林迈了一步，问道："你的'巢'？难道你是他们中的一员？你也是寻觅者？"

"你们说的名字应该是辛必，寻觅者只是那些不懂得我们语言的人胡乱给我们起的名字。"杰克里斯·特林笑了，抬起一只被黑袍包裹的上肢，"就连这种事都要向你们解释，真没意思。当然，我成为彭纳瑟斯中的一员已经太长时间了。不过，这件事很快就会得到纠正，至于现在嘛……"

南森突然呻吟一声，单膝跪倒，身体开始剧烈地颤抖。

乌恩想要扑向杰克里斯·特林，身体却猛地弯折下去。

杰克里斯·特林审视着这两个人："水晶阵列让我可以引导每一名法师的力量。现在不需要你们体内的那颗石头，你们也是我的奴隶了。"

南森和乌恩都跪倒在杰克里斯·特林的面前。

杰克里斯·特林毫不在意地转过身，背对着他们。就在这时，一个影像出现在他的正上方，那是千百个寻觅者扑向彭纳瑟斯的影像。

王宫外，号角声接连响起。

卫兵们直到这时才看清来自西北方向的那团黑云并非普通的乌云。

"你的同胞渴望着与他们一战，乌恩殿下。这将是很有趣的一场戏，不过我更喜欢以自己的方式进行复仇。"杰克里斯·特林举起了自己的另一只上肢。

水晶阵列呈现出的景象突然发生了变化。一场风暴不仅吞噬了那支寻觅者大军，还有整座彭纳瑟斯城。转眼间，城中最高处的木石房屋被撕成碎片，随后那些碎片以非同寻常的准头射向寻觅者们，形成了一阵致命的弹雨。

寻觅者们并没有束手待毙。飞在最前面的几块石头砸在一面看不见的护盾上，而后被弹开了。随后飞来的石头击落了几个寻觅者，但是疾速飞行的寻觅者大军依然气势汹汹地向前猛冲。

杰克里斯·特林笑了："是啊，你们总是愚蠢地相信自己的力量，尽管它没有挽救你们对这片土地的统治，也没能防止我将你们出卖给那些住在地下的家伙。"

杰克里斯·特林伸展开双臂，召唤出另一个影像，或者说是多个影像。许多身穿长袍的人逐一出现在这些影像中。只是数秒钟，几乎每一个人类施法者的面孔都在这个寻觅者叛徒和他的两个俘虏面前一闪而过。

"是的，我相信我们都准备好了。"杰克里斯·特林再次举起上肢，寻觅者大军的影像随之出现，他轻松地将两个影像融为一体，"现在……我将看到寻觅者的巢中空荡荡的，而那些鸟巢也将被撕碎，蛋被砸烂，最终的狩猎终于要完成了。"

随着那些若隐若现的法师影像被叠加在庞大的寻觅者大军影像之上，杰克里斯·特林命令道："一个也不能留，让他们痛苦地死去。"

彭纳瑟斯城市全景出现在王座大厅中，数十名法师聚集在城头，不过那只是法师们的虚影。那些虚影向猛冲过来的寻觅者举起双手，他们真实的身体还在龙界的其他地方。

水晶阵列闪耀璀璨的光芒，让杰克里斯·特林身后的南森和乌恩无法看见任何东西，杰克里斯·特林却仿佛完全不受这种强光的影响。

寻觅者大军影像中同样有强光亮起，大团火球包裹住一支支寻觅者小队，由银色匕首形成的暴雨直接切入了寻觅者大军的核心。

一开始，寻觅者的魔法护盾还在勉强支撑，许多寻觅者身体周围不断地爆发出能量的火花，飞行的寻觅者大军还在不断地向城墙靠近。

但很快，一个寻觅者的防御崩溃了，被蓝色的火焰吞噬，几秒钟之后，就只剩下些许灰烬；第二个寻觅者的防御被上千根金色细针刺穿；第三个寻觅者直接萎缩成一具干尸，掉落了下去。

很快，寻觅者开始成群地死亡。

南森对寻觅者没什么好感，他曾经多次指挥过和寻觅者的战斗，甚至亲手杀死过几个寻觅者，但他这一次开始有些同情这些被残忍杀害的生命了。他现在只希望这些寻觅者能够抓住杰克里斯·特林，对其进行应有的审判。

南森和乌恩迫不得已结成同盟时，并没有考虑到寻觅者的力量。不过，杰克里斯·特林所透露的信息和寻觅者对彭纳瑟斯的进攻，并没有影响到南森与乌恩的合作，甚至可能对他们的共同行动还有一点帮助。

到现在为止，杰克里斯·特林都没有注意到南森的那个微小的法术。那个法术的确太微小了，如果不是乌恩也将自己的力量加入其中，南森的尝试很可能不会有任何结果。

当然，就算他们的力量结合在一起，还是没能让南森看到他们所需要的进展。

南森还有另一个计划，不过更加冒险，希望更加渺茫，而且，乌恩肯定不会同意那个计划，甚至有可能反而去警告叛变的杰克里斯·特林。

南森看向水晶阵列中的石头，那是一切的关键。杰克里斯·特林一定暗中对它做了手脚，才能获得如此强大的力量，但这种操纵通常会有明显的弱点。

随着寻觅者们在龙界法师的攻击下不断殒命，寻觅者叛徒杰克里斯·特林笑得越来越开心："这么强大的力量，就连巨龙君王们也没能认清人类的潜能，你们一定也没看到吧？嗯？"

看着醉心于欣赏同类遭受屠戮的杰克里斯·特林，南森估计杰克里斯·特林这个问题的发问对象是空中的那些寻觅者，而不是他和乌恩。现在他只希望杰克里斯·特林能够将注意力全都放在那些还在拼死冲锋的寻觅者身上。

就在这时，发生了两件事。这两件事都不在南森的计划之中，却既有可能破坏他的计划，又有可能挽救他的计划。

首先是葛温多琳突然出现了。她将自己传送到了南森身边，意识到眼前的危急局势时，她立刻像南森一样大惊失色。

而第二件事与这件事相比，不过是一个小小的意外……

第 25 章
剑与石

　　格里芬一步跃过两军交锋的最前线，落到敌方阵营中。敌人缓慢地移动，脸上的表情却比任何时候都凶狠。有几个敌人看到了格里芬，露出惊讶的神情。他们大多是人类，此刻手中的武器全部缓慢地指向格里芬，但反应还是太慢了。格里芬挥剑击退了三个敌人，在其他敌人发动攻击前跳到了一旁。

　　一名全身布满鳞甲，骑着高大龙兽的军官成了格里芬的下一个目标。格里芬举剑将他解决后，没有理会那头龙兽。他很了解这种爬行类怪物的性情，没有主人的约束，它们只会冲向距离自己最近的褐龙军团的士兵。

　　格里芬竭尽全力突入敌阵，越陷越深。这也许算是一种运气——他遇到的是褐龙君王的军队，是三支巨龙君王劲旅中最具威胁的，只要他能够在褐龙军团中制造足够的混乱，也许能给他的部下争取到宝贵的时间。

　　他一剑刺向另一名龙人武士，左手的利爪抓向一名人类士兵的喉咙。尽管他还在不断杀死敌人，但是他不得不承认现在反抗军依然没有任何得救的希望。他甚至不知道葛温多琳和南森是否还活着。实际上，他现在只能祈祷自己可以多杀几个敌人，不至于让追随自己的英勇战士们就这样白白死去。

"我们战斗得很勇敢，我们尽力了，我们一直在为希望而战！"格里芬注意到周围的敌人的反应速度越来越快，"我们付出了一切努力，但我们还是会输……"

就在这时，残存的法术屏障彻底崩塌了。

格里芬发现自己突然被无数嗜血如狂的战士包围了，数把刀剑在争抢着要取下他的头。

他双手握剑，用尽全力向前挥舞，他知道自己命不久矣。

但毫无征兆地，一人高举利剑出现在格里芬的视野中。那个人手中的剑和其单薄的身材相比，显然过于沉重了。尽管那个持剑的人惹人瞩目，他手中的剑却吸引了格里芬更多的注意。

格里芬从没有见过如此漆黑的剑，更让他感到不安的是，凭他有限的魔法能力，也能感觉到那柄黑剑的力量极不正常。

无论那把黑剑多么诡异，格里芬都无法否认它的强大和高效。在久经沙场的他的眼中，那个穿长袍的持剑者几乎没有什么战斗技能，是那把黑剑在主导战斗。剑刃化作一道黑光，沿着他难以想象的轨迹突破一个又一个强大战士的防御。仅仅数秒，就有六名战士的尸体躺在了地上，还有两名战士濒临死亡，身体在不停地抽搐着。

这只是黑剑表面上所做的事。格里芬平生第一次突然看见了另一个世界的景象。在他看来，那个世界的景象只有雅拉克、南森和其他法师才能看到。

黑剑和持剑者周围出现了许多无形的能量丝线和代表不同潜能的彩虹。与此同时，格里芬还清楚地看到了另外两个场景，其中一个场景是黑剑正不断地从那些能量丝线中汲取能量。他隐约知道自己在施法的时候大概也是这样汲取能量的。剑柄末端那一对弯曲的尖角不断地吸收魔法能量，将其导入剑刃。让他惊骇的是，当黑剑触及鲜血的时候，这种能量的传输会急剧增强。

另一个场景同样让格里芬惊恐不已，那就是这柄黑剑似乎对某些色彩的魔法能量有很强的偏好。它不会吸收色泽明亮的魔法能量，而是一直如饥似渴地吸收最黑暗、最狂野的魔法能量。

一个头冠华丽的龙人指挥官催赶坐骑冲向持剑者。

格里芬本来应该是这场战斗中最有价值的目标，现在褐龙军团却仿佛把他遗忘了，龙人指挥官们全都将注意力集中在意外出现的敌人身上。

格里芬一剑刺穿了一名挡在他面前的士兵的身体后，终于看清了穿长袍的持剑者。

那的确是一名法师。当然，一般的战士不可能穿着长袍上战场，就算是格里芬也会披挂盔甲。

作为法师，持剑者的体格算是不错，但和他周围的褐龙军团的精锐士兵完全无法相比，更不要说那名龙人指挥官和其胯下的巨兽了。而且，这名法师尽管留着胡须，却比格里芬预料的要年轻得多。

格里芬怀疑他有很强的魔法能量。

龙兽背上的龙人指挥官向弱不禁风的法师发出怒吼，法师却没有要赶快躲开的意思。龙兽张开巨口，两排足有一尺长的利齿眼看就要将法师的纤瘦身躯咬断……

法师的黑剑刺入龙兽的上颚，轻而易举地穿透了龙兽的皮肉和骨头。剑锋穿过龙兽的左眼后立刻退了出来。虽然法师快速躲到了一旁，没有被栽倒的龙兽压住，但在格里芬看来，更像是黑剑在引领法师的步伐。

铁塔一般的龙人指挥官及时从垂死的龙兽背上跳了下来。从他那硕大华美的头冠判断，他应该是一名有爵位的贵族，他手中的巨剑足有法师的黑剑的两倍长，一倍半宽。他挥起巨剑向法师砍去，剑刃落下时，他忽然灵巧地转动手腕，使出一记精妙的杀招。

格里芬觉得就算是自己手下最有经验的老兵，也不一定能逃过这兼具技巧与力量的一击。

然而，法师的黑剑拨开了巨剑的致命一击，同时以刁钻的角度刺向龙人指挥官。这名龙人指挥官有着坚不可摧的鳞甲护身，有超乎想象的强大力量，但法师的黑剑还是眨眼间就穿透了他的胸膛。

龙人指挥官刚被刺死，法师就消失了。片刻之后，他出现在格里芬身边。不等格里芬有所反应，他就已经抓住了格里芬的手臂，然后两个人一同消失了。

他们再次出现的时候，已经回到了格里芬部下的队列中。

格里芬立刻转头去看救了他的法师。他认识这张留着胡子的脸，或者说是认识一张与之非常像的脸。

"你……你是南森的小儿子……"

格里芬一时想不起对方的名字。他只和雅拉克一起救治过南森的长子戴恩，而真正和他说过话的只有南森本人。

年轻法师脸上洋溢的笑容变成了气恼，他意识到格里芬根本就不知道他是谁。

"亚泽兰！我的名字是亚泽兰！"

格里芬非常感谢亚泽兰刚刚所做的一切，但亚泽兰说话时仍然紧握着黑剑，这让格里芬觉得有些不安。亚泽兰的脾气似乎有些火爆，而且他的神态让格里芬觉得他手中那把古怪的黑剑似乎随时有可能刺向他。

"请原谅我没有想起你的名字，亚泽兰。"格里芬立刻说道，"这场战斗简直耗尽了我的全部精神。"

亚泽兰气愤的表情消失了，他接受了格里芬的解释："我知道我的父亲不会在这里，所以我觉得我可以来帮你们一把。"

听他的口气，这好像是一个微不足道的小任务。

我们反抗军死了这么多人，也算不上什么？

尽管心中升起了怒火，但格里芬还是保持着平静的姿态。他估计亚泽兰看不懂自己非人类的表情，这让他觉得很是幸运。

尽管周围一片混乱，但是亚泽兰提起的一件事引起了格里芬的兴趣。

"你知道你的父亲在哪里吗？"格里芬问道。

这个问题又惹出了亚泽兰的怒火，他耸耸肩："也许像其他人一样，又变成奴隶了。看样子，他并没有比其他人更能抵抗水晶阵列的控制。"

"但是，葛温多琳去找他的时候……"格里芬话说到一半，就立刻想要把喙闭住，他说得实在是太多了。

"葛温多琳？"亚泽兰显然对那位女法师很感兴趣，"她没有受影响？这就对了。她的胸膛里根本就没有那种东西，或者还有别的原因，我应该仔细研究一下……"

亚泽兰似乎陷入了沉思，格里芬则急着想要返回战场。图斯和别的反抗军队长都在努力维持防御阵形。龙人军队正不断地压缩他们的空间，让他们陷入越来越不利的境地，整条战线随时有可能崩溃。

突然，不安掠过格里芬的意识，他看到亚泽兰显然也有同样的感觉。

格里芬回头一瞥，看见了自己最害怕的一幕———一道新的传送门在褐龙军团后面打开了，一队重甲龙骑士正催赶着他们的恐怖坐骑从那道传送门中冲出来，而冲在最前面的统帅无疑就是褐龙君王。

"是……"格里芬刚开口，却发现亚泽兰不见了。

他急忙转过身，仍然没有看到亚泽兰，直到目光转回到那队龙骑士的方向。

亚泽兰将自己传送到了褐龙君王面前，手中的黑剑直指褐龙君王。褐龙君王拽住连声嘶吼的坐骑，想要看清楚出现在自己面前的人是谁。

但亚泽兰没有给他观察的时间，已经纵身向他扑去。

黑剑挥起……

这一次，格里芬完全可以确认主导攻击的是那柄黑剑，而不是持黑剑的亚泽兰。

他心里有一种非常可怕的预感——无论这场战斗的结果如何，他在见证一个会让许多人最终后悔莫及的开始。

葛温多琳快步走到南森身边，左手握着一把匕首。

南森觉得那就是乌恩提过的从杰克里斯·特林那里得到的追踪匕首。同时他感觉心被扯动了一下，他意识到这把匕首和他胸膛中的石头是连在一起的。

但这件事和现在水晶阵列下方发生的一切相比微不足道，南森心中充满矛盾，只能继续默默地观察事态的进展。

杰克里斯·特林此时显然注意到了什么，转过身来，举起一条被黑袍包裹的手臂。

正是这个动作让紫龙君王轻松地抓住了那条手臂，将它折为两段。

"你不应该……"杰克里斯·特林刚说出这四个字，紫龙君王就扯下被折断的手臂扔到了一旁，随后一掌拍在杰克里斯·特林的胸口上。

一团紫色的光芒包裹住杰克里斯·特林，黑袍紧紧地缠裹在其身体上，让他看起来就像是一条奇异的大蛇。

杰克里斯·特林没有再说一个字，但是扭曲的面容显示出他正承受着越来越强烈的痛苦。

南森身边的乌恩发出恐怖的笑声。南森明白了，紫龙君王能奇迹般地恢复过来，他的继承人乌恩显然起了很大的作用。

不过，乌恩的背叛并没有让南森感到惊讶。自从提议与乌恩合作，南森就预料到了这种事。乌恩可能认为现在帮助自己的父亲要比多等几十年再登上王位更重要。让南森惊讶的是，紫龙君王恢复的速度竟然这样快，这意味着南森没有时间完成最终的计划了。就算杰克里斯·特林和乌恩没有察觉到南森正在做的事，但紫龙君王不可能被瞒住，或者紫龙君王已经知道了。

但没有人想到葛温多琳会突然出现。这成为南森从灾难中夺取胜利的唯一希望，即使这依旧意味着他可能会死在夺取胜利的过程中。

南森试了一下自己的手，发现可以动了。他在水晶阵列的能量场边缘缓慢而平稳地释放力量，让自己的计划展开第一步，可能也是至关重要的一步。

当他准备行动时，乌恩也向前迈出了一步。乌恩能够和他同时获得自由也是意料之中的事，但乌恩立刻采取的行动则在他的意料之外。他本以为乌恩会继续援助紫龙君王，乌恩却召唤出了长剑，看上去是要一剑刺穿紫龙君王的背。

杰克里斯·特林和紫龙君王正在争夺水晶阵列，而乌恩将他们的冲突看作是自己的机会。现在乌恩显然已经没有了耐心，只要刺出这一剑，他就能获得他想要的一切，除掉所有可能阻止他实现目标的人。他还知道，南森需要在这个紧要关头维持自己的法术，所以绝不敢插手他的事情。

南森不知道自己是否应该阻止乌恩，但不知为什么，他觉得乌恩的选择是一种不祥之兆。眼前发生的这一切透着一种诡异，他觉得仿佛有一种完全陌生的力量正控制着整件事。

"葛温多琳！"南森做出了决定，"匕首，快！"

尽管南森没有多做解释，但葛温多琳立刻就明白了他的意思。她将匕首塞进南森僵直的手中，南森感觉到自己又能控制身体了。他举起匕首，权衡了一下。

而此时，乌恩已经高举利剑，准备进行致命的一击。

紫龙君王没有回头，直接向背后伸出被鳞甲覆盖的手，抓住了落下的剑刃。

乌恩想要继续把剑插下去，南森本以为剑刃会割开紫龙君王的手掌，但它没有。乌恩拼尽全力，利剑也没有下沉半分。

"我的新一窝蛋里可是有两颗蛋上面有着继位花纹，乌恩。"紫龙君王仍然没有回过头来看乌恩。

乌恩发出焦躁的嘶吼声。

南森很清楚自己身边发生了什么，而他只是将注意力集中在水晶阵列上，现在他才意识到乌恩的决定创造了他所需要的条件。

"父亲……"乌恩说道。

水晶阵列爆发出刺目的强光，紫龙君王的身体几乎和水晶阵列一样，明亮到令人无法直视。

强大的能量从紫龙君王的手掌注入乌恩的剑刃之中，直到贯穿乌恩的身体。

乌恩在汹涌而来的魔法能量的冲击下抽搐、扭曲，他想要放开剑柄，却根本做不到。

他的身体扭转出了许多极不正常的角度，但摧毁他的魔法能量让他仍然活着，因为他的生死只能由他的父亲来决定。

南森现在只能全力处理水晶阵列。他将精神集中在匕首上，将匕首射向飘浮在水晶阵列中的那颗石头。匕首飞入水晶阵列中，绕过无数不断移动的水晶，它的目标是那颗石头。

南森向葛温多琳伸出手，葛温多琳一言不发，握住了他的手。

乌恩最后发出一声嘶吼。这吼声持续了很长时间，直到他终于瘫倒下去。他的骨头全都碎裂了，一身鳞甲，也就是他的皮，全都塌陷下去了。

只能是现在了！南森非常清楚这一点。

他用全部精神催动匕首向前飞过了最后几寸距离。

匕首尖触及正在转变的石头，石头飞出水晶阵列，准确地落在南森的另一只手掌中。

当乌恩的残躯彻底崩碎时，紫龙君王那充满怒火的双眼看向南森和葛温多琳，他向南森伸出了一只手。

南森却比紫龙君王快了一步，他和葛温多琳传送离开了王座大厅。但让南森气馁的是，他们出现在了彭纳瑟斯的另一个区，仍然被困在了这座城中。

南森将石头交给葛温多琳："把这个从这里带走！马上！"

"但是……"

"照我说的去做！快走！"南森感觉到紫龙君王正在搜索他所在的位置，"走！"

葛温多琳点点头，突然吻了一下南森的面颊。不等南森明白发生了什么，她已经消失了。

但那颗石头没有随葛温多琳一同消失，而是落在了南森的脚边。

南森不由得感到一阵惊慌，他迅速抓起了石头。

一阵寒意将他包围，让他的身体僵直，无法动弹。直到这时，他才想到要探测一下周围还有什么人。他马上惊恐地察觉到固定住他的不是紫龙君王，而是手中的石头。有另一股力量在操纵这颗石头，又通过石头操纵水晶阵列。

"到我这里来，加入我，和我在一起……"一个女声在撩拨南森灵魂的黑暗面。

南森仔细倾听那个女声，又急忙用力地摇摇头，调动自己的力量，把那个女声和它所造成的奇异魅惑都赶出自己的脑海。

身体的僵硬感消失了，世界恢复了正常。

一个生物伸展开双翼，向南森扑落下来，巨大的阴影笼罩住了他。

南森咒骂着自己的坏运气，集中精神，带着石头消失了。

他早就预料到自己无法离开彭纳瑟斯，不过当他发现自己所在的位置时，大吃一惊。他回到了王宫里，而且就在王宫高处紫龙君王寓所中的一个阳台上。他认识这个阳台，从这里走进去就是紫龙君王的卧室。

南森的脑海中响起了那个女声，此刻是一阵轻快的笑声。

他再次集中精神，看到了王宫外的战争场面。寻觅者还在努力地向彭纳瑟斯的西北侧城墙冲锋，却无法再靠近一步。

城墙上站满了法师的影子，正击杀杰克里斯·特林曾经的同类。尽管石头已经和水晶阵列分离，但是杰克里斯·特林的复仇还在继续。

直到此刻，南森才搞清楚这颗石头中那些精密而诡异的魔法丝线来自谁。毫无疑问，它们来自一个生物——杰克里斯·特林，他重新控制了水晶阵列，而这全都是因为南森。

石头灼烧着南森的手，南森突然猛地向前一弯腰。

"其中最关键的一点就是在我需要的时候，如何将这石头从水晶阵列中移出来。"杰克里斯·特林空洞的声音响起，"她一直都相信你有这样的意志，事实证明她是对的。"

南森努力抬起头，看向面前幽灵一般的杰克里斯·特林。

杰克里斯·特林修复了手臂，正俯身端详着南森。尽管刚刚遭受了紫龙君王的重重一击，但是他轻松地伸出自己用精灵木做成的手，将石头从南森的手中拈了过去。

"这片土地注定将变成血海。"杰克里斯·特林冷冷地说道，"当所有龙人和人类都变成尸体的时候，就会有新的秩序出现，甚至当那个可悲的创世族群开始这个荒谬的试验时，他们也不可能想象出……"

南森不知道杰克里斯·特林在说什么，他也不在乎。杰克里斯·特林夺走石头的时候，他身体承受的剧痛便消失了。

他依然弯着腰对自己进行了一番探查，没有找到别的魔法痕迹，没有其他法术在压制他。

"是的，这个世界将会……"杰克里斯·特林还在喃喃自语。

南森发动了攻击。

他不再试图抢夺水晶阵列的控制权，而是将全部力量都用于攻击杰克里斯·特林。他利用杰克里斯·特林身上的黑袍困住其手和腿。

杰克里斯·特林手指一松，石头"当啷"一声掉落在大理石地面上。

疲惫的南森使用同样的法术撕开了杰克里斯·特林的兜帽。无论最终结果会是怎样，他至少可以看看杰克里斯·特林到底长什么样子。

尽管已经知道杰克里斯·特林是寻觅者，但南森还是吓了一跳。没错，杰克里斯·特林本来是寻觅者，但现在其脸上已经看不到本身血统的任何痕迹。看到那累累伤痕和陈旧的大片烧伤，南森相信，这种变化可能不是杰克里斯·特林自愿接收的。

没有人猜到过杰克里斯·特林的真实身份，这一点并不奇怪。作为寻觅者最大的特点——那只突出在脸上的喙被完全切掉了，只留下一个怪异的血红色缺口，让杰克里斯·特林可以呼吸。眼皮和绝大多数曾经覆盖头部的羽毛也都没了。那些羽毛不是脱落了，而是被烧光了，如果南森判断得没错，那很可能是被某种酸液腐蚀掉的。

杰克里斯·特林发出低沉而阴狠的笑声。

直到这时，南森才知道声音并非发自杰克里斯·特林被毁掉的喙，而是从其喉咙根部一个黑色的小球中发出来的。

"他们在处决我之前让我受苦，这就是我的同族对我做的事情。他们以为只要把我的四肢全部击碎，就能让我无法逃走。他们对我的了解还不如你。"杰克里斯·特林刚把这番话说完，南森突然有了一种错位感，仿佛他的身躯还停留在原地，而他的灵体，也就是精神，已经移动到了别的地方。

那个阳台在他的视野中不住地前后晃动，他视野的正中心有时候是刚刚被他用法术困住的杰克里斯·特林，有时候又是他自己。

另一个南森正以杰克里斯·特林的方式低声狞笑，陷入挣扎的南森渐渐能看到的只有他了。

南森恐惧地意识到自己又一次上了杰克里斯·特林的当，现在杰克里斯·特林终于实现了自己的计划——让南森成为他的躯壳，他的宿主。

身体残损的杰克里斯·特林和南森互换了身体……

第 26 章
牺牲

南森感觉自己和真正身体之间的联系即将断开，如果继续这样下去，杰克里斯·特林会永远地霸占他的身体，而他则会成为只剩一副残躯的寻觅者。

"我用了这么长时间以人类的方式生活，现在终于到收获成果的时候了。"杰克里斯·特林的话从南森的双唇之间传出，"而你将尽情地享用这个残破的身体。"

南森拼命地挣扎，但他用来束缚杰克里斯·特林的法术现在牢牢地锁住了他自己。更糟糕的是，他能感觉到用精灵木做成的肢体不止一处正在发生断裂，旧有的损伤在越勒越紧的黑袍中突然重新出现。

"我很欣赏你，南森·拜德兰，你离胜利很近了。你很聪明，也很有能力，我毫不怀疑正是你策划的计谋让紫龙君王从他的黑暗梦境中苏醒过来。说实话，在那一刻，我以为自己失败了。不过，我还是很幸运，就像我预料的那样，你只是偷走了那颗石头。"杰克里斯·特林向南森身后看了一眼，"说到强大和荣耀的紫龙君王，真希望他能知道现在他要找的人不再是那个人。当然，等他找到你的时候，我就恕不奉陪了。"

杰克里斯·特林伸手摸了摸自己的新面孔："这真是一具绝佳的身

体。两三个世纪后，我可以去另找一个身体，也许是你孙子的身体，甚至是……"

杰克里斯·特林紧紧地抓住那颗石头，转身，不再去看被法术困住的南森。

南森克制住心中的恐慌，努力寻找摆脱困境的办法。再过几秒钟，杰克里斯·特林就会逃走，但是让南森无法离开彭纳瑟斯的法术毫无疑问也将挡住拥有了新躯体的杰克里斯·特林。

突然间，南森的视野发生了变化，他看见杰克里斯·特林同时存在于他的身体和王座大厅之中。这种重叠的影像也许对现在的南森已经没有任何意义了，但他发现有两样东西正发出强烈的光芒，其中一样是那颗石头，另外一样则在水晶阵列的正中心，那把匕首仍然悬浮在水晶丛中。

南森对那两个地方迅速进行了探查，结果让他大吃一惊。他无法相信，杰克里斯·特林竟然忽略了这一点，但事情只可能是如此。

他知道自己只有一两次呼吸的时间，他将精神集中在了匕首和水晶阵列上。

就在此刻，一阵恐怖的咆哮声在天空中震响。

杰克里斯·特林冷笑着开始施展法术。毫无疑问，他要逃走了。

转眼，南森看到自己原先的身体突然像一只布娃娃一样剧烈晃动着。

杰克里斯·特林发出一声长嚎——南森完全无法想象自己的嘴里竟然会发出这样的声音。

毫无预兆地，南森再一次变成了他自己。

"不——"杰克里斯·特林在被南森用被法术紧紧缠住的躯体中呻吟，"不，你不可能做到！我告诉过她……"

南森转过身，冲向那个被魔法捆绑、被黑袍覆盖的身躯。

杰克里斯·特林瞪着他，却没有挣扎。

"你说的'她'到底是谁？是谁？"

杰克里斯·特林显然已经从震惊中恢复了过来，发出一阵凄厉的笑声，然后说道："如果我是你，我会更加注意他的到来。"

第二声雷鸣般的咆哮震撼着王宫。

南森向阳台边缘瞥了一眼，当他回头去看杰克里斯·特林时，已经晚了。正像他担心的那样，杰克里斯·特林利用他分神的机会逃走了。尽管有法术的束缚，杰克里斯·特林仍然像蛇一样狡猾。

南森明白自己最好照杰克里斯·特林的话去做，但他需要先确定几件事，这意味着他还要和紫龙君王周旋一段时间。

他将精神集中在水晶阵列上，随即他便出现在那个魔法造物下面。他将石头举到匕首前，再次集中精神，同时在心中祈祷自己没有猜错。

他的法术完成了，但没有任何迹象显示他到底是成功还是失败了。他不敢将感知延伸到王座大厅外去确认自己是否做对了，因为这样会耽误很长时间。现在他希望自己能够刺穿包围彭纳瑟斯的魔法屏障，不过在此之前他还有一件事要做，所以他接下来要去的不是王宫外，而是去他第一次打破紫龙君王禁令的大门口。

他骤然出现，守在那里的两头生有翅膀的怪物立刻扑了过来。但他一挥手，两头怪物就变成了一堆看不出原形的金属碎块。他冲进门后的房间，尽管这个黑暗的房间中没有一丝风，但通向大图书馆的壁挂毯还是在微微抖动着。

南森来到壁挂毯前，没有理会那不正常的抖动，立刻找到大图书馆的标记，要把它抹掉。

太晚了。

一阵旋风将他扯离壁挂毯，扯离那个房间，穿过整座王宫。他不止一次撞在墙或大理石柱上。凭借护盾法术，他才没有撞死。就算是这样，他全身的每一根骨头都在抖动，而他能做的只是紧紧地攥住那颗石头。他知道，如果松了手，就再也没有可能阻止紫龙君王将他毁灭。现在紫龙君王害怕的只有这颗石头被破坏，因为这将导致水晶阵列崩溃。

终于，那阵旋风把南森带到了王宫外面，然后又将他扔到了另一个阳台边上。

"我养育你，塑造你，对你的栽培超过了对我的子嗣。"紫龙君王用雷鸣般的声音说道，"作为回报，你应该绝对服从我！"

南森手中攥着石头，翻过身，看到了他极少会见到的情景——一头超级巨龙盘踞在王宫顶端。

南森有些担心王宫的穹顶会被这头巨龙压塌。不过，这座王宫本身就是为了承载这头体形超凡的巨龙而建造的。

紫色巨龙低垂下头，张开了巨口，露出的利齿比南森的手臂还要长，灼热的气息从巨口中喷出，冲向南森。它是一头凶猛的野兽，南森已经清清楚楚地看到了。乌恩的真身和它相比，就像是一个孱弱的影子。

"我选择了你，为你排除所有障碍，让你依照我的意愿获得了强大的潜能……"

不知为什么，南森想到了自己的父母。在他年轻的时候，他们就去世了，只给他留下一些很模糊的印象。他明白，紫龙君王所说的"障碍"就是他们。

"多少人？"南森喊道，"有多少人被你杀害了，只是为了让你能挑选出几个精英？"

"需要多少就杀多少。我养育了你们之中最优秀的，只为了实现今天的目标，而你……"紫色巨龙冷笑道，而后伸出一只巨爪，"现在把石头给我，你就能活下去！"

南森毫不怀疑紫龙君王的承诺。紫龙君王只要得到了这颗石头，再次控制水晶阵列，就能让所有法师再次成为其傀儡，紫龙君王不会浪费宝贵的资源。但紫龙君王的行为也让南森知道，紫龙君王没办法轻易得到这颗石头。

南森的手指更加用力地握紧石头。他想到的不只是他自己，还有他的儿子们、葛温多琳、雅拉克和其他人。就在此刻，他们仍然在违背本心施展着法术，不断地攻击那些寻觅者。

的确，在南森与紫龙君王对峙的同时，天空中的恐怖战争还在继续。寻觅者一方尽管损失惨重，但还在继续进攻，而法师们尽管只有影子在城头上，却也无法避免伤亡。

南森很清楚，一个影子消失，就意味着那名身处远方的法师也失去了生命。

"把石头给我，我会拯救他们，哟哟。"紫龙君王显然看出了南森的心思，用雷鸣般的声音说道，"为什么要浪费我这么长时间以来建立的力量？快给我石头，哟哟，这一切都会结束，不会再有人流血牺牲……"

南森神色冷峻，在心中乞求伙伴们原谅他，随后，他开始集中精神。

影子包围了南森和紫龙君王，是法师们的影子。

紫龙君王惊讶地扬起头："你不可能……"

"抓住他。"南森命令那些影子。

所有活着的法师将力量结合在一起，开始向紫龙君王施展法术。

南森眼看他们发起攻击，心中的负罪感变得越发强烈了。他觉得自己比杰克里斯·特林更坏。尽管大家都会同意他的决定，但是他在这件事上毕竟没有给他们任何选择权。

紫龙君王发出怒吼，但熔融的白银已经淹没了其身躯。白银是人类魔法的象征，传说是数个世代以前深渊巨龙给予人类的印记。

熔融的白银烧灼着紫龙君王，紫龙君王吼叫着振动双翼，甩掉了一些银水，不顾身体的剧痛转身看向离自己最近的影子，喷出烈焰。

南森知道，普通的火焰对法师们毫无作用，就算是龙息也伤害不了法师们。但紫龙君王现在喷出的烈焰不同于一般的龙息，它像墨一样黑，发出冰冷彻骨的光芒。就算是站在一旁的南森也不寒而栗。

当烈焰触及法师们的影子时，影子被熔化了。

南森惊恐地站起身。眨眼之间，至少有五个影子消失了，五团生命之火因为他与紫龙君王的战斗而彻底熄灭了。他甚至不知道死去的是谁，他唯恐其中有自己的儿子，同时他又因为自己的这种自私而更加愧疚。

尽管心中充满惊恐，但是南森并没有放弃这场战斗，因为他已经别无选择。在他的指引下，灼热的银水瞬间凝固，变成一座晶莹剔透的监牢。

但银水刚刚凝固，就被紫龙君王打碎了。虽然还有更多银水在不断凝固，但是紫龙君王挣脱它们的速度更快。更糟糕的是，白银碎片全都准确无误地射向法师们的影子。

南森命令法师们升起护盾，但还是慢了一步，又有十几名法师的影子被白银碎片刺穿，泯灭不见。

泪水从南森的面颊上滚落。

牺牲太多了！太多了……

紫龙君王张开重获自由的翅膀，向南森吼道："你想要他们全部都灭亡吗？你知道我不会这样做！他们，还有你，都将活着侍奉我！南森·拜德兰，你对你所爱的人，还有和你并肩战斗的人，就这样冷酷无情吗？"

南森面如冰霜。紫龙君王几乎说出了他的想法，他甚至开始考虑，也许成为紫龙君王的奴隶的确好过死亡……

但就在这时，许多声音出现在他的脑海中。那是通过水晶阵列和石头与他连在一起的法师们的声音，他们全都反对紫龙君王的命令。现在他们知道了自己的人生，还有他们的家人和先辈的人生，与其这样被利用，成为紫龙君王的工具，他们宁可去死，用死亡换取自由。他们宁愿为了战胜紫龙君王而牺牲，也绝不愿在紫龙君王的铁腕奴役下再活一天。

南森收到了法师们的信息，他很清楚自己该做什么。

他高举起石头，仿佛要将它交给紫龙君王。

紫龙君王的嘴角翘起，露出得意的微笑。

"去……拯救他们……"南森向法师们发出请求，而不是命令。

所有影子都消失了。

紫龙君王笑得更加欢畅了，一只巨爪伸下来，要将石头拿走。

南森利用紫龙君王片刻的疏忽做了最后一件事，尽管他很清楚这样做很可能会让自己死亡。

他集中精神，将水晶阵列的能量导向自身，然后通过仍然在水晶阵列中的匕首完全注入手中的石头内。

石头发出刺眼的金光，然后爆炸了。

紫龙君王的怒吼声让南森再也听不见其他声音，水晶阵列崩碎时爆发出的能量欲将他彻底吞没。

他竭尽全力保护自己，但不可思议的能量轻易就烧毁了他的护盾。疯狂奔涌的魔法能量带他进入了万劫不复的深渊……

格里芬低声咒骂疯狂的亚泽兰。

亚泽兰似乎只是想炫耀他那柄令人不安的黑剑，而不是在想办法拯救反抗军。现在他正不要命地冲向褐龙君王，一路斩杀了所有想要拦住他的士兵。

亚泽兰大笑着，一具又一具尸体倒在他的身后，但格里芬能清楚地看到亚泽兰全不在意的现实——褐龙君王坐在高大的坐骑上，饶有兴味地俯视着面前正在战斗的亚泽兰，认真分析他的每一次攻击。就像所有经验老到的武士一样，褐龙君王在评估自己的敌人，了解敌人的弱点。等褐龙君王感觉自己掌握了全部信息后，才会命令部下们让开，让亚泽兰靠近他。

黑剑会落入褐龙君王的手中，而亚泽兰会死在褐龙君王的脚下……

格里芬低声咒骂着。他很尊敬南森，但是南森的这个儿子的一举一动很不合他的胃口，只是……

"图斯，你还能守住阵线吗？"

图斯挥了挥手。他完全信任指挥官格里芬，格里芬却担心自己恐怕会辜负他的信任。不管怎样，格里芬举起长剑，冲进了年轻法师的战团中。

如果真的发生了不测，格里芬想到亚泽兰的黑剑有可能会成为褐龙君王手中的杀人利器，立即做出了决定：也许我需要抢救的是那把黑剑，无论我多么不想靠近它……

但他还没有冲到第一个拦路的敌人面前，就被一股巨大的能量吸引了注意，这让一个偷袭他的敌人差点得手。干掉那个敌人后，他抬头向远处望去。

龙人军团脚下的地面突然发生了剧烈的震动，奇怪的是，反抗军站立的地方却平稳如常。

地震迫使龙人军团只能向后退去，无论龙人军官们如何气急败坏地嘶吼也毫无作用。

格里芬听到背后响起了号角声。

原来是图斯及时抓住了这个机会，在重整反抗军的阵形。

格里芬无法再向亚泽兰冲过去，只能向后撤退，而亚泽兰全然不顾身边发生的一切，只盯着褐龙君王。

亚泽兰高高地举起了黑剑……

一个格里芬感觉很是熟悉的身影出现在了亚泽兰的身边。

戴恩抱住了亚泽兰的腰。

亚泽兰转过头，看见了戴恩。

在格里芬看来，此刻亚泽兰将他的哥哥看成了又一个必须杀死的敌人。但是，没等格里芬有所行动，那两兄弟就已经消失了。

格里芬挡开一柄刺向自己的长剑，提醒自己现在不是关心亚泽兰的时候，他要马上回到己方阵营中。

而就在他这样想的时候，有两双手抓住了他的两条手臂。不等他有所反应，周围的环境就发生了变化。他出现在图斯身边，而图斯看着他和他身边那两个穿长袍的人，目瞪口呆。

"你不应该这样莽撞地冲进敌方阵营。"雅拉克嘟囔着，"你差一点就死了。"

"现在要怎么做？"另一位法师韦德问道。

"你！"格里芬急忙对韦德说道，"赛丽希亚说你……"

"他现在很好。"赛丽希亚走到图斯旁边说道，"但我们不能留在这里，必须马上把所有人带走。"

格里芬努力想要搞清楚现在的情况："雅拉克，还有你，你们全都自由了？"

雅拉克挠了挠头上所剩不多的灰发，表情显得消沉："是的，我们大多数人都自由了，具体情况我以后会解释。现在我只能告诉你，我们全都要感谢南森。"

"他在哪里？"

雅拉克没有回答，而是回应了韦德刚才的问题："打开你的意识。"

韦德闭上眼睛。

经过一段紧张的时刻，他睁开眼睛："我收到了，但我们的家人……"

"我已经派亚当、萨米尔和另外一些人去接他们了。她不会有事的，韦德。"

"你们两个到底在说什么？"格里芬急切地说道，"图斯，你立马让大家……"

"我们马上就会打开传送门，让所有人都做好准备，然后进入传送门。"雅拉克对他说道，"传送门对面是一个只有我们少数几个人知道的地方。"

"我希望你们少数几个人中不会有谁已经把那个地方告诉了龙人。"图斯嘟囔道。

雅拉克摇摇头："不可能，除非那个叛徒就是我。"

"那你是叛徒吗？"图斯问道。

"别说废话了！"格里芬用责备的口气命令道，"就按照雅拉克说的去做。"

图斯和韦德各自去执行任务了。雅拉克回头瞥了一眼仍然因为地震的阻碍无法继续发动攻击的龙人军团。

这种情况持续不了太久。格里芬已经感觉到许多魔法能量在急剧增强，而那些魔法能量都属于褐龙君王。

他们周围的空气开始震荡，不是因为敌人发动了新的攻势，而是法师们打开了传送门。

现在只有这一条路可走了，必须让所有人都过去。格里芬想着。

"其他人都准备好了吗？"赛丽希亚问雅拉克。

"其他人？"格里芬问道。

"我们全都在这里。"雅拉克告诉他，"我们之中的每一个人。如果这次起义失败了，我们将无处可去。"

格里芬被雅拉克的这句话吓了一跳。

这些法师可能比追随格里芬的反抗军更加孤注一掷，他们是格里芬赢得这场战争的潜在武器，也是巨龙君王们现在要对付的主要目标。

如果巨龙君王们不能控制人类法师，就别无选择了，只能彻底将所有人类法师消灭。

这让格里芬想起了他刚刚提的那个问题。尽管雅拉克避而不答，但他还是需要一个答案。

他抓住雅拉克的手臂厉声问道："我最后一次问你，南森在哪里？"

雅拉克似乎是想要将格里芬的手甩开，但到最后，他叹了口气，道："就我们所知，南森很可能已经死了。"

第 27 章
棋子

絮语声将南森从黑暗中惊醒，他同时听到了几个声音。那些声音都很模糊，只能让他不至于重新陷入昏迷。

他一定是做了什么动作，或者是说了什么话，因为那些声音突然变得亢奋又响亮。

其中一个声音最为清晰："南森，南森，你能听见我说话吗？"

那是一个女声。

他依稀记得那个名字，葛温……葛温多琳？是的，他终于想起来了。

葛温多琳！

"他说出我的名字了！"葛温多琳竟然激动得哭了起来，"你们也听到了吧！"

"帮我一下。"一个男声响起。

南森渐渐意识到这个声音属于哈蒂恩。

"哈德瑞拉，抓住他的另一条胳膊。"

南森还是无法睁开眼睛，但是他感觉到自己的头被抬了起来。片刻之后，一股味道浓郁的液体，应该是肉汤，流进了他的口中。

喝了几口热汤之后，他的身子有了一点力气。

南森睁开了眼睛，他躺在哈蒂恩的床上。

哈蒂恩、哈德瑞拉和葛温多琳都焦急地看着他。葛温多琳的神情最凝重，显得忧心忡忡。不过，南森来不及关心他们，最近发生的事情如同洪水一般涌现在他的脑海中。

"其他人呢？葛温多琳，他们……"

哈蒂恩将一只手按在南森的胸口上，让他镇定下来，同时说道："放轻松，南森……"

"我在这里躺了多久？"

"只有两个小时。这两个小时内发生了很多事，葛温多琳当时直接把你送到这里来了。"

南森看向葛温多琳："是你救了我？"

葛温多琳摇了摇头，道："不，严格来说不算是。我又进入了彭纳瑟斯，只是我到的是彭纳瑟斯的南区。那时你躺在那里，受了重伤，一动也不动。"

"不是你救的我？"南森皱起眉头，想到救他的可能是另一个人，"戴恩？是戴恩吗？戴恩现在在哪里？"

这让他想起了自己上一次来到这幢小屋时发生的事，他又道："哈蒂恩，上次我发现戴恩在这里，他伪装成你的样子，但……"

"我不知道这件事，当时我和弟弟还有侄女去了密托·派卡，去处理……其他事情。后来我们很快就回来了。实际上，你们出现的时候，我们才回到这里几分钟。"

南森的脑海中盘旋着很多问题，他没时间关心是什么样的奇迹让必死无疑的他逃出了生天，现在最重要的是找到他的儿子们、雅拉克，还有其他人。

葛温多琳主动回答了他迫切想知道的问题："你昏迷的时候，雅拉克传了消息给我。实际上，他只对我说了两个字——平安。"

对南森而言，这两个字已经足够了。

他知道雅拉克为什么只传来这样简短的消息。雅拉克已经将反抗军和法师们送到了一个他相信是安全的地方——至少现在是如此。巨龙君王们暂时应该找不到那里。

南森知道那个地方，但现在他不能随意泄露这个生死攸关的秘密。

一股魔法能量突然充斥在这幢小屋中，南森下意识地准备施展法术。但哈蒂恩制止了他，随后他才意识到哈蒂恩为什么要这样做。

戴恩回来了，他迅速看了一眼屋中的情形，目光落在卧床的南森身上，急忙跪在南森身边。

"您醒了！感谢深渊巨龙！"戴恩握住父亲南森的手，"父亲，请原谅我！"

"没有什么需要原谅的。"南森说道，他的嗓子因为激动而变得沙哑，"你为什么没有和其他人在一起？"

戴恩惊讶地反问道："难道您以为我会丢下您吗？父亲，我已经够愧疚了。"

"你受到水晶阵列的控制才做出那些事情，那不是你的错。"哈蒂恩说道。

"伯父说得对。"哈德瑞拉也在劝慰戴恩。

戴恩却完全高兴不起来："父亲，您可以对抗那种控制，亚泽兰也可以，而我……"

南森吃力地坐起身，向戴恩摆摆手："你不比任何人差，不过，那个水晶阵列，它真的……"

"我只知道，"戴恩按住自己的胸口，"我从没有感觉这样……这样自由。"

而后，他又摇摇头："我没办法确切地解释……"

"你不必解释。"南森几乎无法相信，"它真的没有了，真的没了。"

至少他做到了这件事。

就在这时，戴恩刚才说的一句话引起了南森的注意，他责备自己没有早些想到这件事。

"戴恩，你说亚泽兰他……"

戴恩有些慌乱，当即回道："他……他没事，我猜……我们还是以后再说这件事吧。他和我隔一段时间会见一面，不过，最近他说有事情要去处理。"

"我不明白……"南森的头开始痛了。

哈蒂恩指了指床边的碗："你最好再喝点汤，如果有问题，可以以后再问。我们要尽快把你从这里转移走，据说紫龙君王的爪牙正在找你。"

南森知道，紫龙君王肯定会立刻派遣猎手来追捕他，不仅因为他摧毁了水晶阵列，还因为他是南森。紫龙君王选择他作为首席法师，这本身就说明他的力量很强。

"我和我弟弟到现在还没有受到怀疑。"哈蒂恩在南森喝汤的时候说道，"我们会看看还能搜集到一些什么信息，如果有收获，我们会告诉格里芬或者你。不管怎样，巨龙君王们可能已经将你看作和格里芬一样的叛乱头领了。"

南森看着床边的这些人，他的视线在戴恩身上停留的时间最长。哪怕只是为了戴恩和亚泽兰，他也要全力奋战下去，直到获得胜利或者死亡。

"你说得没错。"南森思考着前方的路，到时还会有许多生命死去，还会有许多无辜的人牺牲，"只是，有一个词用得不对。"

"哪个词？"哈蒂恩问道。

"叛乱。"南森放下碗，他还需要一些热汤，但并不感到饥饿，"这不是一场叛乱……"

他看着身边的四个人，不知道他们将会面对怎样的未来。

"这是一场战争。"

暗影躺在山坡上，衣服被烧毁了，身体也被烧掉了一半。他不停地喘息着，虽然兜帽已经被掀起，但是面孔依旧一团模糊。

"你要死了吗？"

暗影终于成功地控制住呼吸，摇了摇头："不，给我一点时间。我是差一点就死了，不过……不过这次还好。"

"好吧。"影驹嘟囔着，在暗影能看到的地方转着圈，"如果出了那种事，我可不想又要由我来杀死你。"

"那你可是为我们两个做了一件好事。"暗影的声音中多了一点力量，身体上的烧伤开始消退，就连衣服也开始复原，"不过，这一次就没有必要了。"

影驹哼了一声："你说过，你只是帮忙而已，这可不能说只是帮忙了。如果没有你，南森肯定会被那个恐怖的东西炸得粉身碎骨。你保证过会尽力避免让自己变成另外一边的化身。如果你变成了下一个化身，到时候，就连那些巨龙君王都会比你更可爱。"

暗影站起身，现在看上去已经毫发无损了："别向我布道了，黑马，这种老生常谈我已经听够了。"

"哼！好吧！现在要干什么？"

暗影向远方望了一眼。他们所在的山丘正好能俯瞰地狱平原的边缘，这一点并非巧合。

"这要看南森下一步会做什么。"暗影若有所思，"也许，还要看亚泽兰会做些什么。"

杰克里斯·特林将自己传送回寓所的时候，身上的黑袍破烂不堪，一只用精灵木做成的手臂垂在身侧。

他冒着巨大的风险回到这里，是因为他知道紫龙君王正在集中全部精力对付南森，就像他所计划的那样。

身躯残损的杰克里斯·特林看着自己收集的陶罐：看来，只能牺牲这些了。

不过，陶罐里的东西毕竟还是发挥了它们的作用——正是这些牺牲者的魔法让杰克里斯·特林绕过了紫龙君王施加在他身上的许多无形束缚。一直以来，这都是紫龙君王控制他的手段。

杰克里斯·特林发出阴森的笑声，这笑声来自其喉咙里的石子。

寻觅者们已经放弃了对彭纳瑟斯的攻击，正在返回各自窝巢的路上。他们能够聊以自慰的是，杰克里斯·特林不再受到紫龙君王的保护，所以不可能再活很久。毫无疑问，他们很快就会对杰克里斯·特林发动一场新的追杀——这倒是让杰克里斯·特林感到颇为有趣。他并不害怕寻觅者们的追杀，因为他留下了足够多的虚假线索，足够让他们忙一阵子。对紫龙君王，他也有同样的布置。

她也不怕，杰克里斯·特林想着。

而后，他看向棋盘。

一切都在按计划进行，一切……

突然，一声惊呼响起。

声音不是发自杰克里斯·特林喉咙里的石子，而是发自其残破的嘴。

杰克里斯·特林当然有理由感到惊恐，因为黑色的剑刃穿透了他的身体，剑锋就突出在他的胸前。

"你想要伤害我的父亲。"亚泽兰在杰克里斯·特林的身后低声说道，"更可恨的是，你还打算出卖我。"

亚泽兰拔出黑剑，黑剑上没有一滴血，但鲜血正快速地从杰克里斯·特林身体前后的两个伤口中流出来。

杰克里斯·特林颤抖着，想要用手捂住胸前的伤口："一切都像她所说的……"

他扑倒在地，仅仅几秒就一动不动了。

亚泽兰用黑剑戳了戳尸体。

如果杰克里斯·特林有机会看到杀死自己的人，也许会注意到亚泽兰看上去老了不少，脸上出现了许多被侵蚀的痕迹。也许，他还会注意到，亚泽兰的头发中的银色开始在头顶的一侧扩散开来，另一侧则丝毫看不到银色。

亚泽兰从尸体旁走开，转头审视着杰克里斯·特林收集的陶罐。

思考片刻之后，他将黑剑举到面前，目光聚焦在剑柄的两只弯角上。

剑刃闪耀黑光。

陶罐尽数炸裂，装在里面的东西被摧毁，架子纷纷倒塌。

仅仅几秒钟，亚泽兰的周围就只剩下一片废墟。在这片废墟中，却有一副象棋完全没有被碰倒，摆放它的桌子是房间里唯一完好的家具。

亚泽兰眉毛一挑，走到桌子旁边，放下黑剑，拈起一枚棋子，仔细端详着这个工艺精湛的小东西。这枚棋子的形状是一条恐怖的毒蛇，看上去栩栩如生。他又看了一眼其余的棋子，感觉它们都和这条毒蛇一样，令人毛骨悚然。

他将棋子放回原位，转过身。片刻之后，他回身向桌面一挥手，整副象棋都消失了。下一刻，它就落到了地狱平原亚泽兰的隐秘堡垒中的一张桌子上。

亚泽兰最后向周围瞥了一眼。

没有任何痕迹可以将他和杰克里斯·特林的居所的这片废墟联系起

来，他不希望父亲怀疑他和寻觅者叛徒杰克里斯·特林有什么关系。

对这一切感到满意之后，亚泽兰施展了传送术，同时，他因为自己如此聪明而得意，不禁笑了起来。

如果南森听到这个笑声，一定会觉得这个笑声和杰克里斯·特林的笑声一模一样……

-本册完-

更多精彩，敬请关注《龙界传说2 格里芬贤者》！